KB059117

King of Poison

독의 왕 ①

최강의 힘을 각성한 나는 미희들을 거느려

발정하렘의 주인이 된다

CONTENTS

"아아, 카임 님……."

"으앗, 멋져요오."

뜨거운 숨결이 가슴에 닿았다. 고막을 간질이는 벌꿀처럼 달짝지근한 목소리. 거기에 담긴 깊은 애정이 귀에서 흘러들어오자 뇌가 녹아버릴 것 같았다.

'나 원 참……, 내가 바라던 건 이런 게 아니었는데…….'

부드럽고 따스한 무게를 온몸으로 느끼면서, 그 청년—— 카임은 마음속으로 한숨을 내쉬었다.

카임이 있는 곳은 열 명 이상이 잘 수 있을 만큼 커다란 킹사이즈 침대. 거기에는 카임 이외에도 여러 명의 여성이 올라타 있었다. 속옷이나 네글리제를 몸에 걸친 그녀들의 눈동자는 정욕으로 물들었고, 젖은 눈동자는 카임의 모습만을 비추고 있었다.

사방에서 부드러운 가슴을 밀어붙여 온다. 긴 다리가 카임의 몸에 얽혀온다. 삐걱삐걱 침대가 잘게 위아래로 흔들릴 때마다, 그녀들의 입에서 농염한 교성이 흘렀다.

카임을 둘러싼 것은 누구나 보기 드문 미녀·미소녀뿐이었다. 그녀들은 마치 달콤한 독에 중독된 것처럼 뺨을 장밋빛으로 물들이며 카임을 원하고 있었다.

'실제로 '독'에 침식되었겠지……, 이 녀석들은.'

카임은 매끈매끈 부드러운 피부에 손을 미끄러뜨리며 부푼 가슴이나 엉덩이를 희롱하면서 쓰게 웃었다. 여기에 있는 여성은 누구나 카임의 포로가 되어 있다. 온몸을 남김없이 달콤한 독에 지배받아서, 본능을 드러내며 카임을 원하고 있다.

'책임을 져야만 하겠지……. 내 잘못으로 인한……. 아니, 내 '독'으로 인한 화인걸.'

"카임 님……. 부디, 부디 저에게 자비를 베풀어주세요……. 좀 더, 좀 더……!"

여성 중 한 사람이 견딜 수 없다는 양 촉촉이 젖은 속옷을 벗어 던졌다. 그녀에게 이끌려 다른 여성도 차례차례 실 한오라기 걸치지 않은 알몸이 되어 갔다.

"좋다……. 덤벼라. 전부 한꺼번에 상대해 줄 테니까."

카임은 서슴없이 단언하고는 미녀 중 한 사람을 끌어안고서 입술을 빼앗았다. 팔이나 다리에 다른 여성이 매달려오는 감각을 느끼면서…… 카임은 여기에 이르기까지의 경위를 머릿속에 떠올렸다.

이제부터 이야기하는 것은 한 사람의 왕이 탄생하게 되는 이야기. 후세에 '명군'이라고도 '폭군'이라고도…… '마왕'이라고도 칭해지게 되는 최강의 마인이 펼치는 영웅담.

'독의 왕'이라 불린 남자의 싸움과 모험의 이야기이다.

모든 것의 시작은 13년 전으로 거슬러 올라간다.

대륙 중앙에 있는 소국—— 제이드 왕국에서, 그 이야기의 막이 열리려 하고 있었다.

"하아…………, 하아…………, 하아…………."

한 여성이 침대에 누운 채로 가느다란 숨을 뱉고 있었다. 20대 전반쯤 되는 여성은 뺨이 홀쭉이 야위어 온몸을 땀으로 적시고 있었다. 명백히 무언가 병을 앓고 있다. 그것도 상당히 병세가 진행되어서, 남은 생명이 얼마 남지 않았다는 게 누구의 눈으로 보아도 명백했다.

"사샤……."

침대 옆에서 남자가 등을 둥글게 말며 웅크리고 있었다. 표정을 비통하게 물들이면서 여성을 불렀지만…… 반응은 없었다. '사샤'라고 불린 여성의 귀에 남자의 목소리가 들어갔는지도 미심쩍었다.

두 사람은 부부였다. 그것도 단순한 부부가 아니다. 그들은 둘 다 영웅이자, 거대한 재앙에서 사람들을 구한 구세주였다.

1년 전, 제이드 왕국에 '독의 여왕'이라고 불리는 재앙이 출현했다.

'마왕급'으로 분류되는 괴물에 의해 왕국 북부가 유린당해, 마을들이 점차 사라지고 셀 수 없는 피해가 생겼다.

그런 재앙의 마물을 토벌한 이가 침대에 잠든 여성과 그것을 지켜보고 있는 남자였다. 여성—— 사샤 하르스베르크는 '현자'의 이름을 가진 대단한 실력의 마법사. 남성—— 케빈 하르스베르크는 '권성(拳聖)'이라 칭송받는 무술의 달인이었다.

'여왕'이 부부를 중심으로 한 토벌대에게 쓰러지며 왕국은 평화를 되찾았다.

하지만…… 그 대가로, 사샤는 '여왕'이 마지막에 펼친 저주를 받아서 불치의 병에 걸리고 만 것이다.

사샤는 현재 진행형으로 죽어가고 있었다. 나라를 구한 영웅의 목숨을 구하기 위해서 많은 의사나 약사, 신관이나 궁정 마술사가 모였지만 구할 방도는 찾지 못했다.

"하아…………, 하아…………."

"사샤, 어째서 이런 일이……. 어째서, 네가 이런 꼴을 당해야만 하는 거냐……! 신이여, 우리가 무슨 잘못을 했다는 건가……!"

괴로워하는 아내를 바라볼 수밖에 없는 케빈은 자신의 무력함에 무너져내렸다.

왕국 최강의 무인. 맨손으로 드래곤을 때려죽일 수 있는 '권성' 케빈이었지만, 저주의 병에 걸린 사랑하는 여성을 구할 수조차 없다.

이럴 바에야 '독의 여왕' 따위는 내버려 둘 걸 그랬다. 나라가 멸망한다 해도, 관여하지 않고 도망치면 좋았을 것이다. 그런 영웅으로서는 있을 수 없는 생각마저 머릿속에 떠올랐다.

"사샤……, 부탁이니 부디 죽지 말아줘. 나를 두고 가지 말아줘…….”

“주인님, 실례하겠습니다.”

탄식하며 슬퍼하는 케빈의 귀에 문을 두드리는 소리가 들려왔다. 케빈이 대답하지 않고 입을 다물고 있자, 저택에서 일하는 사용인 남성이 바깥에서 문을 열고서 들어왔다.

중년 사용인은 고용주 부부를 애처로운 눈으로 보더니, 조심스러운 어조로 케빈에게 말을 걸었다.

“주인님, 밖에 의사라 이름 대는 분이 찾아왔습니다. 들여보내도 될까요?”

“………….”

케빈이 빠드득 소리가 울릴 만큼 어금니를 악물었다. 여태까지 의사가 몇 사람이나 아내의 몸을 진찰했지만, 아무것도 못 한 채로 손을 뗐다. 어차피 이번에도 무리일 것이 뻔하다.

“……좋다. 들여보내라.”

그렇다고는 해도 사샤를 구하러 와준 사람을 함부로 쫓아낼 수도 없었다. 어쩌면 ‘독의 여왕’ 토벌에 감사했던 왕국이 보내준 의사일지도 모른다. ‘마왕급’을 토벌한 공적을 봐서 귀족으로 서임하겠다는 이야기도 나왔으니 있을 수 없는 일은 아니었다.

케빈이 허락을 내리자 사용인 남자가 “알겠습니다”라고 말한 후 복도로 사라지고는…… 이윽고, 한 인물이 침실로 들어왔다.

“여어, 케빈. 오랜만이구나. 내가 누군지 기억하려나?”

“넌……?!”

허물없는 몸짓으로 손을 들고서 방으로 들어온 이는 키 큰 여성이었다. 겉보기엔 20대 전반 정도의 나이. 남성용 검은 정장을 입고, 그 위에 흰 가운을 망토처럼 걸치고 있었다.

케빈은 그녀의 정체를 알고 있었다. 과거에는 동료라 불렀던 적도 있었지만, 현재는 절교한 여성이었다.

"네 녀석…… 왜 여기에 있지?! 독토르 파우스트!"

"하핫! 갑자기 호통이라니 이거 너무하네. 기운차 보여서 다행이야."

케빈이 이를 악무는 듯한 말투로 상대의 이름을 부르자, 흰 가운의 여성── 파우스트는 새빨간 입술을 초승달 형태로 끌어올렸다.

독토르 파우스트. 여성에 대한 평가는 사람이나 나라에 따라서 크게 갈린다.

좋은 평가로는…… 치료 불가능이었던 난치병 특효약을 개발한 것. 어느 나라를 멸망시키려던 악마를 봉인한 것. 마물들의 폭주, 스탬피드를 혼자서 저지한 것.

파우스트를 높이 평가하는 사람은 그녀를 "마치 천사처럼 고결하고 멋진 여성이다"라고 칭찬한다.

나쁜 평가로는…… 약을 개발하는 과정에서 인체 실험을 해, 수백 명의 인간을 죽음으로 몰아넣은 것. 마을 하나의 주민을 마술의 제물을 위해서 없애버린 것. 아인(亞人)이라 불리는 자들의 육체를 개조해서 생물병기로 만들어낸 것.

파우스트에게 적의를 품은 사람은 그녀를 "마치 악마처럼 잔인하고 무서운 여자다"라고 모멸한다.

케빈이나 사샤는 과거 파우스트를 동료라고 부르며 행동을 함
께했던 적이 있었지만, 그녀의 이상한 행동을 허용하지 못하고
진작에 인연을 끊었다.

 그런데…… 어째서 이제 와서 파우스트가 부부 앞에 나타난
것일까?

 "'왜'라니 매정한 소리를 다 하는군. 나는 옛 친구의 위기를 보
고서 못 본 척할 만큼 박정하지 않은데? 사샤가 '독의 여왕'의
저주를 받았다는 소식을 듣고서 달려온 거야."

 "뭘 뻔뻔스럽게……! 네 녀석이 5년 전, 그 마을 주민에게 무
슨 짓을 했는지 잊은 거냐?!"

 "물론 기억하다마다. 실험에 희생된 사람을 잊지 않는 건 연
구자의 의무니까. 그런 것보다도…… 슬슬, 아내를 진료하게 해
줄 수 있을까?"

 "네 녀석……!"

 케빈은 파우스트를 노려봤지만, 동시에 한 줌의 희망이 싹트
는 것을 느꼈다.

 눈앞에 있는 의사는 미치광이. 명백히 사람의 경계를 넘어선
괴물이다.

 '하지만…… 틀림없이, 이 여자는 최고의 의사이자 마술사. 파
우스트라면 어쩌면 사샤를 구할 수 있을지도 몰라…….'

 오히려 파우스트가 구할 수 없다면 정말로 아내를 구할 방도
는 없을지도 모른다. 그런 생각이 케빈의 뇌리를 스쳐 지나갔다.

 "큭……, 아내에게 이상한 짓을 하면 용서하지 않겠다!"

케빈은 분하다는 듯이 표정을 일그러뜨리면서도 사샤를 진찰하는 것을 허가했다.

"좋아. 처음부터 그렇게 나오라고."

파우스트는 쓴웃음을 지으면서 케빈의 어깨를 가볍게 두드리고는 누워 있는 사샤를 진찰했다.

"영차⋯⋯, 옷 좀 실례할게."

"윽⋯⋯."

파우스트가 사샤의 옷을 벗기자, 그 온몸에 보라색 반점이 새겨져 있었다. 반점은 심장을 중심으로 침략하듯이 피부를 뒤덮어 이미 얼굴 아래까지 다다른 상태였다.

"흐음흐음, 과연."

"⋯⋯."

파우스트가 사샤의 온몸을 더듬어댔다. 의료 행위가 아니라면⋯⋯ 혹은 파우스트가 여성이 아니라면 용서할 수 없었을 만큼 온몸의 세부까지 꼼꼼히.

"응, 대강 이해했어. '독의 여왕'의 저주. 이건 감염의 저주병이구나. 상당히 성가신 저주를 떠넘긴 모양인데⋯⋯ 치료할 방법은 있어. 가까스로이긴 하지만."

"나을 수 있는 건가?!"

케빈은 저도 모르게 큰 소리를 냈다. 어떤 고명한 의사에게 진찰받아도, 어떤 뛰어난 마법사에게 진찰받아도, 사샤의 치료법은 알 수 없었다. 그런데⋯⋯ 고작 몇 분의 진찰만으로 파우스트는 손쉽게 사샤를 구할 수단을 발견해내고 말았다.

파우스트는 "진정해"라며 다가오는 케빈을 막으면서 느릿한 말투로 타이르듯이 말했다.

"기대하게 만든 것 같아서 미안하지만…… '마왕급' 재해인 '독의 여왕'의 저주를 아무런 위험부담 없이 무효화할 수는 없어. 이걸 깨부수려면 대신할 희생이 필요해."

"대신할 희생이라고……?"

"'환혼의 술'이라고 알아? 누군가의 목숨을 희생해서 죽은 자를 되살리는 비술인데…… 그걸 응용해서 사샤에게 걸린 저주를 다른 자에게 옮기면 치유할 수 있을 거야."

"…………!"

케빈은 숨을 삼켰다. 사샤를 구하기 위해서는 누군가에게 저주를 떠넘겨야만 한다. 아내를 구하기 위해서 다른 사람을 희생하다니…… 너무나도 이기적이고 모독적인 일이었다.

"……알았다. 내가 대신하지."

잠깐의 침묵 뒤에, 케빈은 그런 말을 입에 담았다. 아내를 위해서 자신이 희생하겠다는 각오를 다지고 말을 꺼냈지만…… 파우스트는 고개를 내저었다.

"유감이지만 넌 대상 외야. '환혼의 술'은 가까운 '혼'의 정보를 가진 인간, 즉 혈연인 자에게만 쓸 수 있어. 저주를 옮길 수 있는 건 부모와 자식이나 형제자매 정도지."

"아니……, 그러면 처음부터 살릴 수 없잖아!"

파우스트의 설명을 듣고서 케빈은 주먹으로 벽을 후려쳤다.

"사샤는 천애고독인 몸이야! 부모는 이미 죽었고 형제도 자매도 없어! 저주를 옮길 수 있는 인간은 아무도 없어……!"

희망이 보였다 싶더니, 곧바로 손에서 떠나가서 닿지 않는 곳까지 가버렸다. 케빈은 다시 절망에 빠졌지만, 파우스트는 쓴웃음을 지으면서 안경테를 밀어 올렸다.

"그렇지는 않은데? 있잖아, 저주를 옮길 수 있는 인간이."

"뭐라고……?"

"근친자라면 저주를 옮길 수 있어. 그 대상에는…… 아직 태어나지 않은 태아도 포함돼."

"뭐?! 서, 설마……?!"

케빈은 파우스트가 말하고자 하는 바를 깨닫고, 저도 모르게 사샤 쪽으로 눈길을 향했다.

"하악…………, 하악…………."

진찰을 위해서 옷을 벗은 아내……, 그 몸속에 생명이 깃들어 있다는 말이라도 하고 싶은 것인가?

"설마…… 사샤가 내 아이를……?"

"아버지가 너라고는 단정 지을 수 없지만……. 이런, 실례. 사샤가 임신한 건 틀림없어. 의사로서 보증할게."

"…………!"

케빈은 표정을 일그러뜨렸다. 사랑하는 아내를 구하기 위해서라면 어떤 희생이라도 각오했다. 하지만 역시나 태어나지도 않은 자기 자식을 대가로 삼는다는 것은 생각도 해보지 못했다.

"어떻게 이런 일이……. 이 세상에 신은 없는 건가?"

"나는 어느 쪽이든지 상관없어. 네 결단을 존중하지. 다만, 이대로 내버려 두면 모자 모두 죽게 된다…… 라는 점만은 명심해 둬야겠지?"

"큭…….'

케빈은 두 눈을 감고서 주먹을 움켜쥐더니…… 이윽고 비정한 결단을 내렸다.

"……아내를 구해줘. 아이에게 저주를 옮겨줘."

"그래, 상관없어. 잘 알겠……."

"기다, 려……!"

"사샤?!"

케빈은 결단을 내렸지만…… 침대에서 다 죽어가는 사샤가 말렸다.

어느새 눈을 떴던 걸일까? 사샤는 몸을 일으키지 않고 케빈을 노려보았다.

"바보 취급, 하지 마……. 자기 아이를, 희생해서…… 살아남고 싶지 않아……!"

"하지만…… 사샤! 다른 방법이 없어! 네가 죽으면 배 속에 있는 아이도 죽어 버릴 거야. 그렇다면 차라리 너만이라도……!"

"내 아이야……! 이 아이를, 혼자서 죽게 할 바에야, 나는 이 아이를 품은 채, 명부의 문을 넘는 걸 선택하겠어……!"

숨이 깔딱깔딱하면서도, 사샤의 눈동자에는 강한 의지가 깃들어 있었다.

자신이 목숨을 잃게 될 처지임에도 사샤는 자기 아이를 포기하려 들지 않았다. 흔들림 없는 강철의 의지는 그야말로 어머니의 사랑이었다.

"흠……, 정말로 그래도 되겠어?"

하지만 결의를 굳힌 사샤에게 파우스트가 고개를 갸웃거리며 물었다.

"아이에게 저주를 옮기지 않고 죽음을 선택한다……. 그게 최종적인 판단이란 거지. 정말로 괜찮겠어?"

"당연해……. 부모는 아이를 구하는 존재야. 아이를 자기 대신 희생시키는 부모가, 어디에 있어……?!"

"하지만…… 그렇게 되어버리면, 너도 아이들도 죽어버리는데? 단 한 사람을 희생하면 나머지 모두가 살아나는데, 일부러 다 함께 죽을 필요는 없을 것 같은데."

"그러니까……!"

사샤는 조바심이 나서 약해진 몸에 채찍질하며 소리치려고 했지만…… 문득 파우스트의 말에 위화감을 느꼈다.

"잠깐. 아이, 들……이라고?"

"그래, '아이들'……이고말고."

파우스트는 고개를 끄덕이며 사샤의 의문에 긍정했다.

"네 자궁에 깃든 건 쌍둥이야. 태아는 둘 있어."

"읏……?!"

"뭐?! 쌍둥이라고?!"

파우스트의 발언에 부부는 하나같이 깜짝 놀랐다. 아이가 둘이라면, 전제가 바뀌어버리고 말기 때문이었다.

"둘 있는 아이 중 하나에게 저주를 옮기면, 모친과 또 하나의 아이는 살아. 셋이서 사이좋게 죽을지, 혹은 한 사람을 희생해서 두 사람을 구할지…… 이건 그런 양자택일이야."

"그럴, 수가……."

"자, 어떻게 할래? 내 옛 친구여. 나는 너희 부부의 결단을 존중해. 아이 두 사람을 길동무로 삼든지, 한 사람이라도 구해줄지…… 원하는 쪽을 선택해."

"…………."

"어느 쪽을 골라도 잘못된 선택은 아니야. 생명의 선택에 정답 따위는 없으니까."

결단을 재촉하는 파우스트의 표정은 온화했다. 다정하다고도 말할 수 있는 자비심 깊은 표정을 짓고 있었다.

하지만…… 그런 온화한 모습이, 하르스베르크 부부에게는 마치 인간에게 계약을 재촉하는 악마의 얼굴로 보였다.

그날, 부부는 한 가지 결단을 내리게 된다.

고민 끝에 내린 결단은 십수 년 후, 수많은 인간의 운명을 좌우하게 되지만…… 그 사실은 부부를 포함해서 아무도 예상하지 못한 일이었다.

○　○　○

대체 자신은 어째서 이런 꼴을 당하고 있는 것일까?

그것은 몇 번이나 생각하고, 고민하고, 울면서 슬퍼해도 답을

낼 수 없었던 질문이었다.

"아, 또 '저주받은 아이'가 나왔어!"

"이리로 오지 마! 저주가 옮잖아!"

"윽……."

아이들이 던진 돌에 뒤통수를 맞자, 카임 하르스베르크는 통증에 표정을 찡그렸다.

카임은 열세 살 소년이다. 회색 머리카락과 눈동자, 이목구비는 수려하게 정돈되어 있어서, 몇 년 지나면 많은 여성이 가만히 두지 않을 미남자가 되리라 예상된다.

하지만…… 카임의 얼굴이나 팔다리에는 보라색 반점이 새겨져 있어서, 단정한 용모를 못 쓰게 만들고 있었다. 하얀 피부를 무참하게 뒤덮은 것은 저주의 흔적. 카임이 태어났을 때부터 새겨져 있었는데, '저주받은 아이'로 괴롭힘당하는 숙명을 짊어지게 한 원흉이었다.

"도망쳐라, 저주가 옮는다!"

"괴물! 어서 마을에서 나가!"

소년들이 깔깔 웃으면서 달려갔다.

"아파……."

머리에 손을 대자 뒤통수에서 피가 배어 나왔다. 카임은 통증에 표정을 찡그렸다.

카임은 하르스베르크 백작령 한구석에 있는 작은 마을에서 살고 있었다. 살고 있다…… 라고 말하기는 했지만, 카임이 생활하는 곳은 마을 외곽의 숲에 있는 오두막이다. 때때로 식료품 등을 사기 위해 방문하는 것 외에는 마을과 전혀 교류가 없었다.

"또 왔어……. 그 '저주받은 아이'야."

"'독의 여왕'의……. 젠장, 지긋지긋해!"

"정말 싫다, 더러워. 빨리 나가주지 않으려나?"

마을 어른은 아이들처럼 돌을 던지지 않기는 했지만, 지나칠 때마다 카임을 보며 수군수군 험담을 늘어놓는다. 이것도 늘 있는 일이다.

카임이 단골 상점에 찾아가자, 가게 주인인 남자가 번뜩 노려보았다.

"……또 온 거냐. 어쩔 수 없군."

"저기…… 먹을 것을……."

"그래, 가지고 가라, 가지고 가. 그걸 가지고, 냉큼 사라져!"

가게 주인이 마대를 던졌다. 지면에 떨어진 주머니에서 빵과 과일, 치즈가 굴러 나왔다.

"값은 평소처럼 영주님께 청구할 테니까 빨리 돌아가라! 다른 손님이 도망쳐 버리겠어!"

"으……!"

"뭐야아? 설마 노려보는 건 아니겠지? 이쪽이 식료품을 베풀어주는데, '저주받은 아이' 주제에 은혜를 원수로 갚지 말라고!"

"큭……."

가게 주인이 위협하자, 카임이 지면에 떨어진 식료품을 마대에 넣었다.

흙투성이가 되었어도, 팔다 남아서 곰팡이가 생겼다 해도, 카임에게는 귀중한 식료품이다. 먹지 않고서는 살아갈 수 없다.

카임은 굴욕을 필사적으로 참으면서도 식료품을 주워 모으고는 잰걸음으로 그 자리를 떠나갔다.

스쳐 지나가는 마을 사람의 비방을 들으면서, 카임은 마을을 나가 짐승들이 다니는 숲길을 걸어갔다.

여기저기에 통증을 느끼면서 걷는 카임의 뇌리에 떠오르는 것은…… 평소와 똑같은 의문이었다.

'어째서……, 어째서 나만 이런 꼴을 당해야만 하는 걸까……?'

카임은 1년 전부터 숲에 있는 오두막에서 생활하고 있다. 처음에는 거기에서 살던 노인이 돌봐줬지만…… 석 달 전에 그가 병으로 떠나고 나서는 혼자서 생활하고 있다.

그 뒤로는 마을에 나가서 식료품을 조달하기만 해도 악의에 부딪혔다. 아무런 잘못도 하지 않았는데 악의에 가득 찬 목소리를 한 몸에 받는 나날이 이어졌다.

"어째서, 난 '저주받은 아이'로 태어난 걸까? 내가 대체 뭘 했다는 거지……?"

입 밖으로 내서 중얼거려보았자 아무것도 바뀌지 않는다. 카임은 태어났을 때부터 계속 '저주받은 아이'이고 앞으로도 계속 그럴 것이다.

오로지 혼자서, 그 누가 베푸는 인정도 받지 않은 채 살아가야만 하는 것이다.

"콜록콜록……!"

갑자기 가슴에 통증이 덮쳐와서 식료품이 들어간 자루를 떨어뜨렸다. 입가에 손을 대고서 몇 번이나 기침하자…… 손바닥에 질척한 혈액이 들러붙어 있었다.

손바닥에 들러붙은 혈액이 지면에 떨어지자 '촤악' 하고 타서 눌어붙는 것 같은 소리와 함께 이상한 냄새가 피어올랐다. 발치를 쳐다보니 지면에 떨어졌던 돌멩이가 산으로 녹은 것처럼 용해되어 있었다.

"독의 저주인가……."

카임의 몸은 태어났을 적부터 '독의 저주'에 침식되어서, 때때로 이렇게 피를 토할 때가 있었다. 독에 오염된 혈액은 돌을 녹일 만큼 강한 독성을 가지고 있다.

'그 때문에 나고 자란 집에서도 쫓겨났어. 어머니가 돌아가시자마자 바로…….'

지금은 숲속 오두막에서 생활하고 있는 카임이지만…… 실은 인근을 다스리는 영주의 아들이다. 작년, 어머니가 세상을 떠나기 전까지는 널찍한 저택에서 살고 있었다.

'어머니가 살아계셨을 적엔 좋았어. 누가 나한테 돌을 던지는 일도 없었는데…….'

어머니는 카임을 사랑해준 몇 없는 사람이었다. 아버지도 쌍둥이 여동생도 다가오려고 하지 않았던 카임에게 해맑은 미소를 보내주었다.

'그러고 보니…… 어머니는 때때로 "미안하구나"라고 중얼거리셨지. 그건 무엇에 대해서 사과하셨던 걸까……?'

어머니는 생전, 카임에게 참회하듯이 사죄를 되풀이했다. 사과해야 할 사람은 '저주받은 아이'로 태어난 카임 쪽인데…… 어머니는 대체, 무엇을 사과했던 것일까?

"응……?"

"으르르르릉……."

문득 고개를 들자, 몇 미터쯤 떨어진 나무 그늘에서 늑대 몇 마리가 으르렁거리는 소리를 내고 있었다. 당장에라도 덮쳐들겠다고 주장하는 양 사납게 송곳니를 드러낸 상태였다.

"늑대라…… 최근엔 모습을 못 봤는데, 어떻게 된 걸까?"

카임은 고개를 갸웃거리며 혈액이 묻은 손을 들었다.

"캐앵?!"

그러자 늑대가 강아지 같은 울음소리를 내며 도망갔다. 독의 혈액은 냄새만으로 짐승이나 마물을 쫓아내는 힘이 있다. 이 주변에는 얼마 전까지 늑대의 피해가 빈번하게 일어났던 모양이지만, 카임이 살게 되고 나서 완전히 조용해졌다.

"나도 짐승을 몰아내는 역할에는 도움이 돼. 그러니 조금 더 소중히 대해줬으면 좋겠는데……."

카임은 자조하듯 중얼거리며 지면에 떨어뜨려 버린 식료품을 주워 모았다.

'어차피 내 몸속은 진흙 같은 것보다도 훨씬 더러워져 있어. 독의 저주로 가득 찬 몸을 가진 주제에, 이제 와서 뭘 신경 쓴다는 거야.'

카임은 어깨를 축 늘어뜨리면서 느릿한 발걸음으로 귀갓길에 올랐다.

자신의 인생은 계속 이런 악의와 모멸에 노출된 나날의 연속인 것일까…… 그런 막연한 불안을 가슴에 품으면서.

"응……?"

카임이 숲 안쪽에 있는 오두막에 다다르자, 당장에라도 무너져버릴 것 같은 너덜너덜한 오두막 앞에 여성 하나가 서 있는 광경이 보였다.

20대 전반쯤 되는 연령으로 메이드복을 입고 있었다. 은색의 긴 머리카락이 특징적이었지만, 그 이상으로 눈길을 끄는 것은 머리 위에 얹어진 삼각형 짐승 귀. 그리고 긴 치맛자락에서 뻗은 꼬리였다.

"티……."

"아, 카임 님이에요! 어서 오세요!"

여성은 카임의 귀가를 깨닫자마자 표정을 활짝 밝히며 달려왔다.

그녀의 이름은 티. 카임의 생가인 하르스베르크 백작가를 섬기는 메이드이자, '호인(虎人)'이라는 수인(獸人)이었다. 호인 중에서도 드문 '화이트 타이거' 수인이라서, 귀나 꼬리는 하얀색과 검은색으로 나뉘어 있다.

티는 세상을 떠난 어머니를 섬기던 전속 메이드이며 어린 카임을 돌봐줬던 이이기도 하다.

하르스베르크가의 사용인은 카임을 꺼렸지만, 티는 그에게 호의적인 유일한 사용인이다. 카임이 저택에서 쫓겨나고 나서도 때때로 카임을 걱정해서 상황을 보러 와주는 것이다.

"장을 보러 갔다 오셨나요? 오늘은 귀가가 늦어서 걱정해버렸답니다!"

"아……, 다가오면 안 돼! 내 몸을 건드리지 말아줘!"

"네……?"

카임은 평소처럼 자신을 껴안으려고 드는 티를 황급히 막았다.

티는 스킨십이 격해서, 카임과 얼굴을 마주할 때마다 카임을 껴안았다.

하지만 지금의 카임은 머리 부분을 다쳐서 피가 나고 말았다. 섣불리 껴안으면 티에게 독의 피가 묻고 말지도 모른다.

싹싹하게 웃는 얼굴로 다가오려고 했던 티였지만…… 카임의 상처를 알아채고서 표정이 어두워졌다.

"……카임 님, 그 상처는 어떻게 된 건가요?"

"이건…… 아까 넘어졌어. 그때 무심코 머리를 부딪쳐서……."

카임이 거북하다는 듯이 변명을 입에 담자, 티가 눈꼬리를 치켜올렸다.

"순 거짓말. 마을 패거리가 한 거죠? 그 녀석들…… 백작가 사람인 카임 님에게 무슨 짓을……! 바로 제가 가서 어리석은 자들을 때려눕히고 올게요!"

"잠깐……, 그러지 마! 난 괜찮으니까!"

카임은 당장에라도 달려가려고 하는 티를 황급히 말렸다.

이전에도 같은 일이 일어나 티가 화나서 마을에 뛰어든 적이 있었다.

마을 아이들의 엉덩이를 때리고, 부모에게 호통을 쳐서 사죄를 받아냈지만…… 훗날 카임의 아버지인 하르스베르크 백작에게서 심하게 꾸중을 듣고 말았다.

촌장이 하르스베르크 백작에게 항의한 모양인데, 티가 일방적으로 마을 사람에게 마구 소리쳐대며 폭력을 행사한 것으로 되어 있었다.

『그 마을은 덜떨어진 '저주받은 아이'를 맡아주고 있다. 시시한 소란을 일으키지 마라!』

하르스베르크 백작은 일방적으로 괴롭힘당했던 카임도, 카임을 위해서 화냈던 티도 감싸주지 않았다. 감싸주기는커녕, 자식을 괴롭혔던 마을 사람을 옹호한 것이었다.

"티는 아버님에게 찍혔어. 어머님이 널 아꼈다는 사실 때문에 봐주고 있지만…… 이 이상 나 때문에 문제를 일으키면 백작가에서 쫓겨나고 말 거야."

"하지만…… 내버려 두면 놈들은 점점 우쭐대서 카임 님을 괴롭혀댈 거예요!"

"……어쩔 수 없어. 내가 '저주받은 아이'로 태어난 게 잘못이니까. 게다가 이 마을에서 쫓겨나면, 정말로 갈 데가 사라지고 말잖아?"

"어흐응……."

표정이 어두워진 카임의 모습을 보고서, 티도 울상을 지었다.

무언가 말하고 싶어 하는 눈빛이었지만…… 그녀는 입술을 깨물고서 천천히 고개를 내저었다.

"……상처를 치료할게요. 이쪽으로 오세요."

"아니, 이건…… 응. 피를 건드리지 않게 조심해."

카임은 티에게 독의 피가 닿지 않게 하고자 거절하려 했지만, 그 눈동자에서 반박을 허용하지 않는 의지를 느끼고 마지못해 함께 오두막으로 들어갔다.

오두막 안에는 가구 따위는 아무것도 없었다. 지면에 나무껍질을 깔았을 뿐인 지나치게 검소한 모양새였다.

"상처를 닦을게요. 살짝 쓰라릴지도 모르겠지만 참으세요."

"윽…….""

티가 카임의 머리를 가슴에 안고서 뒤통수를 치료하기 시작했다. 메이드복에 감싸인 풍만한 가슴에 파묻히자 카임의 얼굴이 확 붉어졌다.

"카임 님, 조금만 더 참으세요."

"응, 괜찮아. 상처는 아주 조금 아프지만 참을 수 있어."

"조금만 더 있으면 돈이 모일 거예요. 그러면 이런 곳은 당장이라도…….""

"…………?"

티의 중얼거림을 듣지 못한 카임이 커다란 가슴에 얼굴을 파묻은 채 신기하다는 표정을 지었다. 이윽고 치료가 끝나자 카임은 "푸하앗" 하는 소리를 내며 고개를 들었다.

"그래서 티. 오늘은 무슨 용건으로 온 거야?"

가슴에 얼굴을 묻었던 수치심을 감추기 위해서 카임은 그런 말을 입에 담았다.

딱히 용건이 없더라도 티는 일주일에 한 번은 상황을 보러 온다. 굳이 물어볼 필요 없는 얼버무림을 위한 질문이었다.

"어흥……, 그랬었죠. 깜빡 잊을 뻔했어요."

하지만 티는 치료에 사용한 도구를 치우면서 뭔가 떠올랐다는 듯이 눈동자를 깜빡였다. 아무래도 정말로 용건이 있어서 찾아온 모양이었다.

"오늘은 그…… 주인님께 카임 님을 저택으로 모시고 오라는 명을 받아서요……."

"아버님이 부르시다니…… 별일이네. 나에게 용건이 있다니."

"……이제 곧, 마님의 기일이에요. 그 전에 집에 얼굴을 비추라고 하셨는데……."

"……아아, 그런 건가."

카임은 아버지의 의도를 깨닫고서 표정이 어두워졌다. 일주일 후, 어머니가 세상을 떠난 날이 찾아온다. 그 전에 집에 돌아와서 어머니를 위한 기도를 마치라는 뜻이리라.

어째서 당일이 아니라, 사전에 마쳐두라고 하는 것인가……. 그것은 소중한 아내의 기일에 '저주받은 아이'인 불초자식의 얼굴을 보고 싶지 않기 때문이리라.

일단은 아들인 카임에 대한 자그마한 의리와 아내에 대한 애정, 그리고 박정한 아버지다운 제멋대로인 사정이 어우러진 염치없는 요구이다.

"……괜찮아. 돌아가자, 그 저택에."

"……지시를 전달하러 온 제가 이런 말을 하는 것도 이상하지

만, 거기에는 카임 님을 업신여기는 인간뿐이에요. 억지로 돌아
가지 않으셔도…….”

“괜찮아. 큰 은혜를 주신 어머님의 명복을 꼭 빌고 싶으니까.
집에 돌아가도 된다는 허가를 받을 수 없다면, 저택 문 앞에서
기도만이라도 하려고 했는데…… 수고가 줄어들었어.”

카임은 어두운 웃음을 띠며, 1년 전까지 살던 저택에 돌아가
기로 결의했다.

‘권성’이라 불리는 아버지와 쌍둥이 여동생이 사는 집── 하
르스베르크 백작가로.

○　○　○

하르스베르크 백작가의 당주인 케빈 하르스베르크는 원래 이
름 있는 모험가로서 마물이나 도적을 토벌하고 있었다.

수많은 모험으로 이름을 떨친 케빈은 13년 전에 ‘독의 여왕’이
라는 괴물을 토벌함으로써, 그 대가로 ‘백작’ 지위와 영지를 하
사받게 되었다.

일개 모험가에서 귀족으로 벼락출세했던 케인에게 고참 귀족
은 강하게 텃세를 부렸지만…… 왕국 최강, ‘권성’이라 칭송받는
케빈을 정면으로 적대할 자는 없었다.

케빈 하르스베르크 백작은 모험가 시절에 키운 인맥으로 모은
신하에게 지지받으면서 원만하게 영지를 다스리고 있고, 좋은
영주로서 영지민들에게도 사랑받고 있다.

"······여기에 돌아오게 될 날이 올 줄이야. 쫓겨났을 땐 상상
도 못 했어."

1년 만에 찾아온 본가를 올려다보며, 영주의 아들인 카임은
얼굴을 찌푸렸다.

이 저택은 어머니와의 추억이 가득 찬 곳이었지만······ 동시에
괴로운 추억도 산더미처럼 많았다. 가능하다면 이제 찾아오고
싶지 않은 곳이었다.

"······카임 님, 괜찮으세요?"

"······응. 문제없어."

카임은 걱정스럽게 자신의 얼굴을 들여다보는 티를 향해 힘없
이 웃으며 저택 문을 넘어갔다.

그대로 저택을 향하는 도중에 정원사나 경비병과 스쳐 지나
갔다. 그들은 카임에게서 눈길을 피하며 인사조차 하지 않았다.
마치 오물이라도 본 것 같은 태도였다.

"참으로 무례한 놈들······!"

"······별로 상관없어. 아무래도 좋아."

이런 반응에는 익숙했다. 이 저택에서 카임을 평범하게 대해
주는 사람은 어머니와 티뿐이었다. 마을 사람들처럼 돌을 던지
지 않는 만큼 그나마 낫다.

저택에 다가가자······ 정원에서 두 사람이 몸을 움직이는 광경
이 보이기 시작했다.

이 저택의 주인인 케빈 하르스베르크. 그리고 카임의 쌍둥이
여동생인 아네트 하르스베르크였다.

"좋아, 그럼 오늘도 '투귀신류(鬪鬼神流)'의 전투술에 대해서 지도하겠다!"

"네, 아버님!"

두 사람은 움직이기 편한 차림을 하고 있었는데, 아무래도 격투술 훈련을 하는 모양이었다.

"우선은 복습이다……. 투귀신류는 육체에 마력을 두르고 싸우는 전투 기술. 검도 창도 쓰지 않는다. 육체 그 자체를 무기로 삼는다. 마력에 의한 신체 강화는 온갖 무도에 있어서 기본적인 기술 중 하나로 존재하지만…… 투귀신류의 것은 차원이 다르다!"

붉은 머리카락의 덩치 큰 남자── 케빈이 "홋!" 하고 날카롭게 숨을 내뱉자 순식간에 그 몸을 마력의 오라가 뒤덮었다.

마력이 마치 피어오르는 증기처럼 몸에서 뿜어져 나오다가, 이윽고 부피를 점점 줄여 눈에 띄게 작아졌다. 육체에서 발산하는 마력이 적어진 것은 아니다. 마력이 압축되어 밀도가 높아진 것이었다.

"몸에 두른 마력을 극한까지 압축한다. 이에 의해 마력은 강철에 필적하는 강도까지 승화되는 거다. 완성된 '압축 마력'은 드래곤의 비늘에도 뒤지지 않아. 물론…… 주먹에 두르면 공격력도 뛰어오르지!"

케빈이 압축한 마력을 두른 주먹으로 정원에 놓인 바위를 후려쳤다. 그러자 일격으로 인간 크기의 암석이 산산이 분쇄되었다. 그야말로 '권성'이라고 불리는 남자의 주먹 공격이었다.

"보는 것과 같다. 물론 무기를 쓰지 못한다는 단점은 있다. 자연스럽게 압축 마력을 두르게 될 때까지, 재능 있는 자라 해도 5년은 걸리니까. 하지만 장점으로 무기를 가지고 다닐 필요가 없고, 언제든지 발동할 수 있다는 점. 무게가 없어서 몸이 가벼운 점을 들 수 있지. 무겁고 답답한 갑옷을 몸에 걸치는 것보단 자신의 몸 하나로 달리는 편이 빠르잖아?"

"과연…… 역시 아버님이세요! 저도 언젠가, 아버님이 있는 영역에 다다를 수 있을까요?"

"음. 넌 내 딸이니까! 앞으로 10년쯤 지나면 일류 무투가가 될 수 있을 거다! 그러기 위해서라도 오늘도 단련에 힘써라!"

"네! 열심히 하겠습니다!"

부녀가 화목하게 훈련하고 있었다. 카임은 조금 떨어진 곳에서 표정을 찡그렸다.

"……두 분은 아직 훈련 중이신 모양이에요. 먼저 저택에 들어갈까요?"

"아니……, 됐어. 여기에서 보고 있을래."

카임은 티의 배려에 고개를 내젓고, 무술을 배우는 쌍둥이 여동생에게 눈길을 보냈다.

'아네트……. 내 단 하나뿐인 여동생. 쌍둥이의 반쪽…….'

아네트의 모습을 볼 때마다, 카임에게는 어쩔 수 없이 허무한 마음이 덮쳐왔다.

같은 날 같은 어머니의 배에서 태어난 친남매였지만, 카임과 아네트의 관계는 결코 원만하지 않았다. 험악…… 아니, 아네트가 일방적으로 카임을 싫어한다.

어머니 사샤 하르스베르크가 카임을 과보호라 할 정도로 끼고 돌았기 때문이다. 사샤는 '저주받은 아이'로 태어난 아들의 장래를 무척이나 걱정해서, 생전에는 거의 곁에서 떨어진 적이 없었다. 아네트는 어머니의 애정을 독차지하는 카임에게 미움을 품었는데, 그것은 어머니의 사후에도 더욱 강해졌다.

"그럼 천천히 하면 된다. 몸의 표면에 마력을 흘려보내서 압축해 나가는 거다."

"네, 아버님!"

"…………."

동시에 부녀를 바라보는 카임의 눈에도 질투의 감정이 떠올랐다.

쌍둥이로 태어나서 저주를 짊어지지 않은 아네트를, 아버지의 애정을 독점해 저렇게 무술을 배우는 여동생을, 카임은 어쩔 방도도 없이 부러워해 왔다.

'마치 나한테 심술을 부리는 것 같아. 내가 보는 걸 못 알아챌 리가 없을 텐데……. 무시할 바에야 처음부터 저택으로 부르지 않으면 될 텐데.'

"좋아! 다음은 기본적인 기술을 가르치겠다. 우선은……【기린】!"

"네, 아버님! 이렇게 말인가요?!"

아버지가 득의양양한 얼굴로 기술을 선보였고, 딸이 흉내 내며 몸을 움직였다.

카임은 강한 소외감을 품으면서도 두 사람에게서 눈을 피하지 않고 훈련을 견학했다.

마치 시선을 돌리면 패배라는 양, 그들의 훈련이 끝날 때까지 지켜보았다.

훈련을 마친 부녀는 몸을 씻기 위해서 각각 자기 방으로 돌아갔다.

그 사이에 카임은 어머니를 향한 애도를 마치기로 했다.

"다녀왔어요, 어머님."

어머니의 침실이었던 방에는 제단이 설치되었는데 영정 초상화가 장식되어 있었다.

카임은 꽃이 잔뜩 장식된 제단 앞에 무릎 꿇고서, 자신을 사랑해준 유일한 가족에게 명복의 기도를 올렸다.

'저주받은 아이'인 카임은 아버지에게서 냉대받고, 쌍둥이 여동생에게서도 미움을 받는다. 사용인도 대다수 비슷한 태도이다. 그런 와중에 어머니만큼은 카임에게 격려의 말을 계속 걸어주었다.

『카임, 너 자신을 싫어하지 말려무나.』

『너는 아무런 잘못도 없어. 태어난 게 죄라고는 생각하지 마.』

『아버님도 카임이 미운 건 아니야. 다만…… 어떻게 대해야 좋을지 모를 뿐이지. 넌 아무런 잘못도 없어. 네가 저주받은 건 네 책임이 아니란다. 그러니 너 자신을 사랑해주렴.』

"자신을 사랑하라니…… 어려워요, 어머님."

설령 카임이 자신을 어떻게 생각하든, 주위는 카임을 '저주받은 아이'로 취급한다.

어머니가 세상을 떠나자 바로 저택에서 쫓겨났고, 마을에서는 돌팔매질을 당하는 생활을 보내고 있다.

그런 상황에서 자신을 사랑하게 될 방법 따위는…… 카임에게는 짐작도 가지 않았다.

'자신을 사랑해주는 가족이 있었다면 사정이 달라졌을지도 모르겠지만…… 어머님이 떠나시고 나서, 나는 외톨이야.'

"어흥! 카임 님, 티가 있답니다!"

"응……. 어라, 설마 내 마음을 읽은 거야?"

"카임 님의 생각 정도는, 이 티라면 손에 잡히는 것처럼 알 수 있어요! 당신을 몇 년이나 섬긴 줄 아시나요?"

"하핫, 그런가……. 그랬었지."

카임은 감이 좋은 메이드를 향해 쓰게 웃으면서 1년 만인 어머니와의 재회를 마쳤다. 때마침 그 타이밍에 집사가 방으로 들어왔다. 엄격한 용모의 집사가 담담하게 입을 열었다.

"……식사 준비가 다 됐습니다. 식당까지 와주십시오."

"아니……, 이미 용건은 끝났으니 난 이제 돌아가겠어."

"주인님과 아가씨께서 기다리십니다. 너무 두 분을 기다리게 하지 마시기를."

중년 집사는 일방적으로 말을 내뱉고서 서둘러 방에서 나가버렸다. 카임도 틀림없는 하르스베르크가의 사람인데…… 집사의 태도에는 경의라고는 한 톨도 없었다.

"으르르릉……, 무례해요. 자기가 뭐 얼마나 대단하다고, 저

집사는!"

"괜찮아, 티……. 마음이 무겁지만 저녁 식사쯤은 먹고 갈까. 너무 서둘러 돌아가는 것도 어머님께 죄송하고."

카임은 한숨을 내쉬고서 지시받은 대로 식당으로 향했다. 티를 이끌고서 식당에 도착하자, 이미 거기에는 몸을 다 씻은 부녀의 모습이 있었다.

두 사람은 카임을 기다리지 않고 식사를 시작하고 있었다. 긴 테이블 구석에는 카임 몫은 요리가 준비되어 있었지만…… 아버지와 여동생에게서는 꽤 떨어진 위치였다.

"……아버님, 오랜만에 뵙습니다. 어머니의 명복을 빌게 해주셔서 감사합니다."

"쓸데없는 인사 따위는 필요 없다……. 냉큼 자리에 앉아서 먹어라."

"네……, 잘 먹겠습니다."

카임은 이쪽을 거들떠보지도 않는 아버지의 태도에 표정을 찡그리며 자리에 앉아서 식사하기 시작했다.

"이 스테이크, 맛있어! 역시 운동 후에 먹는 음식은 각별하네!"

"요 녀석, 아네트. 너무 서둘러 먹지 마라. 경박하다."

"네에, 죄송해요. 아버님!"

"…………."

기운차게 식사하는 아네트에 비해서, 카임의 표정은 무겁고 답답했다.

같은 식탁에 앉아서 1년 만에 얼굴을 마주한 남매였지만, 그

취급에 하늘과 땅 차이가 난다는 점은 누구의 눈으로 보아도 명백했다.

"아네트, 요리는 어디로 도망가지 않으니 천천히 먹으렴."

"아가씨, 입이 더러워지셨어요."

"나중에 디저트도 가지고 오겠습니다. 오늘은 아가씨께서 좋아하시는 배 타르트를 준비했답니다."

"에헤헤헤, 기쁘다. 디저트 기대돼!"

"…………."

웃는 얼굴로 식사하는 아네트의 옆에는 아버지가 있었고, 사용인이 흐뭇하게 에워싸고 있었다.

과시하는 것처럼, 자랑하는 것처럼, 아네트는 행복하게 식사하고 있었다.

'뭘 과시하려는 걸까……? 이런 걸 보여주기 위해서 날 불러들인 건가?'

스푼으로 수프를 떠서 입에 옮겼지만 맛이 거의 나지 않았다. 심술로 간을 약하게 친 것일까, 그게 아니면 기분이 침울해져서 맛을 못 느끼게 된 것일까.

"카임 님……."

"……응. 괜찮아."

뒤에 서 있는 티의 존재에 격려받으면서, 카임은 기계적으로 요리를 입에 옮기며 빠르게 식사를 마쳤다.

"그럼, 아버님……. 저는 이만 실례하겠습니다."

"기다려라, 카임."

식사를 마친 카임은 재빠르게 저택에서 떠나려고 했지만, 케빈이 그를 불러세웠다.

"⋯⋯최근 영지민에게서 진정이 들어왔다. 넌 마을 아이에게 돌을 던지는 모양이더구나."

"⋯⋯던지지 않았습니다. 돌은 맞은 건 제 쪽입니다."

"닥쳐라! 친절하게도 '저주받은 아이'인 너를 머물게 해주는데, 죄도 없는 아이를 상처입히다니 무슨 짓이냐! 나는 너를 그렇게 키운 기억이 없다!"

"⋯⋯⋯⋯."

아버지의 손에 자란 기억은 없다. 그렇게 대꾸하려다가⋯⋯ 금세 허사라는 사실을 깨닫고 고개를 내저었다.

그 대신 한숨을 한 번 쉬고서 달관의 말을 툭 흘렸다.

"⋯⋯아버님이 그렇게 말씀하신다면, 그런 거겠죠. 당신께선 언제나 옳습니다."

"그 말투는 뭐냐! 그게 아버지에게 보일 태도냐!"

"큭⋯⋯!"

격앙해서 일어선 케빈은 성큼성큼 카임 곁까지 가더니, 주먹을 쥐고서 사정없이 후려쳤다.

카임은 엉겁결에 얼굴을 옆으로 기울여서 아버지가 펼친 타격을 회피했다.

"네놈⋯⋯!"

"커헉!"

한순간 케빈은 놀라움에 눈을 크게 떴지만 금세 카임의 몸통을 걷어찼다. 이번에는 피하지 못해서, 카임은 식당 문이 있는 곳까지 날아가 버렸다.

"카임 님!"

티가 황급히 달려와 카임의 몸을 안아 일으켰다.

통증을 견디면서 몸을 일으키려고 한 카임에게, 케빈은 증오스럽게 입을 열었다.

"어째서 네놈 같은 '저주받은 아이'가 태어난 거냐. 너만 없었더라면, 사샤도 오래 살 수 있었을 텐데……, 제기랄!"

"아버님!"

"주인님……."

케빈은 말을 도중에 끊고서, 축 늘어진 상태로 근처에 있는 의자에 걸터앉았다.

피곤함에 찌든 것 같은 저택 주인의 모습에 아네트와 사용인들이 달려왔다.

"윽……!"

사용인이, 쌍둥이 여동생이, 마치 카임이 가해자인 것처럼 노려보았다.

걷어차인 것은 카임인데…… 너무나도 불합리한 상황이었다.

"카임 님, 정신 차리세요!"

"……응, 괜찮아. 그렇게까지 아프지는 않으니까."

카임은 티에게 부축받으면서 일어서서는 완만한 움직임으로 식당에서 도망쳤다.

"카임 님, 괜찮으세요? 너무해요, 어째서 카임 님이 이런 꼴을 당해야만 하는 건가요?!"

"……괜찮아, 빨리 돌아가자."

카임은 걱정해서 바싹 다가붙는 티에게 미소 지으면서 자신의 몸을 확인했다.

힘껏 걷어차인 것처럼 보였지만…… 의외일 만큼 몸에 타격은 없었다. 아마도 절묘하게 힘을 빼서 카임에게 상처를 입히지 않게끔 조절한 것이리라.

'역시나 '권성'이라는 건가? 재능의 낭비 같은데.'

"……기다리십시오, 카임 님."

카임은 저택에서 나가려고 했지만…… 뒤에서 다가온 집사가 그에게 말을 걸었다.

"그쪽에 있는 티에게는 할 일이 있으니, 부디 혼자서 돌아가 주십시오. 배웅을 못 해드려서 죄송합니다."

"어흥! 이런 상태인 카임 님을 혼자 돌려보낼 셈인가요?!"

심술 같은 소리를 해오는 집사에게 티가 항의했다.

"저는 카임 님의 메이드예요! 귀갓길을 함께하는 게 뭐가 나쁘다는 건가요?!"

"착각하지 마십시오. 당신은 백작가에 고용된 메이드입니다. 마님께서 거둬주신 은혜를 잊은 겁니까?"

"그 마님께서 카임 님을 부탁하셨어요! 어째서 카임 님을 그렇게 냉대하는 건가요?! 카임 님은 백작가의 아드님이신데요?!"

"칫……, 이래서 수인은. 짜증 나는군."

집사가 물고 늘어지는 티를 향해 크게 혀를 찼다. 이 나라에서는 수인이 차별당해서, 좋은 취급은 받지 못한다. 티가 백작가에 고용된 것은 무척이나 행운이었다.

'이 이상 티에게까지 폐를 끼칠 수는 없으니까.'

"난 괜찮아. 티, 넌 돌아가서 네 할 일을 해."

"카임 님……?!"

"난 혼자서 돌아갈게……. 이러면 불만은 없겠지?"

"네, 없다마다요. 조심히 돌아가십시오."

집사는 깔보듯이 냉소를 지으면서 말을 내뱉고는 서둘러 저택으로 돌아갔다.

"그렇게 됐으니 티 너는 돌아가서 네 할 일을 해."

"무리예요, 무모해요, 당치도 않아요! 다친 상태에서 혼자 돌아가겠다니……!"

"괜찮아. 호쾌하게 차인 것처럼 보였지만, 실제로는 그 정도로 아프진 않아. 걸어서 돌아갈 수 있어."

"하지만……!"

"티."

카임은 타이르듯이 울상을 짓는 연상의 메이드에게 말했다.

"나는 괜찮아. 어머님께서 사랑하셨던 저택을 부탁할게."

"어흐응, 카임 님……."

티는 괴로운 듯이 입술을 깨물었지만…… 최종적으로는 이해해주었다. 그녀는 저택을 나가는 카임을 눈물을 가득 머금은 눈으로 배웅해주었다.

"마치 충견 같네……. 개가 아니라 호랑이잖아, 넌."

카임은 쓰게 웃으면서 귀갓길에 올랐다. 이미 해는 저물었지만 하늘에는 달이 떠올라서 밝게 밤길을 비추고 있었다.

카임은 완만하게…… 그래도 확고히 지면을 밟으며 숲속 오두막으로 돌아갔다.

『카임……, 너는 잘못이 없단다.』

그것은 어머니…… 사샤 하르스베르크와 지냈던 마지막 기억. 카임은 침대에 누워있는 어머니에게 바싹 붙어, 눈물을 흘리면서 마지막 말에 귀를 기울였다.

『네가 태어나줘서 정말로 행복했어. 품에 안을 수 있어서, 성장을 지켜볼 수 있어서, 진심으로 행복했단다. 그러니…… 무슨 일이 있어도, 자신을 책망하지는 말렴.』

카임은 알고 있었다. 사샤가 쌍둥이를 출산하고 몸 상태가 나빠져서, 몸져눕게 되었다는 사실을. 때때로 피를 토했다는 사실을.

그리고…… 그 원인이 카임의 몸에서 무의식중에 뿜어져 나오는 미약한 독이라는 사실도.

카임은 혈액뿐만이 아니라, 숨결이나 체액에도 독이 포함되어 있다. 정상인이라면 영향 없을 농도의 독이었지만…… 몸이 약해졌던 어머니에게, 그것은 죽음에 이르는 맹독이었다.

아버지는 어머니를 몇 번이고 말렸다. 카임과 만나지 말라고, 건드리지 말라고.

카임을 버리고 아네트만을 우리 자식으로 키워야 한다는 말을 남편 케빈에게서 계속 들은 것이었다.

하지만…… 사샤는 카임을 버리지 않았다. 아무리 케빈이 뭐라고 말해도, 딸 아네트가 매달려도, 버리지 않고서 카임을 계속 곁에 두었다.

『네가 '저주받은 아이'로 태어나 버린 건 엄마 탓이란다. 너는 아무런 잘못도 없어. 그러니까⋯⋯ 자신을 책망하지 말렴.』

수척해지고 쇠약해진 사샤는 카임의 손을 잡고서 타일렀다.

생명을 깎아내듯이. 얼마 남지 않은 생명력을 말로 바꾸어, 남겨지게 될 아들에게 말을 남겼다.

『행복해지렴. 언젠가 네 가족을 찾아내서, 함께 살아가렴.』

그것이 어머니와 나눈 마지막 대화였다.

그 직후, 사샤는 피를 토하며 괴로워하기 시작했고 영원한 잠에 빠졌다.

그리고 아내의 죽음을 카임 탓이라고 단언했던 케인은 아들을 쫓아내고 아네트만을 자기 자식으로 키우게 되었다.

○   ○   ○

"후우⋯⋯, 겨우 도착했다⋯⋯."

나고 자란 저택에서 나와 걸어가기를 몇 시간. 카임은 숲속 오두막에 도착했다. 오는 도중에 몇 번이고 휴식을 반복해서 한 귀환이었다.

"⋯⋯오늘은 푹 쉬자. 몸이 녹초야."

카임은 어깨를 늘어뜨리면서 당장에라도 무너질 것 같은 오두막 문을 열었다. 오두막 안에는 램프 등과 같은 세련된 물건은 놓여 있지 않았다. 어둠 속, 기억을 더듬어서 침대 대신 쓰고 있는 나무껍질을 향하려고 했지만⋯⋯ 카임은 금세 발을 멈췄다.

"누구냐……?!"

오두막 안에서 누군가의 기척을 느꼈기 때문이다. 그 누군가는 숨을 죽이고 있는 모양이라서 소리다운 소리는 나지 않지만, 카임은 평소 자택과는 다른 분위기를 예민하게 감지해냈다.

'도둑…… 은 아니겠지. 여기에는 훔칠 물건 따위는 없어. 마을 사람이 오는 일 역시 있을 수 없어.'

마을 사람은 '저주받은 아이'인 카임을 기피해서 여기에는 다가오려고도 하지 않는다. 짐승이나 마물이 들어왔을 가능성도 없지는 않지만…… 짐승 특유의 냄새는 나지 않았다.

"…………."

카임은 손으로 더듬어 장작 패기용 도끼를 손에 잡고서 오두막 안을 둘러보았다.

"…………."

신중하게, 숨을 죽이며 오두막 안에 발을 들였다. 대체, 어디에 숨어 있는 것인가? 귀를 기울이고, 눈에 힘을 주고, 침입자의 모습을 찾아내려고 하다가…….

"흐음, 생각보다도 민감하구나. 깜짝 놀랐어."

"으……?!"

그 목소리는 오싹할 만큼 가까이에서 들렸다. 어느새인가 등 뒤에 누군가가 서서, 카임의 귓가에 속삭여온 것이었다.

"이게……!"

카임은 뒤를 돌아볼 때 도끼를 휘두르려고 했다. 하지만 그런 소년의 손은 등 뒤에 있던 누군가에게 쉽사리 붙잡히고 말았다.

"응응, 반응 속도도 나쁘지는 않아. 역시나 '권성'의 아들이라고 해야 하나? 그다지 훈련은 쌓지 않은 모양이지만…… 상당한 재능의 편린이 느껴지잖아."

등 뒤에 서 있는 이는 키가 큰 여성이었다. 남성용 정장 위에 흰 가운을 망토처럼 걸쳤으며, 검은 머리카락과 안경 안쪽에 있는 지적인 눈동자가 인상적이었다.

"조언하자면, 기척을 깨달았다는 사실을 상대에게 들키면 의미가 없어. 침입을 깨달았으면 그걸 눈치 못 챈 척하고서 상대의 허를 찔러야지. 아니면 도망치는 게 정답이야."

"큭……. 이거, 놔!"

"네가 그 뒤숭숭한 걸 손에서 놓는다면 나도 널 풀어줄게. 멋대로 집에 들어온 무례는 사과하지. 적의는 없어. 무기를 손에서 놔 주겠어?"

"…………."

여성의 목소리는 온화해서 그 말대로 적의가 있는 것처럼 보이지는 않았다.

목적이 무엇인지는 모르겠지만…… 만약 카임을 해칠 목적이라면 진작에 등을 찔렸으리라. 카임은 분하다는 듯이 표정을 찡그리면서도 도끼를 손에서 놓았다.

"응응, 착한 아이야."

여자가 팔을 잡은 손을 놓았다. 구속에서 해방되기가 무섭게, 카임은 그 자리에서 크게 뒤로 뛰어서 물러났다.

"너, 누구야……?! 어째서 우리 집에 있는 건데……?!"

"그렇게 경계하지 마. 야생 동물 같잖아."

"대답해!"

"그래, 알았어, 알았어. 재촉하지 않아도 이름을 댈 거야."

카임이 이를 악무는 듯한 목소리로 추궁하자, 흰 가운의 여성이 항복했다는 양 두 손을 들었다.

"내 이름은 파우스트라고 해. 일단은…… 네 부모님의 친구라고 해야 하나?"

"…………!"

놀라서 눈을 크게 뜨는 카임에게, 파우스트라고 이름을 댄 여성은 우호적으로 웃어 주었다.

"오늘은 의사로서, 환자인 카임 군을 만나러 왔어. 13년 전에 네 몸에 이식했던 '독의 여왕'의 저주가 어디까지 진행됐는지…… 내가 진찰하게 해주겠어?"

"'독의 여왕'……, 이식……?"

무슨 소리인지 모르겠다. 카임은 눈살을 찌푸렸다.

물음표를 머리에 떠올리는 카임에게, 파우스트는 "그렇구나"라고 말하며 쓰게 웃었다.

"자신의 몸을 좀먹고 있는 저주에 대해서, 부모님이 어디까지 가르쳐 주셨지?"

"……딱히 아무것도."

"차마 아이에게 가르쳐줄 수 없었던 건가……. 혹은 책망받을까 봐 괴로웠던 건가?"

파우스트는 뒤적뒤적 짐을 뒤지더니, 안에서 랜턴을 꺼내 들었다. 캄캄했던 방이 랜턴의 불빛을 받아 오렌지색으로 비쳤다.

"너도 앉아. 얘기를 나누자. 네 몸을 좀먹는 저주에 대해서."

"……여긴 우리 집인데?"

파우스트가 자기 것인 양 나무판자에 앉았다. 잠자리로 쓰던 공간을 점령당한 카임은 얼굴을 찡그렸지만, 제안을 거부하지 않고 옆에 앉았다. 눈앞의 수상한 인물을 신뢰하는 것은 아니었지만, 이야기 내용…… 자신의 몸에 깃든 저주에 대해서 무척 흥미가 있었다.

"아, 차 같은 건 있어? 목이 좀 마른데?"

"정말로 뻔뻔스럽네! 그쪽 병에 들어있으니까 멋대로 마셔!"

"아, 있구나. 밑져야 본전이라 생각하고 물었는데."

파우스트가 지면 위에 놓인 병을 손에 잡았다. 뚜껑을 열고서 안에 든 액체의 냄새를 맡고서는…… 놀란 듯이 눈을 빛냈다.

"흐음, 재미있는 차로구나. 이건 네가 우린 거니?"

"……차가 아니라 근처에서 따온 풀이야. 맛없지만 마시면 컨디션이 좋아져."

"응응, 이건 '치료초'라고 하는 포션 재료로도 쓰이는 약초구나. 이걸 약차로 달여서 마실 줄이야, 상당히 취미가 고상해."

주워온 술병에 든 탁한 물. ……도저히 '차'라고는 부를 수 없는 그것을, 파우스트는 망설임 없이 입에 머금었다. 꿀꺽꿀꺽 마시고는 쓴맛을 즐기듯이 눈을 가늘게 떴다.

"응, 맛있네. 하지만 신경 쓸 필요 없어. '좋은 약은 입에 쓰다'라고도 하고, 건강에 좋은 것은 입맛에 나쁜 거야. 좋은 대접에 감사할게."

"…………."

대접할 생각은 없었다. 상대가 멋대로 집에 들어와 멋대로 차를 마시는 것이었다.

"그래서…… 내 몸에 대해서 진찰하고 싶다, 라는 건 무슨 뜻이야?"

파우스트는 자신을 '부모님의 친구'라고 자칭했다. 어머니의 친구라고 하면 믿어도 되지만, 아버지의 친구에게 마음을 열 수는 없었다.

"게다가…… 당신은 말했지? 내 몸에 '저주를 이식했다'라고. 그건 대체, 무슨 뜻이야?"

저주를 이식했다니…… 그것은 터무니없지만 흘려들을 수 없는 일이었다.

카임은 자신의 몸을 침범한 '독의 저주'가 타고난 것이고, 유행병처럼 우연히 앓게 된 것이라고만 생각했다. 하지만 '이식'이라는 말을 쓰는 이상, 파우스트가 의도적으로 자신의 몸에 저주를 심었다는 뜻이 되고 만다.

'만약 그렇다면…… 나는 이 사람을 분명 용서할 수 없을 거야……!'

자신의 인생에 그림자를 드리운 원흉. 그것이 누군가의 의사에 의한 것이었다면, 그 누군가를 용서할 수 있겠나.

'어떤 짓을 해서라도, 반드시 숨통을 끊어놓겠어……!'

"그렇게 살기를 보내지 마. 사정을 설명하는 것도, 널 만나러

온 이유니까.”

파우스트는 곤란하다는 듯이 웃고는 손에 들었던 병을 지면에 내려놓았다.

전혀 적의 없는 속 편한 미소. 마치 이쪽 마음의 틈새에 비집고 들어올 것 같은 태도에, 카임은 상대가 무언가를 얼버무린다는 느낌을 받았다.

“그럼…… 네 몸에 깃든 저주 말인데, 그 근본이 되는 건 ‘독의 여왕’이라는 이름의 ‘마왕급’ 마물이야.”

“…………”

‘독의 여왕’. 아까도 들었던 단어였다. 돌이켜 생각해 보면, 카임을 박해했던 마을 사람도 그런 단어를 입 밖에 냈던 것 같은 기분이 들었다.

“……정말로 네 부모님은 아무것도 가르쳐 주지 않았구나. ……무책임한 일이야.”

“……무슨 뜻이지?”

“네가 저주에 좀먹히는 원인은 그 ‘독의 여왕’이자, 네 부모님이기도 하다는 뜻이야. 물론 이 몸 또한 원인 중 하나이니 원망받을 의무가 있지만.”

파우스트가 꺼낸 이야기는 13년 전의 일에 대해서. 카임과 아네트 쌍둥이 남매가 태어나기 조금 전에 있었던 일이었다.

일찍이, 이 나라——제이드 왕국 북부에 ‘독의 여왕’이라는 ‘마왕급’ 마물이 나타났다. ‘마왕급’이라는 것은 마물의 강함을 표시하는 등급 중 하나인데, 아래에서부터 평민급, 기사급, 남작급,

자작급, 백작급, 후작급, 공작급, 마왕급이라는 식으로 올라가서, 위 단계로 가면 갈수록 강함이나 위험도가 늘어난다. 마왕급쯤 되면 나라를 멸망시킬 만한 재해이다.

그 '독의 여왕'에게서 제이드 왕국을 구한 것이, 당시 '최강'이라고 불렸던 모험가 파티── '신철(神鐵)의 주먹'이었다.

'권성' 케빈이 리더인 '신철의 주먹'을 중심으로, 토벌대는 막대한 희생을 치르면서도 '독의 여왕' 토벌에 성공한 것이었다.

토벌대 리더인 케빈은 보수로 '백작'에 서임되어 영지를 받았다. 다른 참가자도 국왕에게서 막대한 포상을 받았다는 모양이다.

"하지만…… 그런 영광과 맞바꿔서 짊어지고 만 불행이 있었지. '독의 여왕'에게 최후의 일격을 가했던 여성, 케빈의 아내인 사샤가 저주를 받고 만 거야."

파우스트는 차분한 말투로 말을 자아냈다. 모래에 물이 스며들 듯이, 파우스트의 목소리는 자연스럽게 카임의 뇌에 파고들었다.

"'독의 여왕'이 마지막으로 펼친 저주는 강력해서, 사샤는 언제 죽어도 이상하지 않을 몸이 되어버렸어. 어떤 의사도 마법사도 치료할 수 없었지. 따라서 난 의사로서 그들에게 제안했어. 사샤가 품은 쌍둥이 중 반쪽에게 저주를 옮기면 어떠냐…… 하고."

"그건, 설마……!"

"바로 너야, 카임 하르스베르크. 넌 부모님의 뜻에 따라서 '독의 여왕'의 저주를 이식받은 거야. 어머니와 쌍둥이 여동생의 생명을 연장시키기 위해서."

"⋯⋯⋯⋯!"

카임은 숨을 삼키며 할 말을 잃었다. 만약 파우스트의 말이 진실이라고 치면, 카임이 '저주받은 아이'로 태어난 것은 자신의 탓이 아니다. 운이 나빴기 때문도 아니다.

'어머님이, 그리고 '그 남자'가 잘못했다고 말하는 건가⋯⋯?!'

사샤는 생전에 마치 참회라도 하듯이 사죄의 말을 반복했었는데, 그것은 저주를 카임에게 떠넘긴 것에 대한 사과였을까?

"그런 건⋯⋯, 그런 건 좀 아니잖아!"

카임은 저도 모르게 언성을 높였다. 자리에서 일어서서, 가슴에서 치밀어오르는 감정을 내던졌다.

"나는 여태까지 '저주받은 아이'로 태어난 탓에 책망받아왔어! 그런데⋯⋯ 내가 아니라 부모님이 원인이라니, 너무 지독하잖아! 그렇다면, 난 여태까지 왜 모두에게 책망받아온 거야?! 대체 왜 돌팔매를 맞거나, 험담을 들어온 건데?!"

"⋯⋯넌 아무것도 잘못이 없어. 잘못한 건 네 부모와 나야."

소년의 탄식을 받아들이며 파우스트는 고개를 숙였다.

"나는 의사로서, 하나라도 많은 사람의 목숨을 구하려고 최선을 다했어. 하지만⋯⋯ 너 한 사람에게 무거운 짐을 짊어지게 해버린 건 진심으로 미안하게 생각해. 정말로 미안하다."

"⋯⋯⋯⋯!"

진지하게, 성실하게 사죄하는 파우스트의 모습을 보고서 카임은 어금니를 깨물었다.

카임도 이제 열세 살. 철이 들기 시작하는 나이였다. 파우스트가 나쁜 것은 아니라는 사실은 이해할 수 있었지만…… 그렇다고 해서 용서할 수도 없었다.

고개를 좀 숙였다고 용서할 만큼, 카임이 여태까지 맛보아왔던 악의는 가볍지 않았다.

"그래서, 하다못해 네 '주치의'로서의 책임을 지고 싶어. 난 널 구하기 위해 여기에 온 거야."

"구한, 다고……?"

카임이 생각지 못한 말을 곱씹자, 파우스트가 고개를 들고서 카임의 얼굴을 정면에서 보았다.

"네게 걸린 '독의 여왕'의 저주를 풀 수단이 있어. 13년 전에는 못 했던 일이지만, 지금의 너라면 어떻게든 할 수 있지. 부디 내가 널 구할 수 있게 해주겠어?"

○　○　○

"이런 소리를 하면 또 넌 속이 뒤집히겠지만…… 13년 전, 나는 널 죽게 할 생각으로 '독의 저주'를 이식했어."

카임이 사는 오두막에는 가구 같은 고급스러운 물건은 없다. 잘 때는 지면에 나무판자를 놓고, 짐승 가죽을 뒤집어쓰고서 잠들었다.

카임은 그런 침대라고도 부를 수 없을 만큼 소박한 잠자리에 상반신을 벗고 누워있었다. 바로 옆에 파우스트가 무릎을 꿇고서 앉아 카임의 몸을 진찰 중이었다.

"'독의 여왕'은 최강의 마물. 이름 그대로 독을 조종하는 능력을 가진 그녀에게, 13년 전의 싸움에서는 수천 명의 인간이 희생됐어. 상흔은 지금도 여전히 왕국 북부를 좀먹고 있기에 이근처에 사는 사람이 네게 엉뚱한 증오를 퍼붓는 원인도 됐지. 그런 저주를 이식시켰는데, 태아인 네가 살아남다니 완전히 예상 밖이었어."

파우스트의 손바닥이 카임의 몸을 쓰다듬었다. 느릿한 손놀림으로, 여기저기 보라색 반점이 새겨진 카임의 피부를 촉진해나갔다.

'독의 저주'에 의해, 카임의 온몸에는 보라색 반점이 떠올라 있었다. 마을 아이들에게서 기피받고, 돌팔매질을 당하는 원인도 된 '저주받은 아이'라는 증거였다.

"하지만 넌 살아서 태어났어. 장기가 독에 침식된 탓에 기침이나 토혈은 있을지도 모르지만, '여왕'의 저주를 받고서 제대로 움직이는 게 이상한 일이야. 일찍이 현자라 불렸던 사샤 역시 반년도 못 버티고 목숨을 잃을 뻔했을 정도인데 말이야."

"그래서…… 무슨 말을 하고 싶은 거야? 명확히 얘기해주겠어?"

"넌 '여왕'의 저주에 대한 저항력을 가지고 있다는 얘기야. 타고난 것인지, 저주를 이식받음으로써 후천적으로 획득한 것인지는 모르겠어. 하지만…… 너라면 체내에 박힌 저주를 극복할 수 있을지도 몰라."

자리에 누운 카임을 내려다보며, 파우스트는 그런 말을 입에 담았다.

파우스트의 오른손에서 창백한 마법진이 떠올라 공중에 기하학적 문양을 그리고 있었다.

"정신에 간섭해서 '저주'와 마주하게 하는 마술이야. 13년 전엔 사용할 수가 없었지. 사용했다고 쳐도, 아마 사샤는 견딜 수 없었을 수단이야. 이 마술에 의해, 넌 자기 안에 있는 '저주'와 마주하게 될 거야. 체내의 '저주'와 상대해서 무찌를 수 있다면, 반대로 '저주'를 자기 힘으로 흡수할 수가 있을 거야."

"……'저주받은 아이'가 아니게 된다는 뜻이야? 이 기분 나쁜 반점이 사라지고, 독의 피를 토하거나 하지 않는 평범한 아이가 될 수 있다는 뜻?"

"독의 힘이 사라지는 건 아니겠지만…… 적어도 너 자신을 좀 먹지는 않게 되겠지. 피를 토하지도 않을 테고, 허약 체질 역시 나을 거야."

"…………."

"지금은 저주를 견디고 있지만 언제 균형이 깨질지는 몰라. 장기도 꽤 상한 모양이고…… 자기 처지를 바꾸고 싶다면, 시험해볼 가치는 있을 것 같은데?"

"……하겠어. 해줘."

카임은 대답했다. 거의 생각 따위는 없었다.

육체를 좀먹고 있는 저주. 불행의 원흉을 없앨 수 있다고 한다면, 악마에게 혼을 팔아도 좋다. 눈앞에 굴러들어온 기회를 놓칠 이유는 없다.

"나는 저주를 극복하겠어……. 저주를 깨고서, 평범한 몸을 손에 넣어서, 그리고……!"

"그리고…… 뭐지? 하고 싶은 일이라도 있나?"

"……아니, 아무것도 없어."

카임은 마음속에 숨겨두었던 소원을 입 밖으로 내지 않고 삼켰다. 막연한 예감이었는지…… 입 밖으로 꺼내고 말면, 그 소망이 가벼워지고 말 것 같은 기분이 들었다.

"저주가 나으면 얘기할게. 나는 언제든 상관없어. 빨리해줘."

"흐음? 뭐, 각오가 된 모양이라면 잘됐어. 그럼…… 시작할까."

"윽……?!"

파우스트가 오른손에 뜬 마법진을 카임의 가슴에 박아 넣었다.

그 순간, 몸 안에 열기로 녹은 강철을 흘려 넣은 것 같은 작열이 밀려 들어왔다.

"윽……, 아아아아아아아아아아아아아아아악?!"

카임은 몸을 안쪽에서 태우는 열기를 견디지 못하고 절규했다.

눈앞에 따끔따끔 하얀 불꽃이 튀기고, 소년의 의식은 빛 속으로 삼켜졌다.

○　○　○

"여기는…… 대체, 어디일까?"

정신을 차리고 보니 카임은 낯선 장소에 떠다니고 있었다.

주위가 하얀 공간으로 둘러싸였다. 마치 물속에 있는 것 같은 감촉이었지만…… 숨이 답답하지는 않았다. 호흡은 제대로 할 수 있었다.

"······응?"

완전히 새하얀 공간에, 문득 다른 '색'이 생겨났다. 하얀 천에 떨어진 오염 같은 점. 이윽고 그것은 서서히 커다래져서는 벽이 되어 카임의 앞을 막아섰다.

"이건······ 설마, 저주의 반점인가?!"

눈앞에 있는 벽의 색은 거무튀튀한 보라색. 몸에 떠오른 반점과 같은 색을 띠고 있었다.

"이게······ 내 몸에 깃든, '독의 여왕'의 저주인가······?"

"설마 그쪽에서 찾아올 줄이야······ 그 사이비 마도사놈. 쓸데없는 짓을 하다니. 실로 화가 치미는 일이구나."

"누구냐······?!"

보라색 벽 속에서 목소리가 울려왔다.

웅웅 소리를 울리면서······ 수면에 얼굴을 내밀다시피 하며, 벽에서 한 여성이 얼굴을 내밀었다. 양손을 써서 질질 벽에서 기어 나오자 헐벗은 상반신이 드러났다.

그 여성은 두 가지 색으로 구성되어 있었다.

첫 번째는 '흰색'. 여성의 피부는 종이처럼 하얘서 투명하게 비칠 것 같았다. 마치 태어나서 한 번도 햇빛을 받은 적이 없는 것처럼, 기미나 해에 탄 흔적조차 없었다. 드러난 가슴은 어린 카임에게 해로웠지만······ 시선을 돌릴 수 없게 하는 아름다움이 있었다.

두 번째는 '보라색'. 여성은 피부 이외의 거의 모든 부위를 보라색으로 물들이고 있었다. 머리카락, 눈동자, 입술, 혀…… 육체의 여기저기가 보라색으로 물들어 있어서, 바라보면 정신이 이상해져 버릴 것 같을 만큼 음산한 색채였다.

"'독의 여왕'……!"

직감했다. 그녀가 바로 '독의 여왕'. 일찍이 마왕이라 불리며 두려움을 사고, 제이드 왕국 북부를 절망의 늪으로 몰아넣었던 최강의 괴물.

카임의 몸을 침범한 저주의 근원이자 원흉인 존재였다.

"나는 '독의 여왕'의 저주에 침식당했던 게 아니야……. '독의 여왕' 그 자체에 기생 당했던 거야……!"

"그 말이 맞다, 꼬마야. 겨우 깨달은 모양이로구나."

눈앞의 꺼림칙한 미녀―― '독의 여왕'이 입술을 끌어올리며 웃었다.

"나는 불사의 존재. 죽어서도 되살아나는 신격의 마성이니라. 육체가 스러졌다 해도, 날 죽인 상대의 몸을 독으로 침식해서 빼앗지……. 그리하여 수백년의 세월을 거듭해 온 게야."

"……!"

"그 마술사의 개입에 의해 네놈 어머니의 육체는 빼앗지 못했지만…… 대신 아들의 몸을 가져가도록 하지. 이렇게 혼을 간섭받는 건 예상 밖이다만, 이 기회는 마음껏 이용하겠다. 꼬마, 내게 육체를 바치거라!"

'여왕'이 카임을 향해서 손을 들었다. 그러자 보라색 벽이 마치 촉수처럼 변형해서 카임에게 덮쳐들었다.

"큭……, 이게! 그만둬, 다가오지 마!"

카임은 필사적으로 저항했다.

하얀 공간을 이동해서 공격을 피하고, 피하지 못한 촉수는 후려쳐서 파괴했다.

"흐음? 이건 놀랍군. 아무것도 못 하는 꼬마일 줄 알았더니…… 상당한 움직임 아니냐."

"집에서 쫓겨난 뒤 혼자서 살아왔어! 간단히 당할 것 같으냐!"

어머니가 세상을 떠나고 집에서 쫓겨난 후, 카임은 남몰래 자신을 단련해왔다.

저주 때문에 돌발적인 기침이나 토혈이 덮쳐올 때가 있기는 하지만…… 비교적 컨디션이 좋은 날을 노려서 주먹을 휘두르며 단련을 해온 것이다.

"우아아아아아아아아아아아아아아앗!"

카임은 덮쳐드는 보라색 촉수에 주먹을 후려쳤다.

무척 싫어하기는 하지만 누구나 인정하는 최강의 무인인 아버지. 그의 움직임을 모방해, 봐온 그대로 촉수를 때렸다. 그 타격은 생각 외로 날카롭고, '여왕'이 놀랄 만큼 세련되었다.

"흠……, 상당히 재미있는 꼬마로구나. 허나……."

"으……?!"

'여왕'이 손가락을 딱 튕겼다. 그 순간, 촉수가 움직임을 바꾸었다.

보라색 벽에서 나오는 촉수가 무수한 침이 되어 카임의 몸을 일제히 꿰뚫었다.

"커헉……?!"

"이것으로 끝이다. 신에게 비견되는 나를 상대로, 잘도 애썼다고 칭찬해주마."

"큭……, 으윽…….'

온몸이 바늘에 찔리자 카임이 고통스러운 목소리를 흘렸다. 저항하려고 해도 옴짝달싹할 수 없었다. 손발에서, 몸통에서, 온몸 온갖 부위에서 통증이 샘솟아 나왔다.

"자……, 그럼 몸을 받도록 하지. '독의 여왕'의 부활이니라!"

"크…… 아아아아아아아아아아아아아아아악!"

'여왕'이 몸을 찌른 촉수의 바늘을 통해서 카임의 몸에 독을 흘려 넣었다.

통증, 괴로움, 저림, 열기, 차가움……. 저주의 독에 의해 온갖 종류의 고통을 받고, 카임은 폐 속의 공기를 남김없이 절규로 바꿔서 토해냈다.

이런 통증을 받을 바에야 차라리 죽는 편이 더 낫다. 1초라도 빨리 고통에서 벗어나고 싶다. 카임은 고통에서 벗어나기 위해서 의식을 놓을 뻔했다.

"…………?!"

하지만…… 그 상황에서 문득 깨달았다.

독의 저주…… 압도적인 고통과 절망에 섞여, 다른 것이 촉수를 통해서 흘러들어왔다.

'이건 혹시…… '독의 여왕'의 기억인가?'

그렇다, 그것은 그야말로 눈앞에 있는 괴물의 기억이었다.

'독의 여왕'이 카임의 육체를 빼앗기 위해서 정신이나 기억을 흘려 넣음으로써, 카임은 '독의 여왕'의 과거를 목격하게 된 것이었다.

'독의 여왕'은 500년쯤 전, 대륙 남쪽에 있는 작은 나라에서 태어났다.

날 때부터 '독의 저주'를 조종하는 이능을 가지고 있었던 그녀는 나라에 고용되어, 이웃 나라와의 전쟁에 참여하게 되었다.

압도적인 힘으로 적군을 분쇄해 이윽고 영웅이라 불리게 된 그녀. 국왕이, 귀족이, 민중이…… 온갖 사람이 그녀의 공적과 힘을 칭찬했다.

기뻤다. 자랑스러웠다.

조국의 도움이 된 것이, 사랑하는 사람들의 미래를 지킬 수 있었던 것이, 그 무엇보다도 기뻤다.

그녀는 긍지를 가슴에 품으며 계속 싸워서, 이윽고 조국을 승리로 이끌게 되었다.

하지만…… 그녀의 영광스러운 인생은 거기까지였다. 전쟁이 끝나고 용건이 없어지자마자, 주위의 태도가 돌변한 것이었다.

『사악한 괴물을 죽여라!』

『저 여자는 마녀다. 마녀를 화형에 처해라!』

전쟁이 끝나자마자 여태까지 구해온 사람들이 태도를 손바닥 뒤집듯이 바꾸어 그녀를 살해하려고 했다. 충의를 바쳐온 국왕조차 병사를 보내서 그녀를 처리하려고 했다.

『제가 대체 뭘 했다는 건가요?! 아무런 잘못도 하지 않았잖습니까!』

『닥쳐라, 마녀가!』

『너 같은 딸을 둔 기억은 없다!』

『죽어버려라, 일족에서 저주받은 마녀가 태어났다니 수치다!』

가족이나 친구까지도 그녀를 책망했다.

그녀를 '마녀'라고 부르고, 돌을 던지고, 검이나 창을 겨누며 죽이려 든다.

『어째서 내가 이런 꼴을……. 난 잘못 없어, 난 소중한 사람을 지켰을 뿐인데…… 난, 나는, 나는…… 아아아, 아아아아아아아아아아아아아아악!』

그런 절망이, 고독이, 그녀를 '마왕'으로 만들었다.

새로운 마왕── '독의 여왕'이 된 그녀는 분노에 몸을 맡긴 채, 증오에 몸을 맡긴 채, 태어난 고향을 멸망으로 몰아넣었다.

용사에게, 마술사에게, 신관에게…… '여왕'이 된 그녀는 때로는 목숨을 빼앗길 때가 있었지만, '마왕'이 됨으로써 불사의 존재로 변했다.

자신을 죽인 인간에게 저주를 걸어 그 몸을 빼앗음으로써 영원한 생명을 얻은 것이었다.

훗날 봉인되어 세계에서 일시적으로 사라지게 되었지만…… '독의 여왕'은 자신을 배신한 인류를 향해, 영겁에 걸쳐 복수할 권리를 부여받은 것이다.

"으……!"

의도치 않게 '독의 여왕'의 기억을 읽고 말아서 카임은 크게 표정을 찡그렸다.

카임의 마음을 아프게 한 것은 다른 사람의 절망을 강제적으로 공유당했다는 괴로움이 아니었다. 오히려…… 그 반대였다.

"똑같잖아……. 나와, 내가 여태까지 맛보았던 괴로움과, 마찬가지잖아……."

카임이 '독의 여왕'에 대해 품었던 감정은…… 공감과 동정이었다.

박해받은 정도. 처지나 대우에 차이가 있기는 하지만…… 다른 사람이 자신에게 없는 잘못 을 트집 잡아 악의를 내던지고, 가족에게서 배신당했던 처지는 카임의 현 상태와 마찬가지였다.

파우스트의 이야기를 듣고서 카임은 '독의 여왕'을 향해 격렬한 분노와 증오를 품었었다. 하지만 그녀와 기억을 공유함으로써 그 생각이 일변했다.

정체 모를 괴물인 '독의 여왕'은 고독하고 슬픈 여성일 뿐이었다. 그녀는 괴물 따위가 아니다. 자신과 같은 고독과 절망에 시달렸던 인간이었다.

"……무리야. 나는 이제 그녀와 싸울 수 없어."

저주를 깨뜨린다는 목적을 달성하기란 이미 불가능하다. 카임은 이미 '여왕'에게 적의를 향할 수 없는 자신의 마음을 자각하고 말았으니까.

"으…… 아아아아아아아아아아아아아악!"

하지만 이변이 생긴 것은 '독의 여왕' 쪽도 마찬가지였다.

카임을 촉수로 꿰어 자신의 기억을 흘려 넣음으로써 몸을 빼앗으려고 했던 '여왕'이었지만…… 그녀도 머리를 감싸 안고서 절규한 것이다.

"으윽…… 꼬마, 네놈……, 네놈은……!"

"……당신도 봤군요. 제 기억을 보고 만 거죠?"

카임은 곧장 깨달았다. 눈동자에 눈물을 머금고서 이쪽을 노려보는 '여왕'이, 자신의 기억을 읽어내고 말았다는 사실을. 카임의 몸을 빼앗기 위해 정신을 이음으로써, '여왕' 쪽에도 카임의 기억이 흘러 들어간 것이었다.

'여왕'은 몇 번이나 다른 자의 몸을 빼앗아 왔다. 빼앗아 온 상대는 그 누구나 '마왕급'인 그녀를 쓰러뜨릴 수 있는 영웅. 혜택과 축복을 받은 인생을 보내왔던 자들이었다.

그래서 망설임 없이 빼앗을 수가 있었다. 가지지 못한 자였던 '독의 여왕'에게, 자신이 가지고 있지 않은 것을 가진 인간의 육체를 빼앗는 것은 한 가지 복수이기도 했다.

하지만…… 카임은 달랐다. 카임도 '여왕'과 마찬가지로 가지지 못한 자. 고독과 절망에 시달려온 자였다.

"나는 이제, 당신과 싸울 수 없어요……."

"…………."

'여왕'은 말이 없었지만, 그와 같은 마음이라는 사실을 알았다. 그 증거로, 아까 전까지 카임의 몸을 꿰뚫었던 촉수의 침이 어느샌가 사라진 상태였다.

"나는 당신이 사라지기를 바라지 않아요. 하지만 가능하다면 내가 사라지고 싶지도 않아요."

"……."

"그러니까…… 이렇게 하는 건 어떨까요?"

카임은 '여왕'에게 한 가지 제안을 했다.

'여왕'은 여전히 말이 없었지만…… 침묵에서 긍정의 뜻이 전해져왔다.

"……생각해 보면, 당신은 계속 나와 함께 있어 줬었죠. 어머니가 죽고서, 집에서 쫓겨나고 말았던 제 곁에는 계속 당신이 있어 줬어요……."

카임은 중얼거리며 '여왕'의 앞으로 이동했다. 그리고 손을 뻗어서 그녀의 얼굴을 건드렸다.

"……나는."

'여왕'은 중얼거렸다. 말끝이 공기에 녹아드는 것처럼 사라지고 말아서 형태를 이루지는 못했지만…… 그것으로 충분했다.

'독의 여왕'은 카임의 손을 거부하지 않고, 자신 또한 소년의 가슴에 손을 뻗어왔다. 다음 순간, 두 사람의 몸이 서로 포개졌다.

"…………!"

흰색과 보라색. 공간을 지배했던 색이 서로 섞이고 녹아들어 하나가 되어갔다.

눈부신 섬광이 공간을 채우고, 그 뒤에 남은 것은…….

○　○　○

"…………."

"허어, 이건 놀랍군. 이런 결과가 나온 건가."

의식이 되돌아왔다.

눈앞에 있는 것은 눈에 익은 천장. 카임이 사는 숲속 오두막. 초라하고, 비 오는 날에는 물이 새는 구멍이 뚫린 천장이 거기에 있었다.

"무척이나 재미있는 결과야. 넌 대체 어느 쪽인지…… 물어봐도 될까?"

"……파우스트."

카임은 몸을 일으켜서 자신의 상태를 확인했다. 상반신이 드러난 몸에는 보라색 반점이 사라진 상태였다. 종이처럼 하얬던 피부는 적절하게 햇볕에 그을린 건강한 빛깔로 바뀌어 있었다.

몸은 일찍이 없었을 만큼 컨디션이 좋았다. 숨쉬기 답답한 느낌도 없고 기침의 충동 따위도 사라졌다. 마치 다시 태어난 것 같았다.

"나는……, 나는……?"

하지만 몸에 위화감이 들었다. 컨디션은 최상인데, 무언가 맞물리지 않은 감촉이 드는 것이었다.

고개를 갸웃거리자…… 파우스트는 마법으로 만들어낸 거울을 눈앞에 들이밀었다.

"아……."

거울 속에는 낯선 인물이 비치고 있었다.

기본적인 이목구비는 카임의 생김새와 같았다. 하지만 외모가 전체적으로 성장해서 어른의 생김새가 되었다.

머리카락 색은 회색에서 보라색으로 바뀌고, 눈동자 색도 변했다. '독의 여왕'처럼 독살스러운 보라색이 아니라, 자수정처럼 선명한 보라색이었다.

"어른이 된 건가. 설마……."

시험 삼아서 일어서 보자…… 열세 살이었던 시절보다도 키가 머리 두 개 분량 가까이는 높아졌고, 골격도 튼실하게 근육이 붙었다.

"그럼…… 상황을 확인한 참에, 한 번 더 물어볼까. 너는 카임 하르스베르크인가? 아니면, 인류의 적인 '독의 여왕'인가?"

파우스트가 다시 질문해왔다. 조금 전까진 자신보다 키가 컸던 파우스트의 얼굴이 시선보다도 다소 아래에 위치했다.

카임은 안경을 쓴 파우스트의 얼굴을 내려다보며…… 입을 열고서 이름을 댔다.

"저는…… 아니지. **내** 이름은 카임. '독의 왕'이다."

"'독의 왕'……. 하긴, 지금의 너를 '여왕'이라고 부를 수는 없겠구나."

파우스트는 카임의 얼굴을 들여다보며 씨익 웃었다. 마치 가장 좋은 실험 결과를 얻은 연구자처럼 만족스러운 표정이었다.

"과거에 다른 '마왕급'과 만난 적이 있었는데, 네 눈동자는 그들과는 명백히 달라. 인류에 대한 증오나 원한이 전혀 느껴지지 않아."

"그런가? 스스로는 잘 모르겠는데……?"

"'여왕'과 대화하기 전, 네 눈동자는 지독히 탁했어. 처지에 대한 불만, 혜택받은 다른 자들에 대한 질투, 자신을 박해하는 세간에 대한 끝없는 원한. 거기에 열등감이나 비굴함이 섞인 색을 띠고 있었지. 하지만…… 지금의 네 눈에서는 그게 사라졌어. 말투도 바뀐 모양이고. 육체뿐만이 아니라 정신도 성숙해진 모양이구나."

"그런가? 스스로는 잘 모르겠는데……?"

카임은 고개를 갸웃거리면서도 가슴에 무언가가 쓱 떨어져 내리는 감각을 느꼈다.

명경지수라고 부르면 좋을까? 현재 카임의 마음속은 스스로도 깜짝 놀랄 만큼 맑게 개었다. 여태까지 품고 있던 어두운 감정이 날아가 버렸다. 마치 상쾌한 바람이 마음속을 지나간 것 같았다.

말투가 바뀐 것에 대해서는 딱히 신경 쓰이지 않았다. 아무래도 좋았다.

"'그녀'와 융합한 게 원인일까? 어머니가 세상을 떠나고 나서…… 아니, 어머니가 살아있었을 적에도 맛본 적 없을 만큼 기분이 좋아. 마치 다시 태어난 것 같아."

"흐음? 다른 성질을 가진 두 종류의 독이 서로 섞여서 중화된 건가? 아니면 마이너스와 마이너스가 곱해져서 플러스로 바뀐 건가……. 너에 대한 흥미는 끊이질 않는구나."

"흥미가 끊이지 않는다면 어쩔 셈이지? 실험동물로 삼기라도 할 셈인가?"

놀리듯이 말하는 파우스트에게, 카임 또한 반쯤 농담으로 말해주었다.

"나는 네게 감사하고 있어. '나'에게 저주를 옮긴 것 역시 화나지 않고, 은인이라는 생각마저 해. 하지만…… 적대하겠다면 봐줄 생각은 없어."

카임이 손을 들자, 독살스럽기까지 한 보라색 마력이 모여들었다. '독의 여왕'에게서 이어받은 이능. 독을 조종하는 마법은 이제 카임 자신에게 깃들었다.

"나는 앞으로, 나 자신의 바람을 이루러 가겠어. '나'와 '그녀', 그리고 '어머니'의 소원을 이루기 위해서 살아가기로 결심했어. 그걸 방해하겠다면…… 여기서 짓뭉개겠다."

"재미있는 말을 다 하는구나. 그 소원이란 게 뭔지 들려줄 수 있을까?"

파우스트는 항복하듯이 양손을 들었다. 카임은 가슴을 펴고서 당당하게 대답했다.

"가족을 만들겠어. 그게 나의……, '우리'의 소원이야."

"가족……?"

"배신하지 않는 가족. 함께 있는 게 당연하고, 서로 돕고, 서로 웃고, 때때로 싸우기도 하지만…… 상대를 절대로 미워하지는 않는. 그런 가족을 찾으러 가겠어. 아이에게 폭력을 행사하는 아버지가 아니야. 쌍둥이 오빠를 몹시 싫어하는 여동생이 아니야. 진정한 가족을 맞으러 갈 거야."

"후훗……."

카임의 대답을 들은 파우스트가 실소했다. 입가를 억누르고 어깨를 들썩이며 웃었다.

"후, 쿡쿡쿡……. 그거 좋네. 실로 멋진 소원이야."

"……혹시, 비웃는 건가?"

"비웃기는. 진심으로 멋진 소원이라고 생각해."

파우스트는 여전히 히죽히죽 웃으면서 유쾌한 표정으로 흘러내린 안경을 밀어 올렸다.

"그게 네 목적이라고 한다면, 한동안 방치해도 문제는 없을 것 같네."

"응……, 무슨 뜻이지?"

"'여왕'을 손에 넣음으로써, 넌 좋든 싫든 많은 인간을 끌어당기게 되겠지. 그중에는 네 존재를 위험시해서 없애려 드는 인간도 있을 거야."

"그땐 용서하지 않을 거야. 절대로 내 목적을 방해하게 두진 않아."

"그래? 그럼…… 모쪼록 '성령교회'를 조심하도록 해. 그들은 마왕을 적시하고 있어. 네 존재를 알게 되면 무언가 반응을 취해올 거야."

"성령교회……."

"이 땅을 떠날 셈이라면, 동쪽 제국으로 향하도록 해. 그 나라는 교회의 영향력이 약하니까."

"…………."

카임은 파우스트의 말을 듣고 생각에 잠겼다. 카임은 아버지의 영향력이 있는 이 토지에서 벗어나, 자신의 가족이 될 사람을 찾을 셈이었다.

'이 나라는 '독의 여왕'에 의해 커다란 피해를 받았어. 나에 대해서 알게 되면 적대시하는 인간도 많겠지.'

그렇다면 차라리 파우스트의 말대로 다른 나라에 가버리는 편이 좋을지도 모른다. 카임은 하르스베르크령에서 벗어난 경험이 없지만, 지금은 '여왕'의 기억이나 경험을 이어받았다. 혼자 떠나는 여행이라면 문제없이 할 수 있으리라.

"그렇군……, 그렇게 할까. 어릴 적에 어머니께서 읽어주신 이야기처럼, 모험을 해보고 싶다는 마음은 있어."

"여행은 참 좋아. 나도 온 대륙 거의 모든 장소에 가봤는데, 낯선 땅으로 떠나는 여행은 마음이 들뜨지. 하지만…… 그 전에 '독의 여왕'의 힘을 확인해두는 편이 좋지 않겠어?"

"확인이라니…… 그런 게 필요한가?"

"필요할 거야. 아무리 카임 군이 '독의 여왕'의 힘이나 경험을 이어받았다고는 해도, 실전 경험은 적잖아? 여행을 떠나기 전에 실력 확인을 해둬도 손해는 없을 것 같은데."

"그건 일리 있을지도 모르지만…… 실력 확인이라니, 누구와 싸우면 되는데? 설마 네가 상대해 주는 건 아니겠지?"

"그건 그것대로 즐겁겠지만…… 나보다도 어울리는 상대가 있어."

파우스트가 씨익 웃는다 싶더니, 갑자기 카임의 손을 움켜쥐었다.

"뭐야?!"

그 순간, 주위의 기척이 일변했다. 카임과 파우스트는 한순간에 낯선 곳…… 좀 더 자세히 말하자면 그 상공으로 전이해 있었다.

"으……아아아아아아아아아아아악?!"

지표에서 몇 미터 높이로 내던져지자, 카임은 너무나 이상한 사태에 비명을 지르고 말았다.

눈 아래에는 평원이 펼쳐져 있었고, 꿈틀거리는 무수한 그림자가 있었다.

"봐, 아래에 마물이 무리 짓고 있잖아. 여태까지 네 독을 두려워해서 숲에 숨어 있었던 마물이야. 혹시 이런 일도 있을까 싶어서 특수한 약으로 흥분시켜줬어. 내버려 두면 인근 마을에 밀려들겠지. 피라미뿐이지만 수는 많아. 힘을 측정할 상대로서는 충분하잖아?"

"그렇다고 해도 이런…… 으어어어어어어어억?!"

중력에 이끌린 카임의 몸이 지표면을 향해 낙하했다. 떨어지는 이는 카임뿐. 비행 마법이라도 쓰는 것인지, 파우스트는 공중에 뜬 채로 떨어지지 않았다.

"아아, 그렇지. 깜빡 잊고 말 안 할 뻔했어."

지면으로 낙하하는 카임을 향해, 파우스트는 문득 떠올랐다는 듯이 입을 열었다.

"네 어머니—— 사샤는 카임 군에게 강한 죄책감을 품고 있었지만, 애정은 거짓이 아니었어. 카임 군이 저주를 받고서도 살아서 태어났을 때, 울면서 신에게 감사했지."

"윽……!?"

"그럼…… 잘 지내. 한 사람의 친구로서 네 무사와 활약을 기도할게."

"그렇게 제멋대로…… 으아아아아아아아아아아아아아아악?!"

파우스트의 목소리를 들으며, 카임은 지면을 향해서 추락했다.

"큭……, 이게에에에에에에!"

지면을 향해서 낙하했던 카임은 공중에서 빙글 회전해 양발로 깔끔하게 착지했다.

"윽……!"

발에 마력을 집중시켜서 낙하 대미지를 경감시켰다. 이전의 카임이었더라면 양발이 골절되었겠지만…… 다리가 좀 저릴 뿐 큰 상처는 없었다.

"우격다짐으로 떨궈놓다니…… 다음에 만나면 후려쳐 주겠어!"

"그아아아아아아아아!"

"어?"

카임은 숲의 탁 트인 장소에 떨어졌는데, 무수한 마물이 주위를 에워싸고 있었다. 숫자는 적어도 어림잡아 100 이상. 늑대나 곰 등의 짐승형 마물이었다. 카임은 자기 안에 있는 '독의 여왕'의 기억을 통해, 그들이 얼마나 강한지 대강 판정했다.

"……등급으로 따지면 '기사급', 거기에 '남작급'쯤? '마왕급'에 비교하면 쓰레기나 마찬가지지만……. 준비 운동 상대로는 충분하겠지."

파우스트의 말대로 하려니 속이 뒤틀렸지만, '여왕'의 능력을 실험할 상대로서는 확실히 적절했다. 마음껏 실력을 시험할 수 있을 것 같았다.

"그럼…… 싸워보실까!"

"그아아아아아아아아!"

싸울 각오를 다진 카임을 노리고, 늑대 두 마리가 좌우에서 물어뜯으러 왔다.

"핫!"

"캉?!"

카임은 오른쪽에서 덮쳐 들어온 늑대를 손등으로 때려 박았다. 마력을 실은 주먹이 늑대의 두개골을 쪼개서 일격으로 목숨을 끊었다. 반대쪽에서 다른 늑대가 덤벼들었지만 후방으로 몸을 젖혀서 회피하고, 스쳐 지나갈 때 그 몸통을 걷어찼다.

"캐앵!"

아래에서 몸통을 걷어차인 늑대가 허공을 날아갔다. 즉사는 면한 모양이었지만, 그만한 기세로 걷어차였으니 내장이 파열되어 금세 죽음에 이르게 되리라.

"자, 팍팍 가볼까! 쉬지 말고 덤벼라!"

"그아아아아아아아아!"

차례차례 늑대 마물이 덮쳐왔다. 카임은 뛰어 들어오는 적을 때리고 차고, 던져서 날리고, 짓밟으며 일방적으로 무찔러 나갔다.

이 검은 늑대는 '블랙 울프'라 불리는 마물인데, 마물 등급으로 따지면 '기사급' 서열에 놓인다. 훈련받은 병사나 모험가가 아니라면 쓰러뜨리기 어려울 테지만…… 마력으로 강화된 카임의 육체는 그것을 손쉽게 격파해나갔다.

'독의 여왕'의 힘을 쓸 필요성조차 느껴지지 않았다. 마력을 팔다리에 둘러서 때리고 차기만 해도 손쉽게 없애버릴 수 있었다.

"마치 내 몸이 아닌 것 같아! 이렇게나 강하고 재빠르게 움직이다니!"

몸이 용으로 변하기라도 한 것 같았다. 약동하는 손발이 날카로운 타격을 내지르며 종횡무진 늑대를 쳐서 쓰러뜨린다. 이전에는 조금 운동하기만 해도 기침이 나왔었는데…… 놀라울 만큼 몸이 가볍다.

"하핫! 건강한 몸이 이렇게나 멋진 것일 줄은 몰랐어!"

"그아아아아아아아아악!"

"오? 이번엔 한 가닥 하게 생겼잖아!"

늑대 무리 너머에서 머리 부분에 뿔이 난 곰이 나타났다. '아머 베어'라는 마물인데, 위협도는 블랙 울프보다도 두 단계 위. 소대를 짠 병사에 필적할 만큼 강한 '자작급'이었다. 3 가까운 거구의 곰은 갑옷 같은 갑각으로 육체를 뒤덮어서, 웬만한 날붙이라면 튕겨내고 마는 방어력을 가지고 있었다.

"그악!"

"핫! 위험하다, 위험해, 아주 조금 제 실력을 낼 필요가 있을 것 같군!"

내리찍는 아머 베어의 발톱을 백스텝으로 피했다. 힘찬 일격 때문에 지면에 크게 발톱 자국이 새겨졌다.

카임은 입매에 미소를 띠며 화살을 쏘기 직전처럼 팔을 당겼다. 움켜쥔 주먹에 마력을 실어서, 아머 베어의 몸체에 표적을 겨냥했다.

"투귀신류——【기린】!"

주먹에 혼신의 마력을 실어서 고밀도로 압축시켰다. 그리고…… 끌어당긴 팔을 전방을 향해서 단숨에 해방했다. 주먹에서 쏘아진 마력이 나선을 그리듯이 회전해, 물리적인 충격파로 바뀌어 아머 베어의 가슴에 맞았다.

"그갸아아아아아아아아악?!"

아머 베어의 단단한 갑주를 산산이 부수고도 충격파는 기세를 멈추지 않았다. 근육을, 뼈를, 내장을 파괴하고, 등까지 관통해 꿰뚫고 나아갔다. 마치 거대한 일각수에게 찔린 것 같았다. 아머 베어는 몸체에 커다란 구멍이 뚫린 채 그대로 움직이지 않게 되었다.

"응……, 좋네. 최상의 컨디션이야!"

카임은 큰 기술을 펼치고서 회심의 미소를 띠었다.

투귀신류. 그것은 동방에 기원을 둔 무술 유파이자, '권성'인 케빈 하르스베르크가 수련한 격투술이다. 무기나 방어구를 쓰지 않고 육체에 압축된 마력을 둘러서 싸우는 것을 중시한 이 격투술은, 이질적이지만 극에 다다르면 최강이 된다고 칭송받고 있다.

카임이 아버지에게서 이 격투술을 배운 적은 한 번도 없었다. 쌍둥이 여동생은 매일같이 훈련시켜 주는데, 카임은 첫걸음조차도 가르쳐주지 않았다.

그럼에도 불구하고 카임이 투귀신류의 기술을 쓸 수 있는 이유는 아버지와 여동생이 단련하는 모습을 늘 멀리에서 바라보고 있었기 때문이었다.

무술에는 '견학 훈련'이라는 것이 있다. 달인의 기술을 보고서 이상적인 움직임의 이미지를 굳힌다는 훈련법인데…… 카임은 저택을 나올 때까지, 아버지와 여동생의 훈련을 바라보고 그것을 행해왔다.

숲에서 살게 되고 나서도 매일 같이 아버지의 움직임을 떠올리며 훈련했다. 그 때문에 피를 토한 적도 많았지만, 저주를 극복한 지금 한결같은 노력이 열매를 맺었다.

"가우우우……."

"으르르릉……."

주위에 있는 마물의 움직임이 완만해지고 명백히 겁을 보이기 시작했다.

아무래도 아머 베어가 스탬피드의 중심인 '무리의 우두머리'였던 모양이다. 우두머리가 당하자 마물의 무리는 통솔을 잃었다. 내버려 두면 멋대로 도망쳐서 뿔뿔이 흩어질 것 같지만…… 카임은 송곳니를 드러내며 흉포한 미소를 띠었다.

"격투술 시험은 이제 끝. 다음은…… '독의 여왕'의 힘을 실험해보실까?"

그것은 도망치려고 하는 마물에겐 사형 선고가 될 말이었다.

카임의 오른손에서 '독의 여왕'의 힘…… 보라색 마력이 흘러나왔다.

"'독의 왕'이 쓰는 최초의 마법……. 너희 같은 피라미에게는 아까운 일격이야. 육체가 스러질 때까지 만끽해주실까! 자독마법(紫毒魔法)──【애시드 레인(부식의 자우)】!"

카임이 머리 위로 오른손을 들었다. 그 손바닥에서 고농도의 마력이 뿜어져 나와 하늘을 꿰뚫었다.

""""""가아아아아아아아아아아아아악!""""""

거대한 마력이 보라색 비가 되어 쏟아졌다. 강한 산성을 띤 독이 담긴 비에 온몸을 맞아, 그 자리에 있던 마물 모두가 몸이 타들어 갔다. 나무들을 녹이고, 대지를 태우면서…… 독의 비가 수십, 수백의 마물을 뼈가 될 때까지 남김없이 녹였다.

그 자리에서 도망쳐서 살아남은 마물은 단 한 마리조차도 없었다.

"이게 뭐지…….대체, 이곳에서 무슨 일이 일어난 거냐?"

카임이 마물 무리를 없애고 한 시간 후. 스탬피드 발생 소식을 들은 영주── 케빈 하르스베르크가 현장에 도착했다. 케빈은 백작가를 섬기는 기사를 이끌고서 평원에 찾아왔지만, 거기에는 아무것도 없었다.

적어도…… 살아 있는 것은 말이다. 짐승이나 마물도. 초목 한 포기조차도 나 있지 않았다.

이곳은 본래 키 작은 초목이 군생하고 있었을 터인데. 하지만 둘러보는 한 초목은 전부 말라비틀어졌고, 갈색 지면이 드러나서 황야처럼 바뀌었다.

그리고 일면이 벗겨진 지면에는 무수한 뼈가 흩어져 있어서, 마치 지옥의 일부가 지상에 밀려 나온 것 같은 상태로 변해 있었다.

"어떻게 된 걸까요……? 마물 무리는 없는 모양입니다만…….."

"…………."

기사 중 한 사람이 물었지만…… 그들의 지휘관인 케빈은 말이 없었다. 그는 안면을 창백하게 물들이며 뼈만 남은 마물의 사체를 바라보고 있었다.

'이건……, 이 광경은 설마…….'

그것은 눈에 익은 광경이었다. 13년 전의 지긋지긋한 기억. 과거 왕국 북부에서 일어났던 '독의 여왕'에 의한 피해를 받은 지역이 그야말로 이런 광경으로 변해 있었던 것이었다.

'그때는 마물이 아니라, 인간의 뼈가 굴러다녔지만…….'

'독의 여왕'은 이제 없을 터. 그렇다면 이 절망이라는 말을 구현화한 것 같은 광경을 만들어낸 자는 대체……?

"설마…… 너라는 거냐, 카임……."

'독의 여왕'의 저주를 받은 아들의 얼굴을 떠올리며, 케빈은 무거운 음성으로 신음했다.

○　○　○

"참 나……. 파우스트놈, 제멋대로 일을 벌여 놓고 사라졌어!"

카임은 마물의 스탬피드를 섬멸시키고 자신의 오두막으로 돌아왔다. 거기에는 파우스트의 모습은 없었다. 오두막 안은 쥐 죽은 듯이 조용했다.

"응……?"

문득 바닥에 눈길을 주자, 거기에는 한 손으로 들어 올릴 수 있는 크기의 가방이 놓여있었다.

"이건…… 매직 백인가?"

카임은 '여왕'의 기억을 통해 그것이 무엇인지 알았다. 그것은 매직 백이라는 값비싼 아이템인데, 공간 마법이 걸려 있어서 겉보기 이상의 질량을 수납할 수 있는 마도구이다.

가방을 열고서 안을 확인하자…… 거기에는 의복이나 식료품, 텐트 등의 여행에 필요한 짐이 들어있었다. 더 나아가 금화나 은화가 채워진 주머니까지 들어있었다.

"그 여자가 주는 이별 선물인가……. 흥, 마물 무리에 내팽개친 건 용서해줄까."

생각해 보면 파우스트는 자신에게 거짓말을 하거나 얼버무리지 않았던 것 같은 느낌이 들었다.

카임에게 저주를 옮긴 것에 대해서도 솔직해 이야기해 주었고, 아버지나 마을 무리와 비교하면 훨씬 믿을 수 있는 인물 아니었을까.

"……고마워. 감사해."

카임은 이 자리에 없는 은인에게 감사 인사를 하고 나서 여행 준비를 갖췄다. 오두막에서 가지고 나갈 짐은 많지 않았다. 금세 준비가 갖춰졌다.

"좋아……, 이 정도면 되겠지."

여행을 떠나기 전에 인사하고 싶은 사람이…… 있기는 하다. 자신을 유일하게 신경 써주었던 메이드 티는 만나고 싶다는 기분이 들었다.

'하지만…… 지금의 나는 이런 모습이야. 만나도 누구인지 못 알아보겠지…….'

'독의 여왕'과 융합해서 카임의 외견은 5년 이상이나 성장했다. 원래는 칙칙한 회색이었던 머리카락과 회색 눈동자도 보라색으로 물들었으니, 티를 만나도 혼란을 주기만 하리라.

무엇보다…… 티에게는 메이드로서의 생활이 있다. 카임의 여행에 동참한다는 것은 10년 이상이나 걸쳐서 이곳에서 쌓아왔던 입장을 잃게 된다는 뜻이다.

'나고 자란 이곳에서 떠나는 건 어디까지나 내 개인 사정이야. 티에게 급료를 주는 고용주는 아버지. 티를 거둬서 저택에 맞아들인 은인은 돌아가신 어머님이셔. 티가 나에게 의리를 지킬 이유는 없어. 아쉽긴 하지만…… 오히려 얼굴을 마주하지 않는 게 서로를 위해서 더 좋을지도 모르겠군.'

어쩌면…… 좋은 기회일지도 모른다. 어머니의 유언으로 카임을 돌봐주었던 티를 슬슬 해방시켜 줘야 한다. 카임은 '힘'과 '자유'를 얻었다. 그렇다면 카임의 존재에 묶인 티 역시, 이제 마음대로 살아가도 될 것이다.

"……얼굴은 마주할 수 없어. 편지를 남기는 정도가 딱 좋겠지. 잘 살아라, 티."

파우스트에게서 받은 아이템 백에 마침 적당한 펜과 종이가 들어있었다. 양피지에 서투른 글씨로 신세 진 메이드에게 감사 인사를 적고는 오두막에 남기고서 밖으로 나왔다.

이미 해는 저물어서 하늘에는 달이 오르고 있었다. 여행을 떠나기에 그다지 적당한 시간대는 아니었지만, 누군가의 배웅 없이 떠나는 쪽이 은둔자에게는 어울릴지도 모른다.

'마왕과 융합한 인간…… '마인'이라고도 불려야 할 나에게는 어울리는 하늘이야. 눈에 새겨두고 싶을 만큼 이곳에 좋은 추억이 있는 건 아니니까.'

카임은 익숙한 걸음으로 숲을 나아갔다. 여행에 마음을 설레며 나고 자란 고향을 뒤로하려고 했지만…… 거기에서 가장 듣기 싫은 인간의 목소리가 귀에 닿았다.

"너는…… 카임, 이냐?"

"으……!"

누군가가 새로운 출발에 찬물을 끼얹자, 카임은 뒤를 돌아보았다.

거기에는 만나고 싶지 않은 인간의 필두. 아버지 케빈 하르스베르크가 서 있었다.

케빈은 지금 그야말로 여기에 도착해 말에서 내린 참이었다. 호위 따위는 데리고 있지 않았다. 오로지 혼자서 여기에 온 모양이었다.

머리카락과 눈동자를 보라색으로 물들이고 5년쯤 성장한 아들의 모습을 보고서, 그는 놀라움에 눈을 크게 뜨고 있었다.

"설마…… 여기에서 마주치게 될 줄이야. 부자의 인연은 아닌가. 굳이 따지자면 숙명이나 악연에 가까운가."

"그 모습은, 머리카락과 눈동자는 대체……. 넌 카임이냐? 아니면 '독의 여왕'이냐?"

"어느 쪽이든 마음대로 받아들여도 돼. 아버님."

카임은 빈정거리듯이 입술을 끌어올리며 양팔을 벌렸다.

"딱히 원망할 생각은 없어. 13년 전의 일은 당신에게도 고심 끝에 내린 선택이겠지. 진실을 말 안 했던 것도, 아무런 잘못 없는 '나'를 냉대하고 학대한 것도…… 뭐 외견대로 어른스럽게 없었던 일로 해줄게. 하지만…… 앞으로는 용서하지 않겠어."

"무슨……."

"나는 여기에서 떠날 거야. 자신의 진정한 가족을, 고향을 손에 넣기 위해서 여행을 떠날 거야. 방해할 생각이라면 용서는 안 해. 짓눌러버리겠어."

"...........!"

케빈은 카임의 몸에서 뿜어지는 위압감에 숨을 삼키고 그 자리에서 뒤로 물러섰다.

역시나 '권성'. 카임이 범상치 않은 힘을 손에 넣었다는 사실을 깨달은 모양이었다.

"......아무래도 '독의 여왕'의 저주에 삼켜져 버린 모양이구나. 이 괴물 자식, 네놈 같은 재앙을 이 땅에서 내보낼 수는 없다!"

"......아아, 역시 이렇게 되는구나. 예상했던 전개야."

이것이 아버지를 만나고 싶지 않았던 이유였다.

과거에는 동료를 이끌고서 '독의 여왕'과 싸우고, 아내가 '독의 여왕'의 저주를 받은 이 남자는 그녀를 증오하고 있었다. '여왕'과 같은 모습이 된 카임을 보고서 가만히 배웅해줄 리가 없다.

제대로 된 신뢰 관계를 쌓은 부자지간이었다면, 사정을 이야기하면 전해졌을지도 모른다. 하지만 이 남자와 카임 사이에 그런 가능성은 눈곱만큼도 없었다.

"......좋다. 싸워줄게. 사실을 말하자면, 이전부터 아버님에게 훈련받고 싶었어. 지금의 나에게는 아무래도 좋은 일이지만."

"......나를 아버지라고 부르지 마라. '독의 여왕'이."

"흥......!"

카임은 주먹을 움켜쥐고서 케빈을 정면으로 마주했다. 케빈 또한 주먹을 쥐고 아들과 마주했다. 두 사람이 취한 자세는 완전히 똑같은 모양. '투귀신류'의 기본적인 자세였다.

"괴물이 흉내라도 내려는 건가? 인간도 아닌 마물이 유파의 진수를 추구하는 것은 결단코 불가능하다!"

"그건 자기 몸으로 체험하도록 해. 마지막쯤은 아버지답게 내 성장을 지켜보라고."

"헛소리 지껄이지 마라!"

케빈은 압축한 마력을 주먹에 둘러서 카임의 안면을 후려치려고 했다. '권성'이라 불리는 남자의 타격은 무섭도록 날카롭고 빨랐다.

"……?!"

하지만 카임은 콧대를 때려눕히려고 하는 주먹을 멋지게 피했다. 게다가 그냥 회피한 것이 아니라, 아래에서 퍼 올리듯이 반격의 주먹을 휘둘러 케빈의 턱을 노렸다.

"큭……!"

케빈이 후방으로 뛰어서 어퍼컷을 피했다.

그는 카임과 거리를 벌리고 저도 모르게 등줄기에 흐른 식은 땀에 표정을 일그러뜨렸다.

"호오……."

카임은 추가 공격을 가하지 않고, 끝까지 내지른 주먹의 감촉을 확인하듯이 손을 휘둘렀다.

"역시 빠르긴 하지만…… '그녀'의 기억에 있는 13년 전의 움직임보단 꽤 느린데? 설마 나이를 먹어서 둔해진 건가?"

"카임, 네놈……!"

"아니면 자식을 상대로 봐주기라도 하는 건가? 그렇다면 생각을 고쳐먹길 권하겠어. 이제 와서 아버지 행세를 하는 건 민폐야. 진심으로 덤비라고!"

"으......!"

카임의 도발을 받은 케빈이 빠드득 소리가 울릴 만큼 어금니를 악물었다. 명백히 눈빛이 바뀌고, 그 몸에서는 농밀한 살기가 흘러나왔다.

"......좋다. '권성'이라 칭송받은 내 무를 보여주마. 투귀신류의 진수를 차분히 맛보도록 해라!"

"그렇게 하겠어...... 덤비라고."

"음!"

케빈은 지면을 박차고 진심이 담긴 주먹을 휘둘러 왔다.

카임은 짐승처럼 송곳니를 드러내며 웃고는, 아버지의 진심을 정면으로 상대했다.

분노의 형상을 한 아버지와 희열의 표정을 짓는 아들. 정면에서 주먹을 맞부딪치는 두 사람은 얄궂을 만큼 쏙 빼닮은 부자 사이로 보였다.

"음!"

"훗!"

케빈은 눈앞에 있는 청년에게 주먹을 후려쳤다. 몇 번이고 몇 번이고 주먹으로 타격을 펼치고, 발차기도 섞어서 눈앞에 있는 적을 처부수려고 했다.

최강이라 불리는 '투귀신류'에는 페인트 기술이 존재하지 않는다. 일격 일격이 필살이자, 대포 같은 위력과 기세를 가진 타격이었다.

카임은 그런 아버지의 타격을 그저 받아내고, 피하고, 처리해 나갔다. 한 발이라도 제대로 맞으면 뼈가 부러지는 것으로 모자라 육체 그 자체가 깨져버린다. 압축된 마력을 두른 타격에는 그만한 위력이 있다.

하지만 카임은 두려워하지 않았다. 줄타기 같은 격렬한 공방 속에서 희열마저 느끼고 있었다.

'전력을 내고 있어! '권성'이, 나를 상대로 진심으로 싸우고 있어!'

일찍이, 카임에게 케빈 하르스베르크는 아버지이면서 절대적이고 흔들림 없는 벽 같은 존재였다. 거스르는 일 따위, 맞서는 일 따위는 생각할 수 없었다. 말대꾸조차 용납받지 못하고, 노여움을 사면 무거운 주먹이 날아왔다.

카임의 마음에 깊고 강한 열등감을 주고, 그 인생을 행복하지 않은 것이라고 결정지은 장본인…… 그것이 케빈 하르스베르크라는 인간이었다.

'그런 아버지가, 케빈 하르스베르크가 나에게 진심으로 주먹을 휘두르고 있어! 최고야, 이게 강적과의 싸움인 거냐!'

아까 마물 무리를 쓸어버렸을 때와는 다른 종류의 고양감. 약자를 때려잡는 것이 아니라, 강자에게 맞서는 것에 대한 흥분이 카임의 가슴속을 채워 나갔다.

"투귀신류——【백호】!"

케빈이 오른손의 손가락을 갈고리처럼 구부리며 가로로 휘둘렀다.

마력으로 강화된 손가락과 손톱은 그야말로 '호랑이 발톱'. 암반을 도려낼 정도로 강한 위력을 품었다.

"투귀신류――【현무】!"

그에 맞서 카임은 양팔을 방패처럼 들어서 수비 자세를 취한 뒤, 압축된 마력을 집중시켜 케빈의 공격을 받아냈다. 케빈의 호랑이 발톱은 챙, 하고 금속이 서로 부딪치는 것 같은 소리를 울리며 튕겨 나갔다.

"아얏……! 역시나 '권성'. 방어했는데도 충격이 퍼지는군!"

"……정말로 투귀신류의 기술을 습득한 모양이구나. 어떻게…… 어디서 배웠지?"

"핫! 잠꼬대 같은 소리는 그만두시지. 나한테 이걸 가르쳐준 건 댁이잖아?"

"뭐라고?"

의아하게 미간을 찌푸리는 케빈을 향해, 카임은 중지를 세우며 떠들어댔다.

"집에서 쫓겨날 때까지 계속 보여줬잖아. 여동생과 같이 훈련하는 모습을. 마치 자랑하듯이. 과시하듯이 말이야!"

"……!"

"여봐란듯이 부녀가 화목하게 단련하는 모습을 보여준 덕분에, 투귀신류의 기본적인 기술은 머릿속에 들어있어. 남은 건 그걸 자기 몸으로 재현할 뿐이지. 간단한 일일 텐데."

"보기만 했는데 습득했다는 건가……! 스승도 없이, 이 영역까지…… 나와 싸울 수 있는 수준까지 다다랐다고……?"

그렇다고 한다면…… 카임은 천재. 보기 드문 재능을 가진 기린아라는 뜻이 된다.

맹목적으로 사랑하며, 친절하고 자상하게 무술을 가르치고 있는 딸—— 아네트도 이 경지까지는 결코 다다르지 못했다. 그런데…… 계속 냉대했던 아들이 먼저 유파에 전해져 내려오는 진수의 일부분을 붙잡은 것이 되고 만다.

그것은 케빈에게 도저히 받아들일 수 없는 일이었다. 쌍둥이 남매가 태어나고 난 후의 13년을 전부 부정당한 것 같은 심경이었다.

"아내는 네놈을 사랑했지만…… 나는 너를 자식이라고 생각한 적이 없다!"

케빈은 피를 토하는 것 같은 고통스러운 표정으로 호통치면서 주먹을 겨누었다.

"네 몸에 새겨졌던 저주의 반점을 볼 때마다, 아내의 생명을 구하기 위해 자기 아이를 희생시켰던 죄가 눈앞에 들이닥치지……. 이게 어떤 심정인지 알겠나?!"

"…………."

"네놈은 태어나서는 안 됐던 거다! 사샤의 배 속에서 죽어주었더라면, 존귀한 희생으로 애도할 수 있었다. '여왕'을 미워하고, 모든 책임을 떠넘길 수 있었다! 하지만…… 넌 태어나고 말았어. 네 얼굴을 볼 때마다 거기에 새겨진 반점이 나를 몰아세

워. 아들에게 저주를 떠넘긴 죄를 깨닫게 해! 그런 자식을 사랑
할 수 있을 것 같나!"

"…………."

"맞아……, 태어나서는 안 됐어. 죽었어야 했던 거다……! 그
랬더라면 사샤도 죽지 않았겠지. 우리는 사이 좋은 세 가족으로
행복하게 살아갈 수 있었을 거다! 나는 죄가 없어, 아무것도 잘
못 따윈 하지 않았어!"

"……아무래도 좋아. 죽이고 싶어질 만큼."

마침내 진심을 내던진 아버지의 모습을 보고 카임은 질색해서
말을 뱉었다.

'여왕'과 융합하기 이전의 카임이었다면 칼날 같은 말에 상처
를 입었을지도 모른다. 하지만…… 이제 와서는 아버지의 본심
따위는 아무래도 좋은 일이었다.

"다 큰 남자가 보기 흉하게 아우성치지 마……. 짜증 난다고!"

원래 케빈은 카임을 가족으로 대하지 않았다. 그게 외면뿐만
아니라 내면도 마찬가지였을 뿐이었다는 사실은, 영지에서 떠
나 완전히 하르스베르크가와 절연할 각오를 다졌던 카임에겐
신경 쓸 여지도 없는 사소한 일이었다.

"댁이 나를 어떻게 생각하든지 나하고는 상관없어. 경애하는
어머니를 봐서 눈감아줄 테니까 냉큼 사라져."

"괴물이……, 네놈이 사샤에 대해 입에 올리지 마라! 뼈 한 조
각도 남김없이 사라져라……, '독의 여왕'이여!"

"으……!"

케빈의 온몸에서 대량의 마력이 방출되었다. 그 기세는 마치 화산의 분화 같았다. 그는 폭발할 것 같은 기세로 증대한 마력을 몸 표면에 두르고 압축해서 전신 갑옷처럼 몸에 둘렀다.

"투귀신류, 비오(秘奧)의 일(壹)——【치우】!"

"그 기술은 처음 보는군……! 여동생에게도 가르쳐주지 않은 거잖아?!"

"당연하다! '비오 형태'는 '기본 형태'와는 달리 면허개전에 이르는 실력을 갖춘 사람에게만 밝히는 비전의 기술. 조만간 아네트에게도 전수할 생각이었지만 아직 그럴 때는 아니다. 물론, 네놈이 눈으로 보는 것도 이게 처음이자 마지막이다!"

"핫! 그러냐……!"

카임은 지긋지긋한 기색으로 코웃음 치고는 주먹을 당기고 허리를 낮췄다. 투귀신류 '기본 형태'에서 돌격력과 관통력이 가장 뛰어난 기술——【기린】의 자세였다.

카임은 투귀신류의 기본 형태밖에 모른다. '비오 형태'인지 뭔지를 습득하지 못한 이상, 가지고 있는 카드로 승부할 수밖에 없었다.

기본자세를 취한 카임을 향해 케빈은 마치 비웃듯이 입매를 올렸다.

"말해두겠는데…… 그 기술로 【치우】를 깰 수는 없다! 얌전하게 죽음을 받아들여라. 사샤를 봐서, 고통 없이 일격으로 보내주겠다!"

"쓸데없는 참견이야. 부모도 스승도 아닌 댁이 나한테 자비를 베풀 이유는 없어. 경애하는 어머니의 이름을 꺼내면 관대해 보이리라고 생각한다면…… 솔직히 불쾌해."

"네놈……!"

케빈은 얼굴을 크게 일그러뜨렸지만, 자세를 취하는 카임의 모습에 진지한 표정으로 바뀌었다.

아무리 자신에게 화내고, 불합리한 대우를 해왔다고 해도…… 이 남자는 명색이 '권성'이다. 이미 말을 서로 부딪칠 단계는 아니라는 사실을 깨달은 것이리라.

무인과 무인이 주먹을 겨누고 서 있다면, 더 이상 말은 필요 없다. 그저 자신의 육체와 무용으로 대변할 뿐이다.

"…………."

"…………."

양자는 잠시 말없이 서로를 노려보았고…… 이윽고, 멈춰 있던 시간이 움직이기 시작했다.

"사라지도록 해라……. 내 불초자식. 사려져야 할 과거! '독의 여왕'이여!"

먼저 움직인 이는 케빈이었다.

투귀신류 비오 형태──【치우】. 이것은 동쪽 나라에서 마력의 근원이라고 여겨지는 '차크라'라 불리는 부위를 해방함으로써, 순간적으로 폭발적인 마력을 만들어내는 기술이었다.

마력의 상승량은 해방한 차크라의 수에 따라서 다르지만, 적어도 두 배. 극에 달한 달인이라면 일곱 배까지 마력을 높일 수 있다.

카임은 투귀신류의 '기본 형태'를 대강 습득하기는 했지만, '비오 형태'에 대해서는 전혀 배우지 않았다. 아무리 천재적인 센스를 가졌다 해도, 하룻밤 하루아침에 차크라를 해방할 수단 따위를 배울 수 있을 리가 없었다.

"하아아아아아아아아아아아아앗!"

따라서 카임의 행동은 단순했다. 현재, 자신이 가지고 있는 모든 마력을 【기린】에 실어서, 열과 성을 다해 쏘아 날릴 뿐.

"가라아아아아아아아아아아아아아아앗!!"

회전을 실어 쏜 압축 마력의 충격파가 달려드는 케빈의 몸에 박혔다. 그리고 맹렬히 나아가는 그 움직임을 살짝 정지시켰다.

"크ㅇㅇㅇㅇㅇㅇㅇㅇㅇㅇㅇㅇㅇ윽!"

하지만…… 【치유】에 의해 극한까지 강화된 육체를 꿰뚫기에는 이르지 않았다. 두터운 마력의 장갑에 부딪힌 충격파가 산산이 흩어져서 튕기고 말았다.

케빈이 【기린】의 충격파를 방어하면서 슬금슬금 거리를 좁혀 왔다.

카임은 움직이지 않았다. 주먹을 내지른 자세를 유지한 채, 오로지 마력의 충격파를 계속 쏘았다.

"하아아아아아아아아아아아앗!"

"크ㅇㅇㅇㅇㅇㅇㅇㅇㅇㅇㅇㅇㅇㅇ윽!"

서서히 두 사람의 거리가 줄어들었다.

3미터.

2미터.

1미터.

앞으로 한 걸음이면 손이 닿을 거리까지 접근하자 케빈의 얼굴에 회심의 미소가 떠올랐다.

"이겼다……!"

케빈의 입에서 그런 말이 나온 것은 당연했다. 일격필살의 기술인 【기린】으로 처리할 수 없었던 시점에서 카임은 이미 패배했다.

【치유】를 써서 폭발적으로 육체를 강화한 케빈의 공격에 저항할 수단은 없다. 그대로 붙잡혀서 몸을 두들겨 맞을 뿐이다.

"……?!"

그러나 거기에서 예상 밖의 사태가 발생했다.

다리와 허리에서 힘이 빠져, 케빈이 그 자리에 무릎을 꿇고 만 것이다.

"뭐지……?!"

"훗!"

카임은 그 틈을 놓치지 않았다. 【기린】을 멈추고 케빈에게 날아들어, 안면을 움켜쥐고서 무릎 차기를 때려 넣었다.

"커헉?!"

"그대로 누워있어라! 투귀신류── 【응룡】!"

벌러덩 뒤로 쓰러진 케빈 위에 올라타, 카임은 혼신의 일격을 내던졌다.

【기린】이 마력의 충격파를 날리는 기술인 것에 비해서, 【응룡】은 영거리에서 상대의 몸에 직접 충격을 때려 넣는 기술.

카임은 케빈의 가슴에 손을 대고서, 발경으로 혼신의 마력을 찔러 넣었다.

"하앗!"

"으어어억?!"

가슴 부분에 강렬한 충격을 받자, 케빈의 입에서 피가 뿜어져 나왔다. 안면에 아버지의 피가 튀었지만…… 카임은 살짝 표정을 찡그렸을 뿐이었다.

"크, 으……."

케빈은 사지를 축 늘어뜨리며 지면에 내던져져서는 그대로 정신을 잃었다. 가슴을 살짝 들썩이고 있으니 살아 있기는 한 모양이었다.

"해제당할 뻔했다고는 해도, 압축 마력 덕에 구원받았구나. 그게 없었더라면 죽었을 거야."

힘없이 누운 아버지의 몸을 내려다보며, 카임은 싸움으로 흐트러진 의복을 정돈했다.

케빈이 싸움 도중에 자세를 무너뜨리고 만 것은 정통으로 먹어버린 카임의 마력 때문이었다.

【기린】에 의한 충격파는 막을 수 있었지만, 카임은 '독의 여왕'의 힘을 계승하고 있다. '여왕'의 힘—— 자독마법에 의해 독화 (毒化)한 마력을 맞고 온몸이 마비되어버린 것이다.

"무투가로서는 그쪽이 압도적으로 위였어. 하지만…… 독에 대한 경계를 게을리하다니, 아무리 그래도 너무 방심한 거 아닌가?"

결국, 케빈은 카임을 마지막까지 '못난 아들'로서 얕보았을지도 모른다. 카임을 '독의 여왕'이라고 부르면서 독에 의한 공격을 경계하지 않다니, 왕국 최강의 '권성'으로서는 지나치게 얼빠진 방식으로 당했다.

카임은 지면에 놓아둔 짐을 줍고는 쓰러진 아버지에게 등을 돌리며 걷기 시작했다.

이제 여기에는 돌아오지 않겠다……. 그런 각오를 다지고서 숲속을 걸어가려고 했지만, 진행 방향 위에 사람의 그림자가 몇몇 있었다.

"응……?"

거기에 있었던 이는 하르스베르크 백작가를 섬기는 기사였다. 언제부터 거기에서 보고 있었을까? 기사 몇 명이 길에 서서, 쓰러진 케빈의 모습을 보고 곤혹스러운 표정을 짓고 있었다.

"아, 아버님……."

더욱더 놀랍게도, 그중엔 카임의 쌍둥이 여동생── 아네트도 있었다.

아무래도 길에 늘어선 기사는 아네트의 호위로 여기까지 따라온 모양이었다.

일부러 카임의 오두막까지 온 이유는 귀가가 늦는 아버지를 걱정해서였을까? 그렇지 않으면 불길한 예감이라도 들었던 것일까?

"흥……."

카임은 어깨를 으쓱이며 아네트와 기사들의 옆을 지나치려고 했다.

"죽인 건 아니야. 구제 불능인 남자라 해도, 죽으면 내게 큰 은혜를 베푼 어머니가 슬퍼하시니까."

"기, 기다려! 네놈은 대체……."

"방해하지 마라. 짜증 난다고."

기사는 당황한 듯이 검을 뽑았지만 카임의 주먹이 번뜩였다. 그 자리에 있던 기사 다섯이 검을 겨눠오는 것보다도 빠르게, 턱이나 복부를 구타해 혼절시켰다.

"으…… 아……."

"그대로 자고 있어라. 어차피 너희는 나를 막을 수 없어."

카임은 기사의 몸을 짓밟고는 아네트의 옆을 지나쳐 앞으로 나아갔다. 상대할 가치도 없다고 말하는 것 같은 태도였다.

"거, 거기 서!"

하지만 아네트가 카임의 등을 향해 외치며 주먹을 겨눠왔다.

"아, 아버님을 잘도 해쳤겠다! 용서 안 해, 용서 안 할 거야!!"

"하아……, 용서 안 하면 뭘 어쩔 건데? 이번엔 네가 싸우는 거냐?"

카임은 지겨움에 빠지면서 뒤를 돌아보지도 않고 물었다.

"아버지가 진 상대에게 이길 수 있다고 생각하는 건가? 격이 다른 상대에게서는 도망치라고, 네 사랑하는 아버님은 가르쳐 주지 않았던가?"

"나, 나는 '권성'의 딸…… 아네트 하르스베르크! 하르스베르크 백작가의 이름을 걸고서, 적에게 겁먹고 도망치지는……!"

"【기린】."

카임은 뒤를 돌아보며 마력의 충격파를 쏘았다. 초고속으로 회전하며 압축된 마력 덩어리가 아네트의 얼굴 옆을 통과했다.

"히익……?!"

아네트가 옥죄인 비명을 지르며 지면에 엉덩방아를 찧었다.

몇 센티미터만 더 어긋났다면, 틀림없이 아네트의 안면이 크게 도려내졌을 것이다.

방금 쏜 【기린】은 전력의 1할도 되지 않았지만…… 아네트가 반응할 수 없을 만큼은 날카로웠다.

기껏해야 열세 살 소녀일 뿐인 아네트는 태어나서 처음으로 '죽음'의 기척을 느끼고 격렬한 공포로 온몸을 떨었다.

"…………."

카임은 그런 아네트를 향해서 걸어갔다. 한 걸음씩, 한 걸음씩 쌍둥이 여동생에게 접근했다.

"히익……. 시, 싫어! 싫어, 싫어! 오지 마!"

이번에야말로 목숨을 잃게 되리라 생각한 것이리라. 아네트가 필사적으로 외치며 양손을 흔들었다.

일어서서 도망치려고 했지만 다리와 허리가 말을 듣지 않는 모양이었다. 그녀는 다가오는 카임에게서 거리를 벌리지도 못한 채, 긴장의 실이 끊어진 것처럼 주룩주룩 눈물을 흘리기 시작했다.

"싫어어……, 싫다고오, 아버님, 아버님……!"

아네트는 지면에 주저앉아서 양다리를 벌린 상태였는데…… 그녀의 가랑이 사이에서 쪼르륵쪼르륵 물소리가 들려왔다.

들쳐진 치마 밑의 흰 반바지를 적시며 지면에 미지근한 물웅덩이가 퍼져나갔다. 아무래도 공포에 질린 나머지 실례를 하고만 모양이었다.

"하아……, 시시하군."

늘 자신에게 따져대던 여동생의 추태를 보자 카임은 독기가 빠진 듯이 멈춰 섰다.

여태까지의 앙갚음으로 머리라도 때려줄까 생각했지만…… 이렇게나 꼴사나운 모습을 보이자 불쌍하다는 생각마저 들기 시작했다.

"……네 아버지는 내가 쓰러뜨렸다. 죽지는 않은 모양이지만, 무술가로서는 이미 재기 불능이 됐겠지."

카임은 울면서 주저앉은 아네트에게 마지막으로 고했다.

"……원수라고 생각한다면 쫓아와라. 다만, 그땐 죽을 각오를 해야 할 거다."

마지막 자비라는 생각으로 말을 남기고, 카임은 대답도 듣지 않은 채 서둘러 그 자리에서 떠났다.

카임은 그날 중으로 하르스베르크 백작령을 떠나…… 태어난 고향인 그 땅에 두 번 다시 돌아오지 않았다.

"으……, 나는 대체……?"

"아아, 깨어나셨군요! 주인님!"

케빈이 눈을 뜨자 눈앞에는 익숙한 천장이 있었다. 아무래도 자기 방 침대에서 자고 있었던 모양이다. 옆에는 하르스베르크 백작가를 섬기는 집사장의 모습이 있었다.

"어째서, 집에……, 으윽?!"

"움직이시면 안 됩니다! 주인님께서는 일주일도 더 몸져누워 계셨습니다. 부디, 지금만큼은 자중하시지요!"

집사장이 일어나려고 하는 케빈을 황급히 말렸다. 10년 이상이나 하르스베르크 백작가를 섬겨온 집사장의 얼굴에는 어째서인지 얻어맞은 것 같은 커다란 멍이 들어있었다.

집사장의 상처를 의아하게 생각하면서, 케빈은 자신의 몸 상태를 확인했다.

'일주일이라고? 설마 내가 그렇게 오래 몸져누워 있었다니……. 몸이 생각처럼 움직이지 않아. 마치 온몸의 근육이 납덩이가 되어 버린 것 같다…….'

몸이 지독하게 무겁다. 근육이, 관절이 전혀 말을 듣지 않는다. 아주 조금 몸을 살짝이기만 해도 온몸에 날카로운 통증이 퍼져, 일어난다는 간단한 동작조차 만족스럽게 할 수 없었다.

"으윽…… 으어어어어어어어어엇!"

그래도 케빈은 몸을 채찍질하며 일어났다. 그저 자기만 하는 것이라면 상관없다. 하지만…… 고통 때문에 잠들어 있었다니, 왕국 최강이라 칭송받는 '권성'의 긍지가 용납하지 않았다.

"주, 주인님! 무리해서 일어나시면 존체가……!"

"상관, 없다……! 그런 것보다도 사정을 설명해라……! 내 몸에 무슨 일이 일어났지? 어째서, 이 몸이 상처를 입고서 몸져누운 거냐?"

기억을 돌이켜봤지만, 의식이 뚜렷하지 않아 떠올릴 수 없었다. 자신의 몸에 무슨 일이 있었는지는 모르겠다. 그래도…… 자신의 육체 상태를 통해 아는 것이 있었다.

자신은 패배했다. '권성'—— 케빈 하르스베르크는 누군가와 벌인 싸움에 져서, 상처를 입고 몸져누운 것이다.

"떠오르지 않아. 나는…… 누구와 싸워서 진 거냐?"

"……모르겠습니다."

"모르겠다고? 모르겠다니 무슨 뜻이지?"

"정말로 모르겠습니다. 주인님을 이렇게 만든 자가, 어디 사는 누구였는지를요."

카임이 캐묻자 집사는 표정에 그늘을 드리우며 설명했다.

"주인님께서는 숲속에서 이상한 남자와 싸워서 지신 모양입니다. 나중에 달려간 기사가 말하기를, 스무 살 전후쯤 되는 연령의 남자인데 보라색 머리카락과 눈동자를 가지고 있었다더군요."

"보라색……!"

케빈이 숨을 삼켰다. 눈 안쪽에, 선명하면서도 섬뜩한 보라색이 떠올랐다.

그리고 그 색채를 계기로 정신을 잃기 전의 기억이 되살아났다.

그는 싸웠다. 자신과 같은 유파의 기술을 쓰는…… 그리고, 숙적인 아내의 원수라고도 할 수 있는 '독의 여왕'과 같은 마력을 가진 남자와 싸워서 졌다.

용모와 자태는 바뀌었지만…… 자신은 그 남자의 이름을 알고 있었다.

"카임……!"

케빈의 기억에 있는 아들은 열세 살의 모습을 하고 있었지만, 싸웠을 때는 5년 이상이나 성장한 모습으로 바뀌어 있었다. 머리카락과 눈동자는 보라색으로 바뀌어 있었고, 몸의 반점도 사라진 상태였다.

어째서, 케빈이 아들이라 깨달을 수 있었는가……. 그 이유는 결코 부자의 애정 따위가 아니었다. 성장한 카임의 생김새가 젊은 시절의 아내와 쏙 빼닮았기 때문이었다.

'그러고 보니…… 카임은 아내를 닮은 얼굴이었어.'

카임이 저택에 있었을 무렵, 케빈은 '저주받은 아이'인 아들을 철저하게 무시했다. 아내가 무슨 말을 하든 상관하지 않고, 얼굴을 마주하면 호통을 치고 때로는 폭력까지 휘둘렀다.

하지만…… 사샤에게 안긴 카임의 모습을 보고서, 쏙 빼닮은 두 사람의 모습에 심장이 철렁 내려앉은 적이 있었다.

저주받아 태어난 아들이 아내의 피를 이어받았다는 사실이…… 틀림없이 자신의 자식이라는 사실이 눈앞에 들이닥치자, 가슴이 조여드는 것처럼 아팠던 것을 기억한다.

'게다가…… 그 무술의 재능. 카임은 틀림없이 '천재'다. 아니 두려워해야 할 '귀재', 어쩌면 '괴물'이라고 불러야 하는가.'

숲속에서 결투했을 때 보인 카임의 역량은 투귀신류에 있어서 면허개전의 한 걸음 앞까지 와 있었다. 같은 나이이자, 케빈이 몸소 길러온 수제자인 아네트를 진작에 넘어섰다.

지도한 적은 한 번도 없는데…… 케빈이 아네트에게 훈련해주는 모습을 보기만 하고서 그 영역에 다다랐다면, 등골이 얼어붙을 만큼 놀라운 재능이다.

'카임은 틀림없이, '권성'인 내 아들이다……. 재능이나 잠재능력만 따지면 당해낼 수 없겠어. 그리고 아내의 용모까지 이어받았지. 이건 대체 무슨 지옥인 거냐……?'

아버지의 재능과 아내의 용모를 이은 아들이 증오스러운 원수인 '독의 여왕'의 힘을 얻었다.

학대했던 아들이 틀림없는 자신과 아내의 아이라는 사실을 재확인하자…… 더 나아가, 그 아이에게 저주를 옮겼다는 죄가 다시 들이닥치자, 심장이 도려내지는 것 같은 절망을 느꼈다.

"주인님? 왜 그러십니까?"

"아니……, 아무것도 아니다."

케빈은 자신의 얼굴을 들여다보는 집사장에게 침통한 표정으로 고개를 내저었다.

카임이 '독의 여왕'의 힘을 이었다는 사실은 부주의하게 밝힐 수 없다. 사실이 드러나면 '마왕급' 재앙을 해방했다 여겨져 하르스베르크 백작가가 책임을 지게 되어버린다.

'여왕'이 멋대로 부활했을 뿐이라면 모를까…… 하르스베르크 가 직계의 신체로 옮겨가 되살아난 것이니까. 벼락출세한 케빈 을 좋게 여기지 않는 기성 귀족 입장에서 보면 절호의 공격 거 리이다.

'나만 책임을 지게 된다면 괜찮아……. 하지만 딸의 장래까지 망칠 수는 없어…….'

"……아네트는 어쩌고 있지? 나를 걱정하고 있는 건 아닌가?"

"아가씨라면 방에 틀어박혀 계십니다. 아가씨도 주인님과 싸 운 남자를 만나버린 모양이라서……. 아뇨, 다치지는 않았습니 다만, 주인님께서 패배한 것이 어지간히 충격이었던 거겠죠. 저 택에 돌아오고 나서 계속 방에 박혀 계십니다."

"그런가……. 다치지 않았다면 상관없다. 한심한 아버지의 모 습을 보고 실망한 거겠지."

케빈은 어깨를 늘어뜨리며 한숨을 내뱉었다. 딸에게 한심한 모습을 보이고 말았지만…… 카임이 아네트를 다치게 하지 않 았던 것은 행운이었다.

어쨌거나 지금은 '독의 여왕'의 힘을 이은 카임에 대한 대응을 생각해야만 한다.

'쫓아가서 말살해야 하겠지만…… 할 수 있을까? 지금의 내가?'

케빈도 젊은 시절에 비해 체력이 떨어졌다. 아내가 죽고 나서 는 딸에게 단련을 시키기만 했지 본격적인 수행은 한 적이 없다.

그에 더해…… 지금의 케빈의 몸은 카임이 박아 넣은 독의 마

력에 침식되어 있었다. 시간이 지나서 상처가 완치되어도, 전투
능력은 크게 떨어지리라.

'카임은 위험하지만…… 지금의 나로서는 이길 수 없겠지. 하
르스베르크카의 존속과 딸의 장래를 생각하면 왕국에 보고할
수도 없어. 원한을 가지고 있을 나를 죽이지 않았던 점을 봐서
도, 금세 커다란 재앙을 일으키지는 않겠지만…….'

"주인님! 큰일 났습니다!"

케빈이 번민하며 생각에 잠겨 있노라니, 방문을 열고서 메이
드가 뛰어 들어왔다.

주인의 방에 노크도 하지 않고서 들어온 부하에게 집사장이
눈살을 찌푸렸다.

"뭡니까, 소란스럽게! 주인님의 방에 무단으로 들어오다니 무
례합니다!"

"그, 그보다도 큰일입니다! 아가씨가, 아네트 아가씨가……!"

"딸에게 무슨 일이 생겼나……, 크윽?!"

케빈이 황급히 침대에서 일어나려고 했지만 독의 영향으로 다
시 무너져 내렸다.

"크헉……, 콜록콜록!"

"주인님!"

"괘, 괜찮다……. 나는 됐어. 그보다도…… 아네트가 어쨌다
는 거냐……?!"

케빈이 기침하면서 묻자, 메이드는 창백한 얼굴로 접힌 종이
를 내밀었다.

"아, 아가씨가…… 아네트 아가씨가 사라져 버리셨습니다. 방에도, 저택 어디에도 안 계시고…… 방에 이런 편지가……!"

"뭐라고?! 아네트가 사라졌어?!"

케빈은 억지로 빼앗듯이 메이드가 쥐고 있었던 종이를 받아들었다.

종이에는 익숙한 필적—— 사랑하는 딸 아네트의 필적으로 놀라운 말이 적혀 있었다.

『아버님께 상처를 입힌 원수를 쓰러뜨리러 갑니다. '보라색 남자'를 쓰러뜨릴 때까지 저택에는 돌아오지 않겠습니다.』

"아, 아아……. 이게 무슨 일이냐, 아네트……!"

"주인님?!"

집사장에게 부축을 받으며, 케빈은 머리를 헤집고 외쳤다.

"아네트……, 아네트ㅇㅇㅇㅇㅇㅇㅇㅇㅇㅇㅇㅇㅇㅇㅇㅇ!!"

아내를 잃고, 자식을 내버린 남자는…… 남겨진 유일한 가족인 딸까지 가출하자 아연실색한 표정으로 탄식의 통곡을 내질렀다.

○　○　○

10년도 더 전에 있었던 일. 티는 과거 천애고독의 고아로서 거리를 헤매고 있었다.

'호인족'이라는 전투에 뛰어난 수인, 덤으로 '화이트 타이거'라는 희귀종으로 태어난 티가 어째서 인간들이 사는 마을을 방랑하고 있었는가. 그것은 티 자신도 기억이 흐릿해서 뚜렷이 떠오르지 않았다.

확실한 것은…… 거리를 헤매던 티가 속수무책으로 고독해서, 기댈 부모도 서로 지탱해줄 형제자매도 가지고 있지 않다는 사실이었다.

'……나는 누구지……? 어째서, 여기에 있지……?'

티……, 당시에는 이름도 없던 호인 소녀는 공복에 괴로워하면서 자문했다.

넝마 조각을 걸친 모습으로 헤아려 보면, 어딘가에서 노예 노동을 강요당하다 도망쳐 왔던 것이리라.

제이드 왕국은 아인 차별이 심해서, 유괴당한 아인이나 수인 아이가 노예가 되는 일은 드물지 않다. 도망친 노예가 길가에서 객사하는 광경도 흔한 일이었다.

반쯤 다 죽어가던 소녀는 몹시 쇠약해져 있어서, 내버려 두면 이틀을 버티지 못하고 숨이 끊어질 것이었다.

'……나, 죽는 거야? 무엇을 위해, 태어난 거야……?'

호인 소녀는 생각했다. 무엇을 위해서 태어난 것일까? 그저 괴로워하며, 죽기만을 위해서 살아왔다는 것일까? 아무것도 모르는, 기억을 가지지 않은 소녀라도…… 그런 자신이 애처롭고 허무한 존재라는 사실은 이해할 수 있었다.

"아아, 아아!"

"어머, 왜 그러니? 카임?"

하지만…… 그런 호인 소녀에게 손을 내밀어주는 자가 나타났다.

누워 있던 호인 소녀가 고개를 들자…… 거기에는 어머니로 보이는 여성에게 안긴 아기의 모습이 있었다. 무언가 병에 걸린 것일까? 얼굴과 팔다리에 보라색 반점을 띤 아기가, 어딘가 필사적인 모습으로 호인 소녀에게 작은 손을 뻗고 있는 것이었다.

"수인족 여자애구나? 그 애가 신경 쓰이니?"

"아앗! 우웃!"

"그렇구나? 카임이 이렇게나 흥미를 드러내다니 별일이네."

"왜 그러십니까, 마님?"

아기를 안은 여성에게 사용인 같은 옷을 입은 남성이 말을 걸었다. 아마도 종자나 호위이리라.

"저쪽에 있는 여자애를 데리고 돌아가겠어. 이 아이를 돌보게 할 거야."

"하아, 괜찮으시겠습니까? 더러운 수인인데요?"

"상관없으니 데리고 돌아가 줘. 식사를 주고, 상처 치료도 하고…… 거기에 사용인으로서의 교육도 부탁할 수 있을까?"

"……알겠습니다."

"어……흥……."

종자 남자가 마지못하다는 듯이 호인 소녀를 끌어안았다. 호인 소녀는 저항할 기력도 없어서 그가 하는 대로 저택까지 옮겨졌다.

그 후, 소녀는 '티'라는 이름을 부여받아 하르스베르크 백작가의 사용인이 되었다.

이름의 유래는 처음 배운 일이 '차 대접'이었다는 시시한 이유
였다.

나중에 알게 되었지만…… 그날, 카임과 어머니인 사샤 하르
스베르크는 근처 마을에 쇼핑을 하러 온 모양이었다.

드물게 몸 상태가 좋았던 아내를 남편인 케빈이 데리고 나갔
지만…… 무슨 일이 있어도 카임을 꼭 데리고 나가야 한다는 뜻
을 굽히지 않아서, 부모와 자녀 네 명과 수행인 집사가 외출하
게 되었다.

남편이나 딸과 개별 행동을 했을 때 카임이 쓰러져 있던 호인
소녀에게 흥미를 드러내자, 장차 사용인으로 삼을 것을 내다보
고서 사샤가 그 소녀를 고용한 것이었다.

"나는 그다지 오래 살아남을 수 없을 테니까. 나 대신, 이 아
이와 함께 있어 주렴."

"당연해요! 카임 님은 절 거둬주신 생명의 은인인걸요!"

사샤의 말을 듣고 티는 진심에서 우러나오는 결의를 담아 대
답했다.

당연히 아기였던 카임은 티를 거둬준 사실을 기억하지 못한다.

카임은 티가 자신에게 헌신하는 것을 어머니에 대한 의리 때
문이라고 생각하는 모양이지만…… 사실은 달랐다.

티가 카임에게 헌신하는 이유는 카임이 티를 거둬준 장본인이
기 때문이다. 카임이 없었더라면 사샤도 고아 수인 따위는 내버
려 뒀으리라.

티는 사샤보다도 카임에게, 더 큰 은혜와 애정을 품고 있었다.

카임 하르스베르크가 영지를 떠났다.

그 소식은 하르스베르크 백작가에서 일하는 사용인에게도 알려졌다.

"어흥! 이게 어떻게 된 일인가요⋯⋯. 카임 님이 영지를 떠나버리셨다니!"

티는 카임이 사라졌다는 이야기를 듣고서 황급히 그가 생활하던 오두막으로 갔다. 그리고 거기에서 카임이 남긴 편지를 발견하고 깜짝 놀랐다.

『나는 여행을 떠나. 이제 어머니에 대한 의리는 충분히 지켰으니까, 너도 자유롭게 살아가 줬으면 좋겠어.』

양피지에 적힌 짧은 문장은 티 앞으로 남긴 것이었다. 티는 편지를 움켜쥔 채 바들바들 몸을 떨며, 육식 짐승 특유의 뾰족한 송곳니를 드러냈다.

"어째서 저를 데리고 가주시지 않았던 건가요?! 혼자서 여행을 떠나다니⋯⋯ 너무해요!"

티는 서둘러 하르스베르크가 저택으로 돌아와 여행 준비를 갖추었다. 한시라도 빨리 카임을 쫓아가야 한다. 그녀는 초조해하면서 짐을 꾸려서 저택을 나가려고 했다.

하지만 거기에서 사용인의 통솔을 맡은 집사장과 맞닥뜨렸다.

"이렇게 바쁜데 어디를 가는 겁니까? 주인님께서 몸져누우셔서 일은 산처럼 쌓였어요."

"어리석은 질문은 그만두셨으면 좋겠어요. 당연히 카임 님을 따라가는 거잖아요!"

"그 '저주받은 아이'를 쫓아가다니…… 무슨 바보 같은 소리를."

집사장이 코웃음을 쳤다.

"제멋대로인 행동은 허락하지 않습니다. 더러운 수인을 하르스베르크 백작가가 거둬줬습니다. 오랜 세월에 걸친 은혜를 갚으세요."

"은혜? 거둬줬다?"

"그렇고말고요! 주인님께 고용되지 않았더라면, 당신은 뒷골목에서 객사하고 말았을 겁니다. 구해준 은혜에 보답하세요!"

"웃기지 마세요!"

"으억?!"

티가 송곳니를 드러내며 외치고는 집사장의 안면을 후려쳤다. 집사장은 저택 바닥을 데굴데굴 굴러가 그대로 벽에 충돌했다.

"으아……. 무, 무슨 짓을……."

"어흐으응……. 티를 거둬준 건 카임 님이에요! 그리고 사용인으로 써주신 건 사샤 마님이세요! 당신이나 주인님에겐 그런 마음 따위 한 톨도 없어요!"

벽에 기대어 신음하는 집사장을 향해서, 티는 여태까지 품었던 울분을 여봐란듯이 내던졌다.

"티가 하르스베르크가에서 일했던 건, 언젠가 카임 님을 데리고 이 땅에서 떠나기 위해서예요! 그러기 위한 자금 벌이 이상의 의리는 없어요!"

1년 전, 카임이 쫓겨났을 때 티는 따라갈 수도 있었지만 굳이 저택으로 돌아와서 일하기를 선택했다. 충분한 자금을 벌어서, 카임을 데리고 하르스베르크 백작령을 떠나기 위해서였다.

이 나라에서 수인은 직업을 얻는 일조차 어렵다. '저주받은 아이'인 카임 또한 마찬가지. 다른 나라로 이주할 노잣돈을 벌기 위해서, 울며불며 추방된 카임을 배웅했던 것이었다.

"카임 님이 사라진 이상, 이제 이 집에 볼일은 없어요! 여태까지 저엉말로 신세 졌습니다!"

"흐익?!"

티가 다리를 들어 올려서, 쓰러진 집사장의 가랑이를 힘껏 짓밟았다.

집사장은 얼굴을 새파랗게 물들이며 뻐끔뻐끔 입을 달싹이더니 그대로 정신을 잃었다.

"흥! 카임 님을 깔보니까 이렇게 되는 거예요! 그럼…… 이러고 있을 수는 없어요. 카임 님, 티가 금세 곁으로 갈게요!"

이때까지 쌓였던 울분을 풀고서 만족한 티는 곧바로 저택을 뒤로했다.

"사실은 다른 사용인도 전부 때려눕히고 싶은 참이지만…… 시간이 없으니 봐줄게요! 실컷, 제가 했던 일을 떠맡고서 곤란해하도록 하세요!"

집사장이 다쳐서 한동안 일할 수 없게 되고, 한없는 체력을 가진 노동력이었던 티를 잃게 되자 저택의 업무는 크게 정체되었다.

더 나아가 아네트가 사라져서 수색대를 파견하게 됨으로써 백작가의 가신은 천지가 뒤집힌 것처럼 큰 혼란에 빠지게 되는데.

남겨진 사용인은 대량으로 쌓인 업무에 짓눌리는 신세가 되었다.

카임에게 무례를 범했던 자들은 호인 메이드가 의도하지 않은 곳에서 천벌을 받은 셈이지만…… 그 사실을 티가 알게 되는 일은 앞으로 영원히 없다.

○　○　○

"이봐, 들었어?! 드디어 그 '저주받은 아이'가 영지에서 쫓겨났다던데!"

"마침내 영주님께서 단념하셨나! 하핫, 오늘은 연회구나!"

카임이 하르스베르크 백작령에서 떠났다는 소실을 듣고서, 카임을 괴롭혔던 마을 사람은 갈채를 올렸다.

실제로는 본인의 의지로 나간 것이었지만…… 그들에게는 카임이 영주에게 쫓겨난 것처럼 전해진 모양이었다.

마을 사람들은 꼴사납게 쫓겨난 '저주받은 아이'의 모습을 떠올리며 히죽히죽 추악한 얼굴로 마주 웃었다.

"나 원 참, 그런 괴물이 바로 옆에서 지내니 살아 있는 기분이 안 들었다고!"

"그 꺼림칙한 반점을 보지 않아도 된다고 생각하니 안심이 되는군. 속이 시원해!"

"아이에게 병이 옮지 않아서 다행이야. 정말로 기분 나빴어."

마을 사람은 제각각 카임의 험담을 떠들어댔다. 실제로는 그들이 카임을 괴롭혔지만…… 마을 사람은 자신들이야말로 '저주받은 아이'를 떠맡게 된 피해자라고 인식했다.

인간이라는 존재는 자신들과 다른 이단을 기피하고 배척하려고 하는 생물이다. 폐쇄적인 한촌이라면 더더욱 그렇다. 그자가 정말로 위험한지는 상관없이, 이단을 박해함으로써 안심감을 얻으려고 하기 마련이다.

"그러고 보니…… 오늘 아침, 숲 입구에서 늑대를 봤어. 요새 못 봤었는데."

문득 마을 사람 중 하나가 말을 꺼냈다. 그 말을 듣고 다른 마을 사람도 고개를 갸웃거렸다.

"늑대나 곰은 언제부터 못 보게 됐었지? 1년쯤 전인가?"

"마물도 나오지 않게 되었지. 전에는 이따금 나타났는데."

이 마을에서는 1년 정도, 짐승이나 마물이 나타나지 않게 되었다. 그 이유는 '독의 여왕'이 씐 인간…… 카임이 숲에 살았기 때문이었다.

인간보다도 예민한 감각을 가진 동물이나 마물은 카임의 몸에 깃든 맹독을 두려워해, 숲속 깊숙이 숨어 있었던 것이다.

"스탬피드가 일어났다는 얘기도 들었는데…… 결국 아무 일도 없었지."

"영주님께서 어떻게든 손써주신 모양이야. 정말이지, 역시나 우리 '권성'이셔!"

"케빈 님께서 영주로 계신 한, 이 마을도 평안하겠지. 늑대 따위는 걱정할 필요 없어."

마을 사람은 긴장감 없는 얼굴로 마주 웃었다. 그들은 늑대가 나온 것 따위에 신경도 쓰지 않았다.

하지만…… 곧 그들은 웃을 수 없게 되리라. 이미 마물을 멀리 하게 만드는 보이지 않는 방벽을 잃었으니.

카임이 스탬피드로 폭주하는 마물을 쓸어버리기는 했지만, 그에 의해서 생긴 공백 지대에는 조만간 다른 장소에서 많은 마물이 흘러들어올 것이다.

믿고 의지하는 영주는 독에 의해 재기불능에 가까운 상태가 되었고, 백작가의 기사는 아네트 수색에 동원되어 인원이 부족해졌다.

카임에게 은혜를 입었던 것을 모르는 마을 사람에게 자력으로 마물을 격퇴할 방도는 없다.

마물의 습격을 받은 마을이 아비규환의 지옥에 빠지는 것은 그로부터 몇 달 후의 일이다.

　태어난 고향을 뒤로한 카임은 동쪽을 향해 가도를 걷고 있었다.

　목적은 제이드 왕국 동쪽에 있는 대국—— 가넷 제국. 파우스트의 충고를 곧이곧대로 받아들이려는 건 아니지만, 카임의 목적은 새로운 고향과 가족을 찾는 일이며 딱히 누군가와 싸우고 싶은 것은 아니다. '마왕급'을 적시하는 교회와의 분쟁을 피하기 위해서, 교회의 영향력이 적은 곳을 향하는 것에 이의는 없었다.

　'한동안은 남자 혼자서 여행하게 되겠지만……. 뭐, 나쁘진 않지.'

　카임은 가도를 뺀들뺀들 걸으면서 화창하게 갠 하늘을 올려다보았다. 푸른 하늘을 구름이 천천히 흘러갔다. 드물지도 않고 익숙한 광경이었지만, 신기하게 마음이 가벼워졌다.

　'이렇게나 평온한 마음으로 하늘을 올려다본 적은…… 어쩌면 한 번도 없었을지도 모르겠군. 꽤 인생을 낭비하며 살아왔어.'

　내면이 바뀌면 눈동자에 비치는 광경 역시 변하기 마련. 이전의 카임이라면 하늘을 봐도 아무 생각도 안 했겠지만, 지금은 아름다운 푸른 하늘을 즐길 마음의 여유가 생겼다.

　카임은 가벼운 발걸음으로 가도를 걸어가다가…… 문득 진행 방향 위에 기묘한 것을 발견했다.

　"응……? 저기에 있는 건…… 마차의 잔해인가?"

　가도 위에 옆으로 쓰러진 마차의 잔해가 굴러다녔다. 가까이 다가가 보니 마차 주위에는 피투성이 남자들이 사체가 되어 나

뒹굴고 있었다.

"날붙이에 베였어……. 마물이 아니라 도적의 소행인가. 딱하게 됐군."

카임은 연민하듯이 말했지만 금세 여행을 다시 시작했다. 동정은 하지만 알지도 못하는 죽은 사람을 위해서 할 수 있는 일은 없었다.

"음……?"

하지만 문득 발치에 위화감을 느낀 카임은 발을 멈추게 되었다.

"……놔주지 않겠어? 앞으로 나아가고 싶은데?"

"으……윽……."

카임이 다리를 붙잡은 이는 피를 흘리며 쓰러진 남자 중 하나였다. 틀림없이 죽은 줄로만 알았는데…… 아무래도 딱 한 사람 생존자가 있었던 모양이다.

"미안한데 나한테 당신을 구해줄 수단은 없어. 아무것도 해줄 수 없어서 면목 없지만."

파우스트에게서 받은 매직 백에는 포션 등도 들어있었지만, 남자의 상처는 명백히 때를 놓쳤다. 약을 마시게 해봤자 괴로워하는 시간이 길게 늘어날 뿐이리라.

카임은 "미안하군"이라고 다시 한번 사죄하고서 신발을 붙든 남자의 손을 뿌리치려고 했다.

"……님, 께서."

"응?"

"끌려가, 셨다……. 부, 디…… 그분을 구해, 줘……."

남자는 갈라진 목소리로 말하면서…… 가도에서 벗어난 곳에 있는 숲을 손가락으로 가리켰다. 그리고 마치 역할을 마쳤다는 양 힘없이 손을 떨어뜨리고, 이번에야말로 목숨을 잃고 말았다.

"이봐……, 이러지 말라고. 지나가는 타인에게 기분 나쁜 유언을 남기다니."

카임은 숨이 끊어진 남자를 내려다보며 기가 막혀서 고개를 내저었다. 단편적인 유언은 대부분 듣지 못했지만, "끌려가셨으니 그분을 구해줘. 저 숲으로 갔다"라고 들렸다.

"누군가가 도적에게 납치당한 건가……. 알고서 내버려 두면 꿈자리가 사나워질 텐데."

듣지 못한 것으로 하기는 쉽지만…… 마음에 껄끄러움이 남게 되어버린다. 이대로 가면 오늘 밤 저녁이 맛없어질 것이다.

카임은 선량한 사람이 아니다. 죽은 사람을 위해서 움직이려는 생각은 들지 않지만, 살아 있는 인간, 구할 수 있는 인간을 태연하게 버릴 수 있을 만큼 박정하지도 않았다.

"어쩔 수 없군……. 지나가는 길에 도적 퇴치라도 즐겨볼까. 여행의 노잣돈도 벌 수 있을지도 몰라. 헛걸음이 되지는 않겠지."

도적을 토벌하면, 그들이 가진 물건이나 재산은 쓰러뜨린 사람이 취득할 수 있다고 들은 적이 있다.

헛걸음이 될 일도 없으리라고 자신을 타이르며, 카임은 남자가 손가락으로 가리켰던 숲으로 향했다.

"도적은 저쪽으로 향한 모양이로군……."

숲으로 발을 들인 카임은 눈을 가늘게 뜨며 무성하게 우거진 수목을 관찰했다. 얼마 전까지 숲속에서 살았던 가닥이 있어서 이런 곳은 거북하지 않았다. 잘 숨어 있는 모양이지만…… 풀 곳곳이 밟혀서, 사람이 지나간 흔적이 남은 것을 발견했다.

'인원수는 그다지 많지 않아 보여. 이쪽 발자국이 다른 것보다도 깊게 파인 건, 무거운 짐을 안고 있었기 때문이겠지. 이를테면…… 납치당한 여성이라던가.'

카임은 숲속에 남은 흔적을 더듬어서 나아갔다. 도중에는 작은 동물이나 벌레뿐, 마물이나 대형 동물은 보이지 않았다. 딱히 장애도 없이 마차를 습격한 누군가를 추적할 수 있었다.

"오, 여기구나."

숲 안쪽으로 나아가자 조금 탁 트인 장소가 나왔다. 앞을 바위산이 벽처럼 막아서고 있지만, 거기에는 동굴 같은 검은 구멍이 뚫려 있었다. 동굴 앞에는 파수꾼 같아 보이는 남자가 앉아 있었다.

'그럼…… 무사히 쫓아오는 건 성공했는데, 납치당한 누군가라는 건 구멍 안에 있겠지?'

카임은 나무 그늘에 몸을 숨기면서 어떻게 할지 생각에 잠겼다.

'문제는 납치당한 누군가를 인질로 잡히는 건가. 도적을 박멸하기만 하는 거라면 동굴 안에 독가스라도 흘려 넣으면 그만이지만…….'

틀림없이, 도적에게 납치당한 인물도 독에 당하고 말 것이다. 마비나 수면 작용이 있는 독극물을 사용해도 되겠지만…… 카임은 아직 '독의 여왕'에게서 이어받은 힘에 익숙지 않아서, 상대를 죽이지 않을 만큼의 독을 능숙하게 생성할 자신이 없었다.

'나도 참 미숙하군······. 뭐, 푸념해봤자 어쩔 수 없지만.'

카임은 기세 좋게 나무 그늘에서 뛰쳐나가 파수꾼에게 들키기 전에 먼저 마법을 쏘았다.

"【비독(飛毒)】."

"아니······?!"

탄환처럼 쏘아진 보라색 독이 파수꾼의 목을 꿰뚫었다. 남자는 동료를 부르려고 입을 뻐끔뻐끔 움직였지만 목소리는 전혀 나오지 않았다. 그는 목을 마구 긁어대며 그대로 혼절해버렸다.

"응, 문제없어. 힘 조절도 능숙하게 해냈군."

"············."

파수꾼 남자는 정신을 잃었지만 숨은 쉬는 걸 보니 죽지는 않은 모양이었다.

딱히 자비를 베풀어서 효과를 낮춘 것은 아니었다. 독의 강도를 조절할 수 있게 되기 위해, 연습 삼아 죽지 않을 정도로 조정한 것이다.

근데······ 이건 죽지 않았을 뿐이로군. 제대로 힘 조절을 했다고는 할 수 없는 거 아닌가?"

남자는 움찔움찔 몸을 경련했는데, 독이 명중한 목덜미는 보라색으로 문드러져 있었다.

죽지는 않았지만······ 아마도 평생 목소리를 낼 수는 없으리라. 어쩌면 즉사하지 않았을 뿐이지, 이대로 시간이 지나면 죽어버릴지도 모른다.

'강한 독을 내보내는 건 간단한데…… 오히려 상대를 죽이지 않게끔, 후유증을 남기지 않는 수준의 독을 만들어내는 쪽이 더 어렵군. 아직 더 연습이 필요해.'

"갈까……."

카임은 작게 중얼거리며 도적의 소굴인 동굴 안으로 발을 들였다.

동굴 안은 어두웠지만, 양 눈에 마력을 집중시키자 어둠에서도 앞을 내다볼 수 있게 되었다. 이것도 투귀신류의 응용 기술이었다. 이로써 문제없이 나아갈 수 있으리라.

주위를 둘러보니 아무래도 여기는 종유굴인 모양이었다. 머리 위에서 오랜 세월에 걸쳐서 형성되었을 가늘고 긴 종유석이 늘어져 있었다. 젖은 발밑을 주의해서 앞으로 나아가자…… 이윽고 탁 트인 공간이 나왔다.

"햐하하하하하하하하하핫! 못 참겠네, 이봐!"

그 공간에 나오자마자, 귀에 거슬리는 너털웃음이 들려왔다. 카임은 통로의 벽에 몸을 기대고 몸을 숨긴 상태에서 안쪽을 엿보았다. 거기에는 도적처럼 보이는 남자들이 열 명 정도 있었다. 도적은 손뼉을 치며 크게 웃거나, 구운 고기와 술을 입에 옮기며 탐식했다.

그리고…… 두 여성이 도적들에 둘러싸여 구속되어 있었다.

한쪽은 긴 금발을 등까지 드리운 여성. 나이는 십대 후반 정도이고, 질 좋은 드레스를 몸에 걸치고 있었지만…… 드레스는 무참하게 찢어져서 가슴께나 넓적다리가 드러나고 말았다.

다른 한쪽은 붉은 머리카락을 짧게 자른 여성. 나이는 금발 여성보다도 다소 위인 이십대 전반. 이쪽도 옷을 무참하게 찢겼고, 몸 여기저기에 상처를 입어서 피가 배어 있었다.

두 여성은 종유동 벽에 기대서 주저앉아 있었는데, 쇠사슬로 양손을 묶인 채 강제적으로 만세를 한 상태였다.

"으…… 아……, 싫어……."

"큭……, 죽여라……."

두 여성은 피부를 붉게 물들이면서 눈에 눈물을 머금었다. 몸은 잘게 파들파들 떨리고, 양다리를 맞대고 비비며 무언가를 참으려 하고 있었다. 명백히 상태가 이상했다.

"끝내주는군! 이런 미녀 두 사람을 마음대로 할 수 있다니!"

"죽이기 전에 실컷 즐겨줄게! 하하하하하하하핫!"

"그만……하세요……, 싫어……."

금발 여성이 둘을 둘러싸고 자지러지게 웃는 도적을 향해 나약하게 호소했다. 금발 여성은 눈동자에 눈물을 가득 머금고서 애원했지만…… 그런 간곡한 호소는 남자들의 가학심을 간질이는 이상의 효과는 없었다. 도적들은 신음하는 두 사람을 보고서 더욱더 활기를 띠었다.

"약효가 돌기 시작한 모양이구나! 이제 곧 엉덩이를 흔들며 안아달라고 울부짖겠지!"

중년 도적이 그녀들을 손가락으로 가리키며 추악하게 웃었다. 카임은 사정을 알아채고서 눈을 가늘게 떴다.

'상태가 이상하다 싶었는데…… 이상한 약물을 먹인 건가? 꽤 취미가 고약한 짓을 하는군.'

"어차피 마지막에는 죽이겠지만…… 그때까지 백 번은 범해 줄 테니까 각오하라고! 그럼…… 슬슬 먹기 좋은 때인가? 어느 쪽부터 먹어 치우지?"

'……지극히 불쾌한 놈들이군. 봐줄 필요도 없으니 냉큼 처리할까.'

이 이상은 차마 두고 볼 수가 없다. 카임은 냉큼 도적을 처리하기로 했다.

"한창 즐기는 와중에 실례하겠어. 보시다시피 지나가는 침입자야."

"뭐……?!"

"네놈은 누구냐?!"

카임이 통로에서 나아갔다. 붙잡은 여자를 희롱하던 도적이 뒤를 돌아보며 언성을 높였다.

기습해도 좋았겠지만 상대는 인원수도 많아서 금세 알아챌 것이다. 그렇다면 정면에서 뛰어들어서 날뛰는 편이 낫다.

"보면 알잖아. 손님 등장이다. 정성껏 접대해주라고!"

카임은 우스갯소리를 하듯이 농담 섞인 말투로 대답했지만, 그 눈동자는 조금도 웃지 않았다. 여성을 묶고서 약을 먹이고, 제멋대로 괴롭히려고 하는 쓰레기는 봐주지 않는다.

"침입자다! 쳐 죽여라!"

도적 열 명이 일어서서 손에 무기를 들고 덮쳐들었다.

카임은 나이프를 손에 들고 뛰어든 도적의 안면을 움켜쥔 채 자독마법을 발동했다.

"【스네이크 핸드(독조사수)】."

"기이이이이이이이이이이이익?!"

"뭐, 뭐냐?!"

안면을 붙잡혔던 도적이 절규했다. 카임의 손에서 풀려나 벌러덩 뒤로 쓰러진 도적의 얼굴은 강한 산성을 뿌린 것처럼 문드러져서 원형을 잃었다.

"손대중 연습으로 생포하려고 했는데…… 마음이 바뀌었어. 너희 같은 지극히 비열한 놈들을 보고서, 살의를 참을 수 있을 만큼 다정한 성격이 아니거든."

"힉……, 네놈은 뭐냐?!"

"대체 뭘 한 거냐? 어떤 방법을 쓰면 이런 식으로 죽는 건데……!"

"시끄러우니 냉큼 죽어."

카임은 겁먹은 도적을 향해 크게 발을 내디뎠다. 오른손이 독뱀처럼 적에게 덮쳐들었다.

"훗!"

"끄악?!"

독을 두른 손이 도적의 몸을 쓰다듬었다. 날카롭게, 재빠르게 오른손이 도적을 쓰다듬을 때마다, 쓰다듬어진 곳이 이상한 냄새를 뿜으며 타서 문드러졌다.

"으…… 끄아아아아아아아아아아악?!"

"파, 팔이…… 기이이이이이이이이이이이익?!"

자독마법──【스네이크 핸드】는 상대의 몸을 직접 만져서 강력한 독극물을 뒤집어씌우는 기술이다. 사정거리는 짧지만 위력은 절대적. 주위에 있는 무관계한 인간── 이 경우로 따지자면 붙잡힌 여성 두 사람을 말려들게 하지 않고 도적을 처리할 수 있다.

"독뱀의 이빨. 혹은 사신의 팔이라고 해야 하나? 이 팔에 닿아서 살아남을 수 있는 인간은 없어. 상상을 초월하는 고통 속에서 시시한 인생을 참회해라."

"끄아아아아아아아아아악?!"

"사, 살려줘……. 으아아아아아아아아아아악!"

카임은 도적에게 하나하나 독을 박아 넣으면서 종유굴 내부를 뛰어다녔다.

무기를 휘둘러서 저항하는 자도 있었지만, '권성'을 상대로 승리한 카임에게는 멈춰 있는 것처럼 느린 공격이었다. 도적단을 괴멸시키는 데는 1분도 걸리지 않았다.

금세 수령처럼 보이는 커다란 몸집의 남자만이 남고, 그 이외의 도적은 전부 독을 뒤집어써서 목숨을 잃었다.

"애송이가…… 잘도 이 몸의 부하를 해쳤겠다!"

"의외로군. 너 같은 짐승에게도 동료 의식이 있는 건가?"

"입만 살았군……. 기껏 즐기려던 게 허사가 됐잖아!"

남자가 대검을 겨누고서 카임에게 칼끝을 향해왔다.

"우리가 '홍귀단(紅鬼團)'이라는 사실을 알고서 한 짓이냐?! 살아서 돌아가리라고 생각지 마라!"

"물론이지. 살려서 돌려보낼 생각은 없어. 여자를 못살게 굴며 가지고 노는 쓰레기는 여기에서 죽이겠다."

"핫! 그런 얄팍한 정의를 내세우는 애송이가 제일 싫다고! 보기만 해도 속이 뒤틀려!"

남자가 대검을 크게 치켜올리며 달려들었다. 역시나 두목인만큼, 그 움직임은 민첩했다. 단순한 도적이라고는 여길 수 없을 만큼 세련된 동작이었다.

'특수한 훈련을 받았을지도 모르겠군……. 단순한 도적인 줄 알았더니, 퇴역 용병이나 전직 모험가라도 되는 건가?'

"뒈져라아아아아아아아아아아!"

"뭐…… 어느 쪽이든 문제는 없지만."

상단에서 내리친 일격필살의 공격이었지만…… 카임은 그것을 한 손으로 받아내었다.

단단히 고정된 대검에 도적 수령이 눈을 크게 부릅떴다.

"매, 맨손으로 받아냈어……?!"

"이 정도는 별거 아니야. 네 공격은 둔하다고."

"제기랄, 이 몸이 애송이에게 질 리가…… 없잖아, 멍청아!"

"……?!"

대검에서 새빨간 불꽃이 흘러나왔다. 검을 잡고 있던 손이 타고 불꽃이 몸을 뒤덮었다.

"마검 '샐러맨더(화염도마뱀)'! 이 빌어먹을 애송이를 뼈가 될 때까지 깡그리 태워라!"

아무래도 수령이 손에 든 것은 평범한 검이 아니라, 특수한 효과를 부여받은 마검이었던 모양이다. 카임의 온몸이 불꽃에 뒤덮였다.

"햐하하핫! 죽어라, 죽어라, 죽어라아아아아아아! 이 몸의 승리다아아아아아아아아아!"

"나 원 참…… 정말로 품성 없는 놈이군. 귀에 거슬리는 목소리를 내다니."

"아아아아아아앗……, 하앗?!"

수령의 목소리가 경악으로 갈라졌다. 아무리 강력한 마검이라고 해도, 카임과 도적 사이에 있는 하늘과 땅 같은 차이를 메우기에는 부족한 모양이었다.

"어, 어째서냐?! 어째서 타지 않지, 어째서 멀쩡한 거냐아?!"

"이 정도의 불꽃은…… 압축한 마력을 두른 내 육체에는 무력하다."

카임은 마검이 뿜어낸 불꽃에 탔지만, 그 육체는 투귀신류에 의한 압축 마력을 장갑처럼 두르고 있었다. 참격은 물론이거니와 불꽃 역시 닿지 않는다. 카임의 피부에 작은 화상조차 생기게 만들 수 없었다.

"녹여라——【스네이크 핸드】."

"아니?!"

손바닥에서 강산성의 독을 방출해, 그대로 불꽃을 꽉 쥐어 으스러뜨렸다. 고온으로 타고서도 여전히 위력이 시들지 않는 강력한 독액. 금속제 대검은 어찌할 도리도 없이 용해되었다.

"과연. 이번에는 그리 대단치 않았지만…… 격이 낮은 상대라고 해도 특수한 무기나 아이템을 쓰면 상처 정도는 입을지도 모르겠군. 한 수 배웠어. 감사한다."

"히익……!"

"이건 답례다. 거스름돈은 필요 없으니까 찬찬히 맛봐라!"

카임은 왼손의 손가락을 갈고리처럼 구부려서 '호랑이 발톱'을 만들고 거기에 독을 둘렀다.

투귀신류는 아니다. 자독마법도 아니다. 두 힘을 아울러 가진 카임만이 쓸 수 있는 오리지널 기술.

"【데몬즈 핸드(궁기흉독)】!"

압축한 마력으로 만들어진 발톱에 강렬한 독을 담아서 도적의 수령을 갈랐다.

수령은 한 마디 소리도 내는 것을 허용받지 못한 채 육체가 찢어져…… 그대로 강력한 독에 녹아 한순간에 뼈가 되었다.

"응, 문제없어. 이 방식이라면, 그럭저럭 싸울 수 있겠어."

카임은 도적단을 괴멸시키고 자신감을 담아 고개를 끄덕였다.

카임은 두 가지 힘을 가지고 있다. 아버지에게서 훔쳐낸 '투귀신류'의 무술, '독의 여왕'과 융합함으로써 얻은 '자독마법'이다.

하지만…… 그 두 가지 힘의 극에 다다랐는지 묻는다면 고개를 옆으로 내저을 수밖에 없었다.

투귀신류의 숙련도는 아버지의 발끝에도 미치지 않는다. 압축한 마력을 두르는 기술, 기본적인 기술 등을 대강 습득했지만 '비오 형태'라 불리는 오의는 전혀 익히지 못했다. 투귀신류만으로 경쟁했다면 아버지를 이길 수는 없었으리라.

게다가 자독마법 역시 극에 다다르지는 못했다.

일찍이 '독의 여왕'은 자독마법을 써서 나라를 멸망에 몰아넣고, 만 단위의 인간을 죽음에 이르게 했다고 한다. 카임이 같은 일을 할 수 있느냐고 묻는다면…… 불가능하다. 오리지널인 '여왕'과 카임 사이에는 마법 숙련도에 하늘과 땅 차이가 있었다.

'하지만…… 두 가지 힘을 합치면, 미숙하고 실전 경험이 부족한 나라고 해도 나름대로 싸울 수 있어. 아버지 수준이 나오면 힘들겠지만, 웬만한 실력자에게 뒤처지지는 않아.'

의도치 않게 말려든 도적 토벌이지만, 이 싸움을 통해서 자신의 힘을 확인할 수 있었다. 확실한 성과를 가슴에 새기며 카임은 주먹을 움켜쥐었다.

"아앗, 으아아아아앗……!"

"아, 맞다……. 미안하군. 잊어버릴 뻔했어."

그제야 카임은 여기에 온 목적을 떠올렸다. 싸움에 푹 빠지고 말아서, 벽에 구속되어 있던 두 여성을 잊고 있었다.

"괜찮나? 의식은 있나?"

카임은 구속된 여성 두 사람에게 다가갔지만…… 그 순간 두 사람이 손발을 버둥거리며 날뛰기 시작했다.

"으아아아아아, 하아, 하아, 하아……아하아아아아아아앗?!"

"큭……. 죽여라, 부탁이니까…… 히잇! 죽여줘어?!"

"이건…… 생각보다 더 위험해졌는데?"

두 여성은 필사적으로 손발을 움직이며 날뛰었다. 몸부림치는 그녀들의 움직임에 맞춰서, 찢어진 옷에서 흘러나온 가슴도 약동하고 있었다.

둘은 양손을 구속당해서 자유롭게 움직일 수 없는 모양이었지만, 대신 다리를 격렬하게 버둥거렸다. 눈동자에 이성은 없었고, 덮쳐오는 쾌락 때문에 발광 직전 상태가 되어 있었다.

"그놈들……, 어떤 독을 먹인 거지? 뭘 먹이면 이런 꼬락서니가 되는 거냐고."

도적은 여자들에게 미약을 먹인 것처럼 말했지만…… 이건 이미 '약'이라고 부를 수 있을 만한 것이 아니었다. 그녀들이 먹은 것은 '미독(媚毒)'. 쾌락에 몸부림치며 죽게 만드는 악마의 독약이었다.

"해독약은…… 없군, 역시."

파우스트에게서 받은 매직 백을 확인했지만, 해독약 따위는 들어있지 않았다.

'해독약이 없다면 마법으로 치료해야겠지만…… 나는 치유 마법을 쓸 수 없으니까 불가능해. 그렇다고 해서 근처 마을에 데리고 갈 때까지 두 사람의 심신이 버틸지…….'

""아아아아아아아아아아아아아아아아아악!!""

"……안 되겠군. 마을에 도착할 때까지 몸도 마음도 못 버텨."

카임은 고개를 내저었다. 이 자리에서 치료할 수 없다면 두 사람을 구할 수는 없다.

할 수밖에 없는 것이다. 어떤 방법을 쓴다 해도.

"……시도해 본 적 없는 임기응변이야. 죽는다 해도 원망은 마라?"

한 가지 수단을 도출하고, 카임은 체내의 마력을 짜서 독약을 생성했다.

카임이 하려는 것은 '독으로 독을 제압한다'라는 방법. 두 여성의 몸을 괴롭히는 미약을 중화해서 없앨 만한 독약을 먹인다는 우악스러운 치료였다.

"실패할 확률이 더 높지만…… 아마, 이렇게 하면 되겠지. 완성이다. 마셔봐라."

혼의 안쪽에 있는 '독의 여왕'의 지식을 끌어내 독을 해석해서, 카임은 손바닥에 핑크색 독액을 만들어냈다. 금발 여성의 입에 손을 대고 독액을 마시게 하려고 했지만…… 날뛰고 있어서 전혀 마시려고 하지 않았다.

"싫어어어어어어어어어어어어어엇!"

"아아, 제기랄! 어쩔 수 없군……. 이 일도 원망하지 마라. 치료 행위니까!"

혀를 차고서 다시 독을 생성했다. 이번에는 손바닥이 아니라 타액을 재료로 해서 입 안에 만들었다.

"…………좋았어."

그리고…… 카임은 잠시 망설인 후, 금발 여성의 입술에 자신의 입술을 맞댔다. 머리 부분을 양손으로 고정해서 날뛰지 않게끔 꽉 누르고 입에서 독을 흘려 넣었다.

"으으으으으으으으읍……?!"

금발 여성 쪽이 움찔 몸을 튕겼지만…… 저항은 하지 않았다.

저항은커녕 기다렸다는 듯이 혀를 넣어왔다. 아무래도 미독에 침범된 몸이 무의식중에 쾌락을 받아들인 것이리라.

'우와⋯⋯, 더럽혀졌어. 때마침 잘 되기는 했지만⋯⋯.'

카임은 태어나서 처음 하는 딥키스에 전율하면서 입에 담은 독을 점차 흘려 넣었다.

"으읍⋯⋯, 으음⋯⋯. 아하앙?!"

금발 여성이 필사적인 태도로 혀를 감아왔다. 뜨겁게 달아오른 두 개의 혀가 포개져서, 마치 뱀이 교미하는 것 같았다. 긴 양다리가 뻗어와 카임의 몸통을 꽉 조였다. 드러난 가슴이 빙글빙글 눌려댔다.

'곤란하군, 감촉이⋯⋯ 여자 몸, 기분이 너무 좋잖아?!'

부드러운 몸을 아낌없이 만끽하자, 카임까지 뇌가 끓어오를 것 같았다.

이대로 가면 카임까지 이성이 날아가 버릴 것 같았지만⋯⋯ 갑자기 금발 여성의 몸에서 힘이 빠졌다.

"아⋯⋯ 으⋯⋯."

금발 여성은 아까까지 날뛰었던 것이 마치 거짓말인 것처럼 힘이 빠져서는 축 늘어져 정신을 잃고 말았다.

밀어붙이던 입술, 가슴이나 다리가 떨어지자⋯⋯ 카임은 깊게 한숨을 쉬었다.

"유감⋯⋯이 아니라, 잘 된 모양이로군."

기절한 금발 여성의 상태를 확인하자⋯⋯ 체온이 높기는 하지만 호흡이나 맥박은 진정되었다. 아무래도 고비를 넘긴 모양이었다.

"일단은 안심이야. 문제는……."

아아아아아아아아아아아아앗! 죽여줘어어어어어어어어!"

"……이걸 한 번 더 해야만 한다는 거로군. 곤란하네, 중독될 것 같아."

'독의 왕'인 자신이 '중독'이라니, 무슨 농담일까.

카임은 쓴웃음을 지으면서 붉은 머리의 여성에게도 입술을 떨어뜨렸다.

○   ○   ○

"싫어어어어어어어어어어어어어어어……!"

'아아……, 나는 어떻게 된 걸까……?'

억지로 먹은 미약의 효과에 농락당하며, 금발의 미소녀──밀리시아는 흐려져 가는 의식 속에서 생각했다.

밀리시아는 가넷 제국의 고귀한 출생이었지만, 어떤 사정 때문에 제이드 왕국을 방문했다. 호위나 수행인을 이끌고 왕국을 향해 나아갔지만, 도중에 도적에게 습격당해 그들의 은거지로 끌려가고 만 것이었다.

신뢰하는 호위인 렌카와 함께 구속되어 기묘한 약을 먹게 되자…… 그 순간 작열이 몸을 덮쳤다.

몸을 지배하는 간지러움과 통증. 온몸이 뜨거워서 애가 타고 미칠 것 같았다.

마치 조각배로 폭풍의 바다를 건너는 것 같았다. 밀리시아의 이성은 겪어본 적 없는 충동으로 인해, 당장에라도 붕괴해버릴 것 같았다. 이 상태가 한 시간 가까이 이어졌더라면, 억누를 수 없는 쾌락으로 발광해 그대로 돌아올 수 없는 죽음에 이르게 되었으리라.

"으읍……?!"

하지만 조금만 더 있으면 심신에 한계가 찾아올 상황에서, 밀리시아의 입에 달콤한 액체가 들어왔다. 그 순간 아까와는 다른 종류의 열기가 몸을 채워 나갔다.

'따뜻해…….'

도적이 먹인 약이 몸을 태우는 작열이라고 한다면, 이쪽은 난로의 불과 같았다.

밀리시아의 몸을 덮쳤던 고통이 남김없이 씻겨나가고, 그 대신 달콤하게 녹을 것 같은 안심감이 감쌌다.

"으읍…… 으음…… 아하앙?!"

이 온기를 좀 더 가까이 느끼고 싶어서, 밀리시아는 필사적으로 혀를 뻗었다. 자신의 혀와 누군가의 혀가 휘감겼다. 무척이나 좋지 않은 일을 하는 것 같아서 심장이 크게 뛰고 말았다.

'이 사람은 누굴까? 따뜻하고, 다정한 사람이겠지…….'

그렇지 않다면 이렇게나 달콤하고 다정한 키스는 할 수 없을 것이다.

흐릿한 시야에 비치는 누군가의 모습을 뚜렷하게는 알 수 없었지만, 밀리시아는 확신했다.

눈앞에 있는 사람이 자신에게 소중한 사람이 되리라는 사실을. 이 만남이 우연이 아니라, 분명 신이나 천사의 인도라는 것을.

밀리시아는 가정 사정으로 인해 교회에서 수녀 일을 한 적이 있었지만…… 거기에서 키웠던 직감과 신앙심이 운명을 확신시켰다.

"응…… 헉…… 아…… 흐아!"

밀리시아는 눈앞의 누군가에게서 떨어지고 싶지 않아, 매달리듯이 피부를 비볐다. 가슴을 밀어붙이고, 다리를 감고, 숙녀라고는 여길 수 없을 만큼 경박한 목소리를 지르면서. 마치 마킹이라도 하는 것처럼 누군가와 몸을 서로 휘감았다.

"으앗……!"

움찔움찔 몸이 튀고…… 힘이 빠져나갔다.

'싫어……! 부탁이야, 떨어지지 말아줘……. 이대로 내 곁에 있어줘……!'

밀리시아는 필사적으로 부탁하면서도 천천히 의식을 놓았다.

○　○　○

"어……, 나는……?"

"여기는, 대체……?"

두 사람이 동시에 눈을 떴다. 모포를 덮은 몸을 일으키며 멍하니 주위를 둘러보았다.

"아, 정신이 든 모양이로군."

""으……!""

카임이 말을 걸자 두 사람은 기세 좋게 고개를 들었다. 카임은 때마침 밖에서 도적의 시체를 처리하고 돌아오던 참이었다. 물론, 기절시켰던 파수꾼도 숨통을 끊고 왔다.

"누, 누구신가요, 당신은……?"

"네놈은…… 도적과 한패인가?!"

"이거 봐. 진정해. 나는 너희의 적이 아니야."

금발 여성을 보호하듯이 적발 여성이 앞으로 나왔다. 당장에라도 덤비려 들 것처럼 험악했다. 카임은 양팔을 들고서 적의가 없다는 사실을 어필했다.

"너희를 납치해온 도적들은 처리했어. 숲에 묻고 온 참인데…… 확인하고 싶다면 파낼까?"

"도적을…… 설마, 네놈 혼자서……?"

"'네놈'이 아니야. 나는 카임이라고 한다. 일단은 너희를 구한 은인이니까 이름을 불러줬으면 좋겠는데. 그 정도의 경의는 있어야지."

여전히 경계의 눈길을 보내오는 적발 여성에게, 카임은 "그런데……"라고 말을 이었다.

"너희는 어디까지 기억이 나지? 도적에게 납치당해서 이상한 약을 먹은 모양인데……. 자기 몸에 무언가 일어난 걸 기억하나?"

"맞아요……. 저희는 이상한 액체를 먹어서……!"

적발 여성 뒤에서 금발 여성이 작게 어깨를 떨었다. 지면에 주저앉은 채 앉은 자세를 바로 하며, 모포로 몸을 단단히 감고서 고개를 숙였다.

"……실례했습니다. 목숨을 구해주신 은인인 줄 모르고서 무례를 범했네요. 도적에게 사로잡혔던 저희를 구해주셔서 진심으로 감사드립니다. 소개가 늦었지만…… 제 이름은 밀리시아라고 합니다."

"아가씨! 이런 어디 사는 누구인지도 모를 남자에게 고개를 숙이시다니……."

"렌카, 당신도 감사 인사를 하세요. 이분께서 우리를 구하셨는걸요? 만약 이분이 구해주시지 않았더라면…… 어떻게 됐을지 모르잖아요?"

"으……, 실례했다. 조력에, 진심으로 감사한다."

금발 여성의 이름이 밀리시아, 적발 여성의 이름이 렌카라는 사실이 판명됐다. 대화를 통해서 헤아려 보면, 밀리시아 쪽이 렌카보다 지위가 높은 모양이다.

'아무래도…… 내가 두 사람에게 한 일은 기억하지 못하는 모양이로군. 책임을 지라고 말해도 곤란하니 잘됐어.'

카임은 두 사람이 눈치채지 못하도록 안도의 한숨을 내뱉었다.

"죄송합니다. 이상한 약을 먹은 탓에 기억이 애매합니다만……. 당신이 저희를 치료해주신 거죠?"

"그래, 나야. 도적을 처리한 것도 말이지……. 거기에 증거가 굴러다녀."

"저 마검은…… 틀림없이 도적의 수령이 쓰던 겁니다! 아가씨!"

렌카가 살짝 떨어진 곳에 굴러다니던 마검의 잔해에 반응을 보였다.

"손상은 심합니다만…… 그 남자가 쓰던 불꽃의 마검이 틀림 없습니다. 그나저나, 어떻게 하면 이렇게까지 파괴되는 거지? 산에 녹은 것 같아졌는데……?"

"그런 건 상관없잖아? 그보다 몸 상태가 좋아졌다면 여기에서 나가는 게 좋겠어. 오래 있을 만한 곳이 아니라고."

카임은 넌지시 화제를 돌리면서 종유동 입구 쪽을 엄지로 가리켰다.

하지만 밀리시아는 꼼지락꼼지락 몸을 떨면서 말하기 거북한 듯이 입을 열었다.

"카임 씨의 말씀이 맞긴 하지만…… 이 차림새로 밖을 걸어 다니는 건, 조금……."

"아……, 그것도 그렇군. 미안, 생각이 못 미쳤어."

두 여성은 도적에게 옷을 찢겨서, 반라로 모포를 둘렀을 뿐인 차림새가 되었다. 이대로 밖을 걷는 것은 부끄러울 것이다.

"여성용 옷 같은 건 가지고 있지 않은데……. 그렇지, 도적의 소유물을 확인 안 했군. 어쩌면 무언가 입을 것이 있을지도 모르지."

그러고 보니 도적이 쌓아둔 재보도 확인하지 않았다.

"나는 안쪽을 보고 올 건데…… 너희도 오겠나?"

"…………."

밀리시아는 말없이 고개를 끄덕이며 일어섰다. 휘청이는 발걸음에 황급히 렌카가 지탱해주었다.

"아가씨, 아직 일어서시면……."

"괜찮아요. 도적이 가진 물건 중에는, 저를 지키기 위해 싸우다 죽은 자들의 유품이 있을지도 모릅니다. 제대로 회수해야 해요……."

"아가씨……, 알겠습니다. 이 렌카가 함께하겠습니다."

"……먼저 가겠어. 나중에 천천히 오도록 해."

카임은 친밀한 주인과 종자를 놔두고서 종유동 안쪽으로 앞서 갔다.

두 사람의 모습이 보이지 않게 될 위치까지 나아가…… "하아" 하고 한숨을 내뱉었다.

"'아가씨'라……. 꽤 신분이 높아 보이는 여성이잖아."

아마도 밀리시아는 귀족 영애인지 뭔지이리라. 찢어진 드레스도 고급스러워 보였으니 딱히 신기하지는 않았다.

'그건 상관없지만…… 어째서, 성씨를 대지 않은 거지?'

아까 전, 밀리시아는 자기소개를 했을 때 가문명인 성씨를 입에 담지 않았다. 평민이라면 성씨가 없는 일은 드물지도 않지만…… 밀리시아는 명백히 귀족 영애다. 성씨나 집안에 관해서 이야기하려고 들지 않는 것은 부자연스러웠다.

'명색이 귀족 출신이 아니었다면 눈치 못 챘겠지만…… 성씨를 숨겨야만 하는 이유라도 있는 건가? 신분을 숨기고, 몰래 여행을 하는 도중이라던가?'

그렇다고 한다면 성가신 일의 냄새가 난다. 어쩌면, 터무니없는 불씨를 끌어안을 가능성도 있었다.

"……한때의 감정으로 움직여서는 안 됐던 걸까? 뭐, 부수입은 있었지만."

카임은 두 사람과의 농밀한 입맞춤을 떠올리며 입술을 손가락으로 덧그렸다.

동굴 안쪽에는 예상대로 도적의 물건이나 전리품이 모여 있었다.

무기나 방어구, 금화나 보석이 채워진 주머니, 값비싸 보이는 장식물, 식료품 등의 생활용품 등등. 많은 물품이 동굴 안쪽에 빼곡하게 처박혀 있었다.

"꽤나 위세가 좋아 보이는군. 평범한 도적이 어떻게 이런 큰 돈을 가지고 있는 거지?"

어지간히 큰일을 막 처리한 상황일까? 아니면 평범한 도적이 아니라 누군가 뒷배라도 있었던 것일까? 평범한 도적이 모아두었다고는 여길 수 없을 만큼 많은 재물이 늘어져 있었다.

"아, 다행이다. 우리가 빼앗긴 짐도 있는 모양이네요."

뒤늦게 찾아온 밀리시아와 렌카도 자신들의 짐을 발견해서 안도의 목소리를 흘렸다.

"너희 소유물은 그대로 가지고 돌아가도록 해. 그 이외의 것은 도적 토벌의 보수로서 내가 가질 건데…… 문제는 없겠지?"

"물론입니다. 그게 카임 님의 권리인걸요."

"그럼…… 적당히 넣어 가도록 할까."

카임은 밀리시아에게서 허락을 얻고 값나가는 물건을 중심으로 매직 백에 쑤셔 넣었다. 점점 가방 안으로 사라져가는 전리품에 렌카가 끔뻑거림을 반복했다.

"그 정도 용량의 매직 백을 가지고 있을 줄은……. 귀하는 혹시, 고명한 귀족이나 모험가인가?"

"아니……, 이건 친구에게서 받은 거야. 나는 귀족도 아니거니와 모험가도 아니야. 그보다 이건 그렇게나 비싼 물건인가?"

"……나도 매직 아이템에 대해 잘 알진 못하지만, 고위 공간 마법이 걸린 주머니가 성과 같은 가격으로 거래된다고 들은 적이 있다. 경매에 올리면 금화 1만 닢 아래로는 내려가지 않겠지."

"……정말이냐. 그 녀석, 그렇게 비싼 물건을 넘긴 건가?"

아무래도 파우스트는 상당히 값비싼 물품을 넘긴 모양이었다.

'이상한 흑심이라도 있는 건 아니겠지? 파우스트에 한해서 그런 일은…… 무지막지, 있을 법하지만.'

"국보에도 필적하는 물품 같은데…… 정말로 그런 물건을 주는 친구가 있었던 건가?"

"렌카, 은인인 카임 씨의 사정을 캐는 건 실례예요. 그보다도 옷을 갈아입죠."

밀리시아가 렌카를 타이르면서 나무상자에서 드레스와 속옷을 꺼냈다.

렌카 또한 자신이 갈아입을 옷을 끌어내며 카임 쪽을 째릿 노려봐왔다.

"나와 아가씨는 저쪽에서 옷을 갈아입고 오겠다. 알고 있겠지만…… 엿보지 마라."

"이거 봐……, 내가 부녀자가 옷 갈아입는 걸 엿보는 비열한 놈이었다면, 너희 정조는 진작에 사라졌을 거 같지 않나?"

카임은 어깨를 으쓱이며 "덮치려고 들면 언제든지 가능해"라고 몸짓으로 주장했다. 렌카는 살짝 표정을 찡그렸지만, 아무 말도 하지 않고 밀리시아를 데리고 동굴을 돌아갔다.

"……신용이 없군. 뭐, 도적에게 습격당한 지 얼마 안 됐으니 어쩔 수 없나."

카임은 떠나가는 두 사람을 배웅하며 전리품을 가방에 넣는 작업을 재개했다.

도적의 유산은 금은 따위의 값비싼 재물도 많았지만, 그 이상으로 질 좋은 무기가 많았다.

수령도 마검이라는 값비싼 물건을 가지고 있었으니, 어쩌면 누군가가 무기나 자금을 제공했을지도 모른다.

"……어차피 나하고는 상관없는 일이지. 죽은 도적의 내력 따위는 아무래도 좋아."

도적은 이미 괴멸했다. 죽은 자는 말이 없다. 어차피 사정을 확인할 수도 없는 것이다. 답이 나오지 않는 질문에 고민해봤자 의미는 없다.

카임은 머리에 떠오른 의문을 던져버리고, 눈에 닿는 물건을 닥치는 대로 아이템 백으로 던져넣었다.

"좋아, 이만하면 됐나. 내 쪽 준비는 이제 다 됐는데……."

"오래 기다리셨습니다, 카임 씨."

카임이 값나가는 물건을 아이템 백에 수납한 타이밍에, 옷을 갈아입으러 갔던 두 사람이 돌아왔다. 밀리시아가 입은 옷은 물빛 간소한 드레스. 옷자락은 다소 짧아서 움직이기 편함을 중시한 '외출용 멋진 옷'이라는 느낌이었다.

"기다리게 해서 미안하다. 엿보러 오지도 않은 모양이니 기특한 일이다."

렌카는 몸에 금속제의 가벼운 갑옷을 빈틈없이 착용하고 있었다. 아무래도 여기사였던 모양이다. 밀리시아의 신변을 경호하는 호위 역할쯤 되는 것일까?

"시시하게 여자가 옷 갈아입는 걸 엿보겠냐. 얼마나 신용이 없는 거냐고."

"맞아요, 렌카. 카임 씨에게 실례되잖아요."

"으……, 미안하다. 이건 실례했군."

주인인 밀리시아까지 나무라자, 렌카가 살짝 쩔쩔매며 눈을 내리깔았다.

"그런데…… 어째서인지는 모르겠습니다만, 저 남자를 보고 있으면 가슴이 울렁거린다고나 할까, 묘하게 진정되지 않는 마음이 듭니다. 틀림없이 초면일 텐데요……. 마치 그 이상의 관계가 있었던 것 같은 기분이 들고 말아서요."

렌카는 그렇게 말하면서 자신의 입술을 손가락으로 쓰다듬었다. 무의식중에 한 행동이겠지만…… 거기는 그녀를 치료할 때 카임이 탐했던 곳이었다.

"어……, 렌카도 그런가요? 실은 저도 그래요."

렌카의 말을 듣고 밀리시아까지 눈을 깜빡였다.

"사실을 말하자면, 저도 카임 씨를 보고 있으면 심장이 두근 두근 크게 뛰기 시작하고, 뺨이 뜨거워져요. 제 몸은 어떻게 된 걸까요?"

"기, 기분 탓인 것 같은데. 아마도, 도적이 먹인 약의 후유증 아닐까? 빨리 마을에 가서, 충분한 휴식을 취하는 편이 좋을 거 다! 응!"

"……카임 씨 말이 맞네요. 우리 짐을 정리해서 여기를 나갈 까요."

"후우……."

어떻게든 화제를 돌리는 데 성공하자, 카임은 두 사람에게 들 키지 않게끔 안도의 숨을 내뱉었다.

"그런데…… 이만한 짐을 어떻게 옮길 셈이지? 너희가 탔던 마차도 부서져 버린 모양인데. 필요하다면 내 아이템 백에 넣어 도 되지만……."

도적에게서 빼앗은 전리품은 아이템 백에 넣었지만, 밀리시아 일행의 짐이 아직 남아 있었다. 짐은 상당한 양이라서 그대로 옮기기에는 무리가 있었다.

"아아, 괜찮아요. 저희도 수납 아이템을 가지고 있으니까요."

밀리시아가 짐을 뒤져서 손바닥에 올라가는 크기의 나무 상 자를 꺼냈다. 장식을 새긴 상자를 열자 간소한 디자인의 반지가 들어있었다.

"이 반지에는 카임 씨의 가방과 마찬가지로 공간 마법이 걸려 있어서, 소지품을 수납할 수 있어요. 이게 있으면…… 보세요."

밀리시아가 남아 있던 짐을 한순간에 수납했다. 반지에 빨려 들어가다시피 대량의 짐이 사라지고 말았다.

"이제 당장이라도 출발할 수 있어요. 그럼 갈까요."

밀리시아가 오른손의 검지에 반지를 끼우고 생긋 미소 지었다.

"아아……, 그렇군."

카임은 고개를 끄덕이면서 내심 생겨난 의문에 눈살을 찌푸렸다. 렌카가 설명했던 것처럼 대량의 물품을 수납할 수 있는 아이템은 희소해서 때로는 국보급 가치가 있다. 그렇다면 밀리시아의 반지에도 그와 맞먹는 가치가 있는 것은 아닐까?

'오히려 저쪽이 값비싸 보이는군. 형태도 반지니까 가지고 다니기에 편리하고, 무기를 숨겼다가 여차할 때 꺼낼 수도 있겠지.'

밀리시아의 정체가 무엇인지 신경 쓰이기는 한다. 어쩌면 눈알이 튀어나올 법한 고귀한 신분의 인간일지도 모른다.

'그렇다면…… 점점 더, 입술을 빼앗은 걸 알릴 수는 없겠군. 불경죄니 뭐니 하며 목숨을 노리면 귀찮다고.'

"왜 그러시죠, 카임 씨?"

"아니……, 계속 동굴 속에 있었더니 몸이 차가워지기 시작한 모양이야. 등줄기에 오한이 퍼졌어."

"그런가요? 죄송합니다, 저희가 준비에 시간을 들인 탓에……."

"별로 상관없어. 됐으니까 어서 밖으로 나가자. 이제 슬슬 태양이 그리워지기 시작했어."

카임은 미안하다는 듯이 카임의 얼굴을 들여다보는 밀리시아에게서 시선을 돌리며, 재빠르게 동굴 출구로 향했다.

도적의 아지트인 동굴에서 나온 카임과 여성 두 사람은 그대로 부서진 마차가 굴러다니던 가도까지 돌아왔다. 거기에 있었던 참혹한 광경은 변하지 않았다. 마차 주위에 쓰러진 남자들의 모습을 보고서 밀리시아가 애처로운 목소리를 흘렸다.

"여러분……, 저를 지키려다가 이렇게 되다니……."

"아가씨……."

지면에 무너져 내리며 입술을 떠는 밀리시아. 호위인 렌카가 그 등을 지탱했지만, 이쪽도 표정이 창백해졌다.

마차 주위에 쓰러져 있는 남자들은 밀리시아를 지키는 호위였던 모양이었다. 주인을 지키기 위해서 습격해온 도적과 싸우고, 힘이 미치지 못해 쓰러진 것이다. 밀리시아는 도적의 손에 끌려갔고, 호위 중에서 유일한 여성이었던 렌카만이 살아남았다.

"그 녀석들을 땅에 묻어줄 생각이라면 도울게…… 어쩔 거야?"

"……아뇨, 반지에 넣어서 데리고 가겠어요. 저를 지키기 위해 죽고 만 그들을, 하다못해 고향 땅에 묻어주고 싶거든요."

밀리시아는 입술을 깨물며 슬픔을 참으면서 호위의 유체를 반지에 수납해갔다.

마지막으로 부서진 마차의 잔해를 넣더니…… 카임 쪽으로 방향을 바꿔서 고개를 숙였다.

"다시금…… 고맙습니다. 카임 씨 덕분에 저희는 살아남아서, 이렇게 애도할 수도 있어요. 이 은혜는 평생 잊을 수 없습니다."

"별로 상관없어. 나도 도적이 쌓아둔 보물을 손에 넣었으니까."

카임은 도적에게서 빼앗은 전리품을 넣은 매직 백을 두드리며 어깨를 으쓱였다.

돈이 궁하지는 않았지만, 카임은 무직에 아무런 뒷배도 없는 여행자이다. 도적에게서 빼앗은 막대한 재산은 결코 헛되지 않으리라.

"그 일에 관해서…… 카임 씨에게 무언가 답례를 하고 싶은데요, 그게……."

밀리시아가 말하기 거북하다는 듯이 말을 흐리며 형태 좋은 눈썹을 팔자로 늘어뜨렸다.

"……현재 저는 사정이 있어서 여행 중이에요. 갈아입을 옷이나 식료는 있습니다만, 노잣돈에 여유가 있는 것도 아닙니다. 충분한 답례를 준비하려면 시간이 걸려서……."

"답례는 필요 없다니까. 신경 쓰지 마."

"아뇨, 목숨을 구해주셨는데 그럴 수는 없습니다. 게다가, 그게……."

밀리시아는 말을 멈추더니 양손의 손가락을 맞붙여서 꼼지락 꼼지락 수줍어하듯이 움직였다.

카임이 고개를 갸웃거리고 있노라니…… 어쩔 수 없다는 양 렌카가 앞으로 나섰다.

"……도적에게서 구해준 답례도 하지 않았는데, 이런 일을 부탁하기는 미안하지만…… 귀하를 호위로 고용하고 싶다."

"나를? 또 왜?"

"……기사로서 수치를 보이는 것 같지만, 나 혼자만으로는 아가씨를 지키기는 어렵다. 여태까지의 무례를 사죄할 테니, 부디 힘을 보태줄 수 있겠나?"

렌카는 분해 보이는 표정으로 고개를 숙였다. 그녀도 알고 있는 것이리라. 이번 같은 사고가 생겼을 경우, 자신만으로는 밀리시아를 지켜낼 수 없다는 사실을.

역부족을 인정하는 것은 자못 분한 일이리라. 카임을 완전히 믿는 것도 아닐 테지만…… 그래도, 주인을 위해서 수치를 참고서 고개를 숙이는 것이었다.

"으음, 하고 싶은 말은 알겠는데…… 너희는 어디로 향하고 있는 거지?"

"이 나라의 왕도에 갈 생각입니다. 카임 씨에게는 거기까지 동행을 부탁드리고 싶습니다."

카임의 물음에 밀리시아가 대답했다.

"곧바로 답례를 준비할 수는 없습니다만, 반드시 보수를 지급하겠습니다. 그러니 부디 저희와 함께하실 수 있을까요?"

"왕도라……."

진지한 호소에 마음이 움직일 듯했지만, 카임은 유감스럽게 고개를 내저었다.

"……안 되겠군. 행선지가 왕도면 함께 갈 수는 없어. 내가 향하는 곳과 반대 방향이야."

카임이 향하는 곳은 동쪽에 있는 가넷 제국. 왕도가 있는 곳은 서쪽 방향이다.

다른 곳에 들르는 것이 용납되지 않을 만큼 여행이 급하지는 않다. 하지만 그렇다고 해서 느긋하게 멀리 돌아갈 생각은 없었다.

'아버지가 나를 지명수배하지 않는다고 단정 지을 수도 없으니까. 모처럼 기분 좋게 여행하고 있는데, 쫓겨 다니는 건 싫어.'

지금의 카임이라면 간단하게 물리칠 수 있기는 하겠지만 쓸데없는 싸움을 하고 싶지는 않다. 카임의 목적은 새로운 고향과 가족을 찾아내는 일이지, 싸움을 삶의 보람으로 하는 전투광이 아니었으니까.

'내가 때려눕힌 아버지도 이대로 가만히 있으리라는 보증이 없어. 독을 받은 몸을 제대로 움직일 수 있게 될 때까지 시간이 걸리겠지만…… 그래 봬도 일단은 백작. 귀족이야. 나를 범죄자로 몰아 수배인으로 만드는 것쯤은 할 수 있겠지.'

최악의 경우, 제이드 왕국의 전 병력을 적으로 돌릴 우려가 있다.

"……사정이 그러니까, 너희를 왕도까지 호위할 수는 없어. 근처 마을까지라면 바래다줄 테니까 거기에서 사람을 고용하도록 해."

"그럴 수가……! 카임 씨가 향하는 곳은 어느 쪽인가요?"

"왕국 동쪽── 가넷 제국. 대륙 동부의 패자라 불리는 대국이다."

"으……!"

숨길 필요도 없어서 밝힌 목적지에 밀리시아가 눈을 크게 떴다.

그녀는 한동안 망설이듯이 시선을 굴렸지만…… 이윽고 뜻을 정한 듯이 입을 열었다.

"그렇군요……. 그렇다면 이쪽도 목적지를 변경하겠습니다."

"응……?"

"다시 의뢰하겠습니다. 저희를 가넷 제국의 제도까지 바래다 주시겠어요? 물론, 보수는 지급하겠어요."

그렇게 말한 밀리시아의 푸른 두 눈동자에는 강한 각오의 빛이 깃들어 있었다.

　제국까지 호위를 의뢰받은 카임은 그 부탁을 승낙했다.

　호위가 죽어서 기댈 존재를 잃은 그녀들을 동정하기도 했기에, 같은 방향이라면 괜찮다고 동행을 허락한 것이었다.

　카임이 일행의 선두를 걷고, 그 뒤를 렌카가, 최후미를 도적에게서 빼앗은 말을 탄 밀리시아가 따랐다. 말은 한 마리뿐이었기 때문에, 말을 타는 이는 밀리시아뿐이었다.

　"아가씨……, 정말로 이래도 괜찮으셨던 겁니까?"

　여행 도중, 렌카가 카임에게 들리지 않게끔 목소리를 죽이며 말 위에 있는 밀리시아에게 물었다.

　"렌카……, 그 이야기는 이미 끝났잖아요? 끈덕져요."

　"몇 번이고 말씀드리겠습니다. 일부러 제국으로 돌아가다니 제정신으로 할 일은 아닙니다. 대체 무엇을 위해, 그분이 아가씨를 도망치게 해주셨다고 생각하시는 겁니까?"

　"……도망쳐서는 안 됐어요. 역할을 포기하고 안전한 곳으로 도망치는 건 용납되지 않아요. 그렇기에, 도적에게 붙잡혀 버린다는 벌을 받은 거겠죠."

　렌카의 충고를 듣고서도 밀리시아는 단호히 고개를 내저었다.

　"제국으로 향하는 카임 씨와 만난 것도 운명……, 하늘의 뜻이 틀림없습니다. 제국으로 돌아가 의무를 다하라고 운명이 말하는 거예요. 저는 이제 도망칠 마음은 없습니다. 설령 목숨을 잃게 된다고 해도…… 자신이 해내야 할 역할에 맞설 셈이에요."

"아가씨……. 설마, 그런 생각이실 줄은……."

주인의 말을 듣고 렌카가 감격한 듯 울음 섞인 목소리를 냈다.

"아가씨께서 그렇게까지 각오를 정하셨다면, 이 렌카, 어쩔 수 없습니다. 저번 같은 실태는 저지르지 않겠습니다. 이번에는 꼭 목숨을 걸고서 아가씨를 지켜드리겠다고 맹세하겠습니다!"

"고마워요, 렌카……. 앞으로도, 저를 지탱해주셔야 해요."

"…………."

카임은 등 뒤에서 펼쳐지는 주종의 인연에 한숨을 쉬었다. 비밀 이야기로 멋대로 열을 올리고 있는 모양이었지만…… 대화 대부분이 들려 버린다.

투귀신류를 수행한 카임은 압축 마력을 두르지 않아도, 평소 오감이 날카롭게 벼려져 있다. 몇 미터 후방에 있는 여성 둘의 대화를 놓칠 리가 없다.

'성가신 일의 냄새가 나……. 그것도 정말, 풀풀 수상한 냄새가 난다고. 이 두 사람에게 동행을 허락한 건 잘못이었을지도 모르겠군.'

단편적인 대화의 내용만으로는 밀리시아 일행이 무엇을 짊어지고 있는지까지는 몰랐다. 하지만…… 틀림없이, 카임에게는 바라지 않은 것임이 확실하다.

'쓸데없는 말썽에 말려들고 싶지 않으니까 제국으로 도망치려고 하는 건데…… 오히려 성가신 일에 말려든 거 아닌가? 지금이라도, 이 녀석들을 버리고 가버릴까?'

이런 비정한 생각이 머릿속에 떠올랐지만 그것을 실행할 수는 없었다. 카임은 두 여성에게 정이 든 것을 자각했다.

'남자라는 생물은 어쨌거나 첫 여자를 특별 취급해 버리기 마련이구나……. 상대가 상당한 미녀쯤 되니 더더욱 그래.'

동굴에 있던 시점에서 깨닫기는 했지만, 밝은 곳에 와서 다시금 생각했다. 밀리시아와 렌카는 둘 다 수준 높은 미소녀와 미녀였다.

밀리시아는 척 보기에 곱게 자란 영애. 폭포처럼 등을 흘러내리는 금색 머리카락. 알이 큰 보석을 박아 넣은 것처럼 파란 눈. 질 좋은 비단처럼 매끄러운 하얀 피부. 얼굴 조형은 마치 신이 만들어낸 예술품 같아서, 종교화에 그려진 여신처럼 환상적인 미소녀였다.

다른 한쪽인 렌카는 암사자처럼 건강하고 힘센 여성이었다. 적당히 근육이 붙은 팔다리. 해에 그을어 건강한 피부. 갑옷으로 감추어져 있지만 몸매는 빼어나서, 선정적인 드레스로 갈아입으면 자못 매력적일 것이다. 밀리시아처럼 환상적인 미모는 아니긴 하지만, 생명력으로 흘러넘치는 기가 세 보이는 생김새는 틀림없이 많은 인간의 눈길을 빼앗을 것이 확실하다.

'나는 이런 미녀와 키스를 했구나……. 아, 젠장! 그때 일을 잊을 수가 없어! 이래서야 내가 약에 당한 것 같잖아?'

"그런데…… 카임 씨는 몇 살이신가요? 비슷한 또래로 보이는데요……."

"하…… 아, 아아. 나 말인가?"

끙끙 생각에 잠겼던 차에 뒤에서 말을 걸자, 반응이 늦어지고 말았다. 아무리 오감이 강화되었다고 해도 이야기를 흘려들어서야 의미가 없다.

"나는…… 열여덟이야. 이미 성인이 됐지."

엄밀히 말하자면 '카임 하르스베르크'로서 살아온 햇수는 13년이다. 하지만 수백의 연령을 거듭한 '독의 여왕'과 융합함으로써 육체는 성장하고 정신적으로도 크게 변화했다. 이미 '열세 살'이라고는 도저히 말할 수 없다.

"아아, 저랑 같은 나이로군요! 이건 우연이에요!"

어째서인지 기뻐 보이는 표정을 지으며 밀리시아가 양손을 맞댔다.

"렌카는 스무 살이에요. 셋 다 나이가 엇비슷하네요!"

"그렇구나……."

"우린 이제 결혼해서 아기를 두어도 이상하지 않은 나이로군요. 얼마 전까지 어린애였던 것 같은데 신기한 일이에요. 그러고 보니…… 카임 씨는 신기한 머리카락과 눈을 가지고 있네요. 우리가 아이를 만든다면, 어떤 머리카락과 눈동자를 가진 아이가 태어날까요?"

"왜 나한테 그런 얘기를 하는 건데?! 반응하기 곤란하거든?!"

카임이 저도 모르게 언성을 높이자, 밀리시아는 "아!" 하고 소리를 높이며 입가를 손으로 가렸다.

"죄, 죄송해요. 어째서일까요……? 카임 씨를 보고 있으면 신기하게 고양되고 말아서, 어째서인지 이런 짓을……. 저도 참, 어떻게 된 거죠?"

"…………."

밀리시아가 수줍어하며 얼굴을 붉게 물들였다. 모르는 척을 하고 있을 뿐이지, 어쩌면 카임과 나눈 키스를 기억하는 것이 아닐까?

카임은 전방으로 얼굴을 돌리며 굳어진 표정을 보이지 않도록 숨겼지만…… 때마침 그 타이밍에 찌릿 찌르는 것 같은 감각이 등줄기를 덮쳐왔다.

"……아무래도, 수다는 여기까지인 모양이야. 적의 습격이다."

"아니……, 또 도적인가?!"

렌카가 허리에 찬 검을 쥐면서 주위를 둘러보았다. 아직 습격자의 모습을 맨눈으로 포착할 수 없는 위치였지만…… 카임은 명확하게 그 적의를 감지했다.

"아니……, 이번에는 마물의 습격 같아. 자, 곧 나올 거야."

카임이 가도 옆에 펼쳐진 숲 방향을 손가락으로 가리켰다.

몇 초 후, 우거진 나무를 가르며 신장 2미터 정도 되는 커다란 그림자가 튀어나왔다.

"저건…… 오크인가요?"

숲에서 나타난 것은 대량의 지방을 출렁출렁 흔드는 인간형 돼지. '오크'라고 불리는, 고블린과 어깨를 나란히 하는 유명한 마물이다.

"뭐야, 오크잖아."

숲에서 나온 오크의 모습을 보고서, 렌카가 자신만만한 표정으로 검을 뽑았다.

"오크는 '남작급' 마물. 결코 약하지는 않지만, 나 혼자서도 문제없이 쓰러뜨릴 수 있는 수준이야. 오명을 반납하겠어……. 카임 경, 여기는 나한테 맡겨줄 수 있겠나?"

"맡기는 건 상관없지만…… 저렇게 많은 걸 쓰러뜨릴 수 있는 건가?"

"어……?"

카임의 물음에 렌카가 눈을 깜빡였다가, 금세 말뜻을 이해하게 되었다. 처음 한 마리를 시작으로 오크가 계속 모습을 보인 것이었다.

"""""그오오오오오오오오오오오오오오옷!"""""

"아니?! 어째서, 저렇게나 많은 오크가?!"

숲에서 나온 오크는 대강 어림잡아 서른 마리 정도. 도저히 렌카 혼자서 상대할 수 있는 수는 아니었다. 이성이 어딘가로 날아가 버린 것처럼 눈을 형형히 빛내고 있는 데다, 마치 멧돼지가 돌진하는 것 같은 기세로 세 사람이 있는 방향으로 밀려들고 있었다.

"세상에나……. 대체, 무슨 일이 일어나는 건가요?!"

숲에서 차례차례 나오는 마물의 모습을 보고 밀리시아도 놀라서 외쳤다. 타고 있는 말이 혼란에 빠져 날뛰려 드는 것을 필사적으로 억누르고 있었다.

"으음……, 어째서, 어째서지? 저 오크들, 꽤 흥분한 것 같은데…….'

카임은 의미심장하게 두 여성을 훔쳐보았다.

오크의 생태는 다른 종족의 암컷을 납치해서 성적으로 덮치는 것으로, 꽤 유명하다.

오크라는 마물은 인간이나 엘프 여성을 발견하면 붙잡아서 소굴로 데리고 돌아가 죽을 때까지 계속 범한다고 한다. 오크에게 암컷이 없는 것은 아니다. 애당초, 다른 종족과 성교해도 아이를 만들 수 있는 것도 아니다. 그런데…… 어째서인지 반드시라고 해도 좋을 만큼 여성을 생포하고 싶어 하는 수수께끼의 습성이 있는 것이다.

'생각되는 이유로는…… 이 두 사람의 냄새를 맡고서, 덮치기 위해서 나온 건가?'

밀리시아와 렌카. 타입은 다르지만 둘 다 보기 드문 미소녀와 미녀이다. 마물이라 한들 이성을 잃어버려도 이상하지는 않았다.

덤으로 그녀들은 약 반일 전까지 도적 탓에 미약을 먹어서 강제적으로 발정이 나 있었다. 물로 몸을 깨끗이 씻었다 해도, 미처 다 지워지지 않은 '암컷'의 냄새가 나는 걸지도 모른다.

"한 가지 고난이 지나가고 또 한 가지 고난. 멋진 여자를 데리고 있으면 마음고생이 끊이지 않기 마련이로구나."

"카임 씨, 차분해져 있을 때가 아니에요! 빨리 도망쳐야 해요……!"

"문제없어. 너희는 말려들지 않게끔 떨어져 있어."

카임은 놀라는 밀리시아에게 가볍게 손을 흔들고서 앞으로 나아갔다.

"그럴 수가……! 아무리 카임 씨라고 해도, 저 숫자는 무리예요! 도망쳐요!"

"문제없다고 했잖아? 그보다, 그 겁에 질린 말로 어떻게 도망치려고."

밀리시아가 탄 말은 지독히 흥분해 버렸다. 섣부르게 도망치려고 들면 등 위에 올라탄 밀리시아를 떨어뜨리고서 달려 가버리리라.

"어차피 도망 못 쳐. 여기에서 한꺼번에 처리해 보실까!"

"아앗! 카임 씨?!"

카임은 밀리시아의 제지를 무시하고 달리기 시작했다. 오크와의 거리는 아직 충분히 떨어져 있다. 지금이라면 밀리시아와 렌카를 말려들게 하지 않고 싸울 수 있으리라.

"기껏해야 '남작급'. 싹 처리하고 앞으로 나아가 보실까?"

카임은 사나운 짐승의 웃음을 띠며, 몸 주위에 압축된 마력을 둘렀다. 혐오스러운 아버지에게서 이어받은 최강의 무술――투귀신류의 발동이다.

광범위로 독을 퍼뜨리면 한순간에 끝나겠지만…… 동행자가 보고 있는 앞에서 섣부르게 독을 쓸 수는 없다. 바람으로 독이 흘러가 그녀들이 피해를 받아서도 안 되니 무술로 처리하기로 했다.

"뭐…… 독 같은 건 쓰지 않아도 여유롭지만!"

"그아아아아아아아아아아아아악!"

선두에 있는 오크가 팔을 치켜들어 통나무 같은 곤봉을 후려쳐왔다. 2미터의 거구, 굵은 팔에서 펼쳐지는 타격은 강력하다.

온몸에 갑옷을 걸친 기사라도 정통으로 맞으면 치명상이 된다.

"흥!"

카임은 피하지조차 않았다. 정면에서, 후려치는 곤봉을 향해서 주먹으로 타격을 펼쳤다.

"부가악?!"

압축한 마력을 실은 주먹이 곤봉을 때려 부수고는 그대로 오크의 몸통에 맞았다. 충격이 등까지 관통해서 오크의 몸체에 주먹 크기의 구멍이 뚫렸다.

"자, 팍팍 가볼까! 도적의 아지트에서는 가벼운 운동밖에 못해서 욕구불만이야. 실컷 상대해 주겠다!"

"그아아아아아아아아아아아아악!"

"하하핫! 좋다, 와라!"

느긋하게 웃은 카임을 향해서 동료를 잃은 오크가 쇄도해왔다. 단일 개체로 이길 수 없으니 숫자로 짓뭉갤 셈인가? 곤봉이나 주먹, 주운 돌을 위로 치켜들고 덮쳐온다.

"상당한 만용이로군! 그야말로 맹진이구나!"

카임은 육박하는 오크의 머리 부분을 차고, 몸체를 때리고, 팔다리를 부러뜨려…… 차례차례 지면에 가라앉혔다. 이 상황에서 카임에게 가장 성가신 일은 오크가 카임을 무시하고 뒤에 있는 여성 두 사람을 덮치러 가버리는 것이었다.

"물론, 그렇게 하게끔 내버려 두지는 않겠지만!"

카임은 자신을 무시하고 밀리시아 일행을 노리려고 하는 오크를 우선해서 처리해나갔다.

한 마리 한 마리 확실하게 쓰러뜨리자 점점 오크의 숫자가 줄어들었다. 이 상태라면 5분도 걸리지 않고 전멸시킬 수 있으리라.

"그아아아아아아아아아아아아아아아아아악!!"

"음……."

하지만…… 그리 간단하게는 끝나지 않았다. 오크가 나타났던 숲속에서 새로운 괴물이 얼굴을 내밀었다.

일반적인 오크보다 두 배는 크고, 군살이 아닌 근육의 갑옷과 검은 체모로 뒤덮인 거구. 새빨간 눈동자가 형형하게 빛나서 꺼림칙한 빛을 뿜고 있었다.

"흐음……, 두목의 등장이냐! 재미있어졌잖아!"

카임은 그 마물에 대해서 알았다. '독의 여왕'의 기억 속에 지식이 있었다.

"제너럴 오크! 돌연변이 상위종인가!"

"그아아아아아아아아아아아아아아아아아악!!"

제너럴 오크. 오크의 돌연변이로 태어나는 이형의 마물이며, 그 계급은 오크보다도 두 단계 위인 '백작급'. 베테랑 상위 랭크 모험가가 파티를 짜서 결사의 각오를 다져야 간신히 토벌할 수 있는 강력한 마물이었다.

"저건 설마…… 제너럴 오크?!"

"안 되겠어! 카임 경! 빨리 도망쳐라!"

"아, 됐으니까 물러서 있어. 나는 문제없어."

거구의 마물을 알아보고, 떨어진 장소에서 싸움을 지켜보던 밀리시아와 렌카가 외쳤다.

카임은 딱히 주눅 들지도 않은 채 대답을 하면서, 후방에 있는 두 사람에게 살랑살랑 손을 흔들었다.

"그힛힛힛히!"

제너럴 오크는 카임 쪽을 보지 않았다. 거대한 돼지 괴물은 밀리시아와 렌카를 바라보며 그 눈동자를 정욕으로 물들였다.

『저 암컷은 내 것이다. 반드시 범한다.』

혼탁해진 눈동자에서는 그런 의사가 뚜렷하게 전해져왔다.

"흥, 호색가 할아범처럼 밝히는 눈을 하고서는. 돼지 주제에, 싸움 도중에 넋 놓고 미녀나 보지 말라고!"

제너럴 오크는 카임에게서 시선을 돌리고 있었다. 카임을 적이라고 보지 않았다. 수하를 몰살했던 카임을, "너 따위는 상대할 가치도 없다"라며 우습게 본 것이다.

"격 떨어지는 상대가 날 얕보는 건 기분이 좋지 않군. 일단 죽일까?"

"부오오옷?!"

카임의 몸에서 폭발하는 듯한 기세로 강렬한 살의가 뿜어졌다. 피부를 깎아내는 날카로운 살육의 의사를 느끼고, 제너럴 오크가 튕기듯이 뒤를 돌아보았다.

"왜 그러지, 찬물을 끼얹은 것 같은 표정을 짓고 있는데? 이제야 깨달은 건가……. 자신이 사냥당하는 존재라는 사실을."

"부후웃……!"

"그래. 화내라, 화내라. 분노를 쥐어짜서 부딪쳐 와라. 정면에서 때려 눕혀줄 테니까!"

"그으으으으으으으으으으으으으으으옷!!"

도발을 받은 제너럴 오크가 카임에게 덮쳐 왔다. 굵은 팔에 움켜쥔 것은 거대한 도끼 같은 검. 아마도 여행자나 모험가에게서 빼앗은 물건이리라.

제너럴 오크의 칼솜씨에는 기술도 뭣도 없었다. 완력에 맡겨서 검을 휘둘러 내린다는 원시적인 싸움법이었다.

"투귀신류——【청룡】!"

하지만…… 그것이 통하는 상대는 기껏해야 일류 전사까지. 초일류의 달인, 카임 같은 상식을 벗어난 괴물에게는, 제너럴 오크의 거친 기술 따위 무력한 저항 같은 것이었다.

"흥!"

"그으웃?!"

카임은 압축 마력을 두른 오른팔로 오크의 대검을 받아냈다. 금속이 서로 부딪치는 듯한 소리가 울려 퍼지고 불꽃이 튀었다. 하지만 카임에게는 생채기조차 나지 않았다.

"완력에 기댄 둔한 칼날……. 하다못해 도신에 마력 정도는 집어넣으라고."

"그오옷?!"

"늦었다고. 이제 와서 놓칠 것 같으냐!"

카임은 당황해서 물러나려고 하는 제너럴 오크에게 반격을 때려 넣었다. 오른손을 한쪽 어깨에서 허리에 걸쳐 비스듬하게 들어서 끝까지 휘둘러, 대검과 함께 제너럴 오크를 양단했다.

거대한 체구가 대각선으로 절단되어, 상반신이 스르륵 지면으

로 미끄러져 내렸다. 남겨진 하반신도 조금 뒤늦게 지면으로 쓰러졌다.

투귀신류·기본 형태——【청룡】.

이것은 팔 따위에 두른 압축 마력을 극한까지 갈고닦아, 칼날 같은 성질을 가지게 하는 기술이다. 잘게 진동을 되풀이하는 마력의 칼날은 '고주파 블레이드'라고 불리는 것과 유사한데, 위력은 보는 바와 같이 숙련된 대장장이가 제련한 명도에도 뒤떨어지지 않을 정도다.

"대단해……. 이게 카임 씨의 힘……."

"말도 안 돼……! 제너럴 오크는 '백작급' 마물. 기사단이 동원될 때도 있는 괴물인데?! 그걸 단신으로 격파하다니……!"

"'마검공주', '폭풍왕', '권성'……. 카임 씨는 S랭크 모험가에 필적하는 전투 능력을 가지고 있는 모양이로군요. 어째서, 이 정도의 실력자가 이름이 알려지지 않았을까요?"

조금 떨어진 장소에서, 밀리시아와 렌카가 놀라움으로 가득 찬 목소리로 대화를 나누고 있었다.

첫 경험이었지만…… 미녀에게 극구 칭찬받는 것은 나쁜 기분이 아니었다. 카임은 가볍게 팔을 돌리면서 득의에 찬 표정으로 뒤를 돌아보았다.

"그럼…… 내 말대로 문제없었지? 계속 서두를까?"

"네, 네……. 아, 출발하기 전에 마석을 회수하고 가죠. 제너럴 오크의 마석쯤 되면 나름대로 괜찮은 가격에 팔릴 거예요."

"마석……. 아아, 그런 게 있었지."

카임은 떠올랐다는 듯이 고개를 끄덕이고, 둘로 양단된 제너럴 오크의 시체를 내려다보았다. 마석은 마물의 체내에서 만들어지는 마력의 결정이다. 강력한 마물일수록 크기가 크고, 순도가 높은 마석이 생성되어, 무기나 약을 만드는 재료로써도 값비싸게 거래된다.

"'백작급' 마물의 마석쯤 되면 집을 지을 수 있을 만큼의 가격이 될 거예요. 다른 오크의 마석도 수가 많고요. 모아두면 한동안 생활에 곤란하지는 않을 것 같은데요?"

"그런가. 그럼, 재빠르게 회수하도록 하지."

카임은 팔에 【청룡】의 칼날을 두르고 제너럴 오크의 몸을 해체했다.

너덜너덜해진 몸에서 마석을 뽑아내고 같은 과정을 다른 오크에게도 반복해나갔다. 엉성한 손놀림. 완전히 마물을 해체한 적 없는 초심자의 행동이 고스란히 드러나는 방식이었다.

"으……."

카임의 너무나 거친 해체를 보자, 밀리시아가 토악질이 나서 고개를 돌렸다.

"아……, 미안. 이렇게 세세한 작업은 서툴거든."

"아뇨……, 죄송합니다. 도와드리지도 못하고. 오크 토벌도 카임 씨에게 맡겨 버리고, 정말로 수고만 끼치고 말아서……."

"상관없어. 호위로 고용된 거니까 일에 포함돼. 감사하려거든 보수를 두둑이 쳐주면 돼."

"네, 꼭 그럴게요. 반드시 카임 씨가 만족하실 수 있는 보수를 준비하겠어요······. 반드시!"

밀리시아가 가슴 앞에 양손을 맞잡고, 무언가 중대한 결의라도 한 듯 진지한 표정을 지었다.

"············?"

카임은 묘하게 생생한 모습의 밀리시아에게 신기한 표정을 지으면서 작업을 다시 시작했다.

○   ○   ○

"뭐야······. 대체, 뭐냐고. 저 남자는······!"

오크 무리와 싸우는 카임을 보고서, 렌카는 가슴 안쪽에서 용암처럼 뜨거운 감정이 뿜어져 나올 것 같은 감각을 느꼈다.

'내가 남자에 대해서 흥미를 품다니······ 이건 무슨 농담이지?'

분하다는 듯이 입술을 깨물면서, 렌카는 벌렁벌렁 크게 뛰는 가슴의 고동을 억누를 수 없었다.

렌카는 동쪽 대국인 가넷 제국에서 태어났다. 본가는 기사 집안이고, 렌카 또한 어린 시절부터 검술을 배웠다.

재능이 풍부한 렌카의 검 실력은 같은 나이 또래 중에는 이길 수 있는 자가 없을 정도였고, 훈련에서는 남자라 해도 용서하지 않고 때려눕혀 왔다.

이번에는 도적을 상대로 밀리고 말았긴 하지만, 그것은 어디까지나 허를 찔려서 습격을 받은 데다 더 나아가 밀리시아를 보호하며 싸웠기 때문이었다. 실력으로 졌다고는 생각지 않는다.

렌카에게 남자라는 생물은 체면과 프라이드가 비대하기만 한 멍텅구리. 존경이나 흥미를 향할 대상은 아니었다.

'그런데…… 어째서, 저 남자가 싸우는 모습에서 눈을 돌릴 수 없는 거지? 이 내가, 마치 사랑에 빠진 소녀처럼……!'

"카임 씨, 너무나도 멋져요……. 역시 당신은 제 운명의 상대……!"

"미, 밀리시아 아가씨?!"

렌카의 옆에서는 말에서 내려온 밀리시아마저도 마치 꿈꾸는 것 같은 눈동자로 카임을 바라보고 있었다. 뺨을 장밋빛으로 물들이고 눈동자를 적시며…… 마치 사랑에 빠진 소녀처럼.

'서, 설마 나도 이런 표정을 짓고 있는 건가?! 다른 사람도 아니고 내가?!'

렌카는 저도 모르게 얼굴에 양손을 가져다 댔다.

동굴에서 도움을 받고 나서 카임이 신경 쓰였다. 그것은 낯선 남자에게 도움을 받아서 빚을 지고 만 것에 대한 초조함인 줄 알았는데…… 설마, 그 이상의 감정을 품었다는 것일까?

'마, 말도 안 돼! 맞아, 이건 약의 후유증인지 뭔지야. 도적이 이상한 약을 먹인 탓에, 몸이 아직 혼란에 빠진 거라고!'

"그아아아아아아아아아아아아악!"

렌카가 필사적으로 자신을 타이르자, 숲 안쪽에서 거대한 오크가 나타났다. 변이종인 제너럴 오크였다.

"안 되겠어! 카임 경, 빨리 도망쳐라!"

제아무리 카임이 강하다고 해도, 단신으로 '백작급' 마물에게 이길 수 있을 턱이 없다. 렌카가 당황해서 카임을 불렀지만……
그 걱정은 완전히 기우였다.

카임은 무기조차 쓰지 않고서, 상처 없이 제너럴 오크를 쓰러
뜨린 것이다.

"이럴 수가……!"

이길 수 있을 턱이 없다고 생각했는데 손쉽게 승리하고 말았다.

말도 안 되는 수준의 강한 힘. 여태까지 만나온 모든 남자를
웃도는 압도적인 강자.

'이 무슨 상식을 벗어난 강한 힘이냐. 카임 경을 보고 있으면,
보고 있으면……!'

"저, 젖겠어……."

렌카는 저도 모르게 그런 말을 입에 담고 말았다.

카임을 보고 있으면 하복부가 뜨거워져서 참을 수 없다. 질금
질금 여성 특유의 꿀이 배어 나와서…… 달콤한 저림이 온몸에
퍼진다.

'아, 저 남자에게 엉덩이를 얻어맞고 싶어……. 목걸이를 채워
서 거리 안을 끌고 다녀줬으면 좋겠어…….'

"……아니, 나는 무슨 소리를 하는 거지?! 이 내가, 마치 문란
한 여자처럼……?!"

"렌카, 뭘 하는 건가요. 빨리 가요."

"네, 네에에에에! 바로 가겠습니다!"

달콤한 망상에 젖었던 렌카는 황급히 주인을 따라갔다.

그녀가 일그러진 성벽에 눈을 뜰 날은 시시각각 가까워지고

있는 것이었다.

○   ○   ○

오크의 습격을 극복한 일행은 마침내 목표였던 마을에 도착했다.

"이건 혹시 바다……가 아니라, 커다란 강인가?!"

카임이 언덕 위에서 마을을 내려다보며 어린아이처럼 외쳤다.

시선 끝에는 풍경을 위아래로 양단하면서 널따란 운하가 흐르고 있었는데, 그 근처에 커다란 마을이 세워져 있었다. 제이드 왕국과 가넷 제국의 사이를 가르는 하천인 '플루멘 대하'. 그리고 그 근처에 세워진 국경의 마을 '오타랴'에 도착한 것이다.

"굉장해……, 굉장하군! 저렇게나 넓고 커다란 강은 처음 봤어!"

카임이 살던 마을에도 강 정도는 흘렀지만, 당연히 플루멘 대하와는 비교할 여지도 없을 만큼 작았다.

카임은 난생처음 보는 대하의 풍경에 눈동자를 빛내며 양손을 들었다.

"후훗, 카임 씨는 어린애 같네요."

"의외로 어린 구석이 있구나. 아주 조금, 인상이 바뀌었는데?"

저도 모르게 들뜨고 만 카임을 보고 여성 두 사람이 흐뭇한 표정을 지었다.

"아니……, 어쩔 수 없잖아! 이런 커다란 강은 처음 보니까!"

"아니에요, 나쁘다고는 말 안 했어요. 오히려 귀엽고 멋져요."

"귀하는 좀 더 냉정하고 감정이 빈약한 인간인 줄 알았는데…… 내가 제멋대로 착각했던 모양이야. 사죄하겠다."

"사과하지 않아도 되니까 잊어주면 고맙겠는데! 아아, 젠장!"

카임은 겸연쩍음을 감추기 위해서 얼굴을 긁적이며 도망치듯이 언덕을 달려서 내려갔다. 마을 정문으로 향해 가자 거기에는 기다란 줄이 늘어져 있었다.

"……아무래도 위병의 검문이 있는 모양이로군. 이만큼 커다란 마을이니까 당연한가?"

"왕국에서 지명 수배된 범죄자가 제국으로 도망치려고 하는 일이 자주 일어나니까. 마을 입구에서 저지하고 있는 거다."

세 사람은 줄의 맨 끝에 서서 자신들의 순서가 돌아오기를 기다렸다. 늘어선 사람은 많았지만, 마을 입구의 위병도 익숙한 모양이라서 매끄럽게 심사를 진행해갔다.

한 시간쯤 기다리자 순서가 돌아왔다. 헌병이 세 사람을 차례차례 둘러보고서 단적으로 물었다.

"마을에 온 목적은?"

"여행이야. 배를 타고 제국으로 향할 생각이다."

"흠……, 신분증은 가지고 있나? 가지고 있지 않다면 은화 한 닢을 지불해야 하는데?"

"아니, 없어."

마을 대문에 서 있는 위병이 단도직입으로 물어왔다. 카임도 솔직히 대답했다.

"그럼, 이쪽 보옥을 만지고 이름을 말해라. 범죄자라면 그걸로 알 수 있어."

"음……?"

문 옆에 설치된 테이블에는 거대한 투명 구슬이 놓여있었다. 수정구슬처럼 보이는데…… 대체 이것은 무엇일까?

"이건 범죄자를 판별하기 위한 매직 아이템이에요. '천사의 눈동자'라고 불리죠."

카임의 의문에 밀리시아가 답했다.

"사전에 범죄자로 이름이 등록된 사람이 만지면 이 수정구슬이 붉게 물들어요. 물론, 가짜 이름을 말해도 붉어져요."

"흐음……, 거짓말을 판별하는 도구인 건가. 재미있군."

"덧붙여서 이걸 개발한 사람은 '파우스트'라는 이름의 마술사인데요, 그분도 현재는 범죄자로 수정구슬에 이름이 등록되어 있다는 모양이에요. 얄궂은 이야기지만요."

"…………."

귀에 익은 이름을 들은 것 같은데…… 카임은 일부러 무시하기를 선택했다.

"수정구슬을 만지고 이름을 말하면 되는 거군……. 카임. 성은 없다."

거짓말은 하지 않았다. '카임 하르스베르크'라는 남자는 이미 어디에도 없다. '독의 여왕'과 융합해서 다른 사람으로 다시 태어났다.

아니나 다를까, 수정구슬에 반응은 없었다. 투명한 상태 그대로였다.

"……문제될 것이 없군. 통행세를 지불하고 통과해도 좋다."

"그래, 수고했어."

카임은 통행세로 은화 한 닢을 내고서 마을 문을 넘었다.

아무래도 범죄자로 등록되지는 않은 듯하다. 아버지이자 백작인 남자를 때려눕혔는데…… 아직 수배는 돌지 않은 모양이었다.

"우리는 이걸로 부탁한다."

렌카가 신분증 같은 종이를 헌병에게 보였다. 제대로 신분증을 소지하고 있는 듯했다. 그녀는 밀리시아의 몫과 합쳐서 은화 한 닢을 지불하고 마을 안으로 들어왔다.

"무사히 마을에 도착했는데…… 앞으로 어쩔 셈이지?"

"일단 오늘은 이미 늦었으니 숙소를 잡는 게 어떨까요? 내일이라도 강 반대편으로 가는 배를 예약해서 건너죠."

카임의 물음에 밀리시아가 대답했다.

오타라는 플루멘 대하 서쪽에 있는데, 강 건너 동쪽은 이미 제국이다. 강 동쪽에도 마을이 있어서, 대하를 사이에 두고 두 개의 마을 간에는 매일 같이 교역이 이루어진다.

"카임 씨는 제국에 가본 적이 없는 거죠? 저쪽에 가면 안내해 드릴게요."

"그건 고맙군. 기대된다……, 가넷 제국."

카임은 아직 본 적 없는 토지를 머릿속으로 상상하며 눈동자를 빛냈다.

"어쨌거나…… 밀리시아의 말대로 오늘 밤에 머물 숙소를 찾도록 하자. 물론, 방은 따로따로 잡는 게 좋겠지?"

"네……? 저는 딱히 같은 방이어도 상관없는데요……."

"당연하다마다! 그렇죠, 아가씨?!"

"으……, 그러네요. 다른 방으로 참을게요."

밀리시아는 어딘가 유감스러워 보이는 표정을 지으면서 마지못해 고개를 끄덕였다.

오타랴 마을에서 하룻밤 묵게 된 카임 일행은 바로 숙소를 찾았다.

교역 도시인 마을에는 수많은 여관이 늘어서 있었다.

방 한두 개쯤은 금세 찾을 수 있으리라고 우습게 보았지만…… 거기에서 생각지 못한 고전을 강요당하고 말았다.

"유감이지만…… 방은 두 개나 비어있지 않네. 우리 여관은 이미 만실이야."

"음……, 그런가. 여기도 비어있지 않나……."

여관 점주의 말을 듣고 카임은 어깨를 늘어뜨렸다.

숙소를 찾기 시작하고 난 후 이 가게로 이미 열 곳. 아직 방이 잡힐 기색은 없었다. 이미 저녁 시간에 접어들 시간대라, 숙소를 정하기엔 늦은 시간이었다.

"어쩌죠……. 이대로 가면 노숙하게 되어 버릴 거예요."

"으음……, 나 혼자만이라면 모를까, 아가씨를 뒷골목에서 재울 수는 없어."

밀리시아와 렌카도 불안해 보이는 표정을 지었다. 카임도 노숙은 상관없지만 하다못해 여성 두 사람의 잠자리는 확보해두고 싶은 바였다.

"곤란하게 됐네……. 어딘가 비어 있는 여관이 있다면 좋겠는데…….."

여관 접수대 앞에서 생각에 잠겨 있자, 앞치마를 찬 소녀가 성큼성큼 걸어왔다.

"아빠, 그 방이라면 묵을 수 있잖아?"

"그 방……. 아아, 거기가 비어있었나!"

"뭐야, 묵을 수 있는 방이 있는 건가?"

점주와 딸의 대화를 듣고 카임은 고개를 갸웃거리며 물었다.

"딱 한 방이라면 그럭저럭. 어떤 모험가님이 선불로 빌렸는데, 길드에서 의뢰받고 나간 뒤로 돌아오지 않거든. 오늘로 선불로 받았던 숙박료가 다 떨어지게 돼."

점주가 곤란한 표정으로 턱수염을 쓸었다.

"하지만…… 거긴 1인실이니까. 몸을 구겨 넣으면 두 사람 정도는 침대에서 잘 수 있기는 하겠지만, 한 사람은 바닥에서 자야 하는데?"

"아아, 상관없어. 밀리시아와 렌카만 묵도록 해. 나는 밖에서 적당히 잘 만한 곳을 찾을 테니까."

카임 혼자라면 숙소를 찾지 못해도 뒷골목에서 모포를 둘러쓰고서 자면 된다.

카임은 뒤에 있는 여성 두 사람을 돌아보며 제안했지만……
밀리시아가 가슴 앞에서 양손을 내저었다.

"안 돼요! 카임 씨만 밖에서 재울 수는 없어요! 부디 함께 방에 묵으세요!"

"아가씨, 카임 경은 남성인데요?! 아무리 뭐라 해도 같은 방에서 재울 수는⋯⋯."

"남성이지만 그 이전에 은인이기도 해요! 목숨을 구해주신 분을 노숙시키다니, 사람으로서 용납받을 수 없어요!"

밀리시아가 가슴을 펴고서 단언했다. 그 주장은 이치에 맞기는 하지만⋯⋯ 또래 여성과 같은 방에서 자는 일은 카임에게는 경험 없는 일이었다.

"난 신경 안 써도 되는데? 마을에 올 때까지는 밖에서 텐트를 치고 잤으니⋯⋯."

"안 돼요! 꼭 그러시겠다고 말씀하신다면, 제가 밖에서 잘 테니까 카임 씨가 침대에서 주무세요!"

"⋯⋯인간말종이냐. 여자를 밖에서 재우고 편하게 이불을 덮어쓰고 잘 수 있을 턱이 없잖아."

"그렇다면 같은 방에서 자요. 제가 괜찮다고 하는 거니까 상관없겠죠?"

"⋯⋯⋯⋯⋯."

밀리시아가 반박을 허용하지 않는 미소로 몰아붙였다. 카임이 대꾸도 없이 입을 꾹 다물자, 카운터 너머에 있는 중년 점주가 손을 뻗어서 카임의 어깨를 두드렸다.

"형씨, 여자가 이렇게까지 각오를 다졌으니까, 남자다움을 보이라고!"

"……그거, 다른 뜻으로 받아들이는 거지? 우리는 그런 관계가 아니야."

"처음엔 누구나 다 미경험자야. 나도 아내와 처음 잤을 때는 딱딱하게 긴장했다고. 여차하게 되면, 여자 쪽을 올라타게 하고 천장의 얼룩이라도 세면 돼!"

"……천장의 얼룩이 뭔데?"

전혀 이해할 수 없는 힘찬 조언을 받고, 카임은 어찌할 바를 모르겠다는 듯이 어깨를 늘어뜨렸다. 무사히 숙소를 정한 세 사람은 같은 방에서 머물기로 결정되었다.

카임과 밀리시아, 렌카 세 사람은 여관 빈방으로 안내받았다.

안내받은 방은 2층 구석. 그다지 햇살도 잘 들지 않은 북쪽 방이었다.

"자자, 이쪽 방에 어서 들어가세요!"

점주의 딸에게 안내받아 방 안으로 들어가자, 거기에는 침대 하나와 간소한 테이블과 옷장이 채워지듯이 놓여있었다. 혼자 여행하며 머문다면 충분한 크기였을지도 모르겠지만, 셋이서 머물게 되면 상당히 비좁은 공간이었다.

"숙박료에 저녁 식삿값은 포함되어 있어요. 접수대 옆에 식당이 있으니까, 자정까지는 내려오세요. 날짜가 바뀌면 식당을 닫아버리니까 주의하세요. 그리고 술을 드실 거라면 추가 요금이 붙으니까, 지갑을 꼭 챙겨서 내려오세요."

점원 소녀는 또랑또랑한 어조로 설명했다. 그 후 카임에게 모포를 건네고는, "그럼 나중에 봬요"라고 말하며 방에서 나가고 말았다.

"…………."

"…………."

"…………."

거북한 침묵이 세 사람을 지배했다.

'……계속 입을 조개처럼 다물고 있을 수도 없지. 일단, 꼭 정해야 하는 일을 말할까.'

입을 다물고 있어도 일은 해결되지 않는다. 카임이 헛기침을 크흠 하고 나서 입을 열었다.

"……침대는 밀리시아가 쓰기로 하면 문제없겠지. 몸을 구겨 넣으면 렌카도 함께 잘 수 있겠지만……."

"아, 아니. 나도 바닥에서 자겠어. 아가씨와 동침하다니 황공한 일이다."

"그럴 수가……. 저만 침대를 쓰다니, 죄송하잖아요! 쓰려거든 은인인 카임 씨가 쓰세요!"

"그러니까 무슨 인간말종이냐고! 여자 둘을 바닥에서 재우고, 어떻게 거만하게 침대에서 자라는 건데!"

카임은 사양하는 밀리시아를 구슬리듯이 말을 거듭했다.

"현재 나는 고용된 몸이야. 남자로서도 고용 관계로서도, 밀리시아를 바닥에 굴러다니게 하는 선택지는 없다고! 차마 혼자서 침대를 쓸 수 없다면 렌카와 같이 자!"

"나도 바닥에서 자겠다! 아가씨의 침대에 들어가는 무례한 짓은 할 수 없으니까!"

렌카가 강한 어조로 단언하자, 밀리시아가 불만스럽게 단정한 눈썹을 찌푸렸다. 장밋빛 입술을 삐죽이며…… 툭 중얼거렸다.

"즉…… 렌카는 카임 씨 옆에서 자고 싶다는 거로군요? 바닥에서 둘이 나란히 눕고 싶다는 거군요?"

"아니?! 그럴 리가 없잖습니까! 어째서 그렇게 되는 겁니까?!"

"바닥에서 잔다는 건 그런 뜻이잖아요? 이 방은 그다지 넓지 않으니, 아무리 노력해도 나란히 자게 돼요."

여관방 1인실은 확실히 넓지는 않다. 밀착하고 말 만큼 좁은 것도 아니었지만…… 무심코 뒤척이면, 그대로 몸이 포개져 버리고 말 위험성은 있다.

"윽……. 그, 그건……."

"아……, 곤란하긴 하네."

아침, 눈을 뜨자마자 옆에 렌카의 얼굴이 있다면…… 카임도 어쩌면 좋을지 모르겠다. 하루 종일 분위기가 불편해질 것 같다.

렌카도 "그건……", "아니, 하지만……"이라고 갈등하듯이 신음했다.

"렌카, 같이 침대에서 자요. 아니면…… 저도 포함해서 셋이서 바닥에 뒹굴까요? 저는 상관없지만…… 다 함께 밀착해서 자게 되어버리는데요?"

"…………알겠습니다. 침대 구석을 빌리겠습니다."

최종적으로 렌카가 뜻을 꺾었다. 밀리시아와 렌카가 침대를 쓰고, 카임이 바닥에서 자기로 결정되었다.

잠자리에 관한 대화를 마치고, 카임 일행 세 사람은 여관 1층에 있는 식당으로 내려갔다. 식당에서는 이미 수많은 숙박객이 식사하고 있었다. 술을 마시며 소란을 피우는 무리도 있어서, 웅성웅성한 북적임을 보이고 있었다.

"어, 저쪽 자리가 비었군."

카임은 벽 근처에 있는 테이블을 손가락으로 가리켰다. 밀리시아와 렌카가 나란히 앉고, 테이블을 사이에 두고서 맞은 편에 카임이 앉았다. 바로 아까 보았던 점원이 다가왔다.

"어서 오세요, 손님! 음료수는 물과 에일 중 어느 쪽이 좋으신가요? 에일은 요금이 추가되는데요?"

"아, 전 물이면 돼요."

"나도 아가씨와 같은 것으로."

"나는…… 에일을 시켜볼까."

"네, 물 두 잔과 에일 한 잔. 물은 무료이고, 술은 동화 세 닢이 되겠습니다."

"그래, 이걸로 계산해줘."

동전을 받아든 소녀가 앞치마를 휘날리며 식당 너머로 사라지더니, 바로 컵 세 개를 들고서 돌아왔다.

"요리도 곧 가지고 올게요. 잠시만 더 기다려주세요."

소녀는 작은 동물처럼 쫄랑쫄랑, 보고 있는 주위 사람이 기분 좋아지게끔 쾌활하게 움직였다. 밀리시아가 물이 담긴 목제 컵을 입에 가져다 댔다.

"후우……, 간신히 한숨 돌리겠어요. 긴 여행으로 지쳐 버렸거든요. 그런데, 카임 씨는 술을 즐기시는 거군요?"

"아……, 뭐, 그렇지."

카임은 애매한 대답을 하고서 컵에 든 거품 나는 액체에 시선을 떨어뜨렸다.

실은, 술을 마시는 것은 이번이 처음이다. 흥미가 생겨 시켜 보았지만 컵 안에서 독특한 냄새가 피어올라서 입을 대려니 아주 조금 용기가 필요했다.

'독의 왕'이 된 덕분에, 내 몸은 어떤 강력한 독이라 해도 견딜 수 있어. 술 정도로 어떻게 되리라고는 생각 안 하지만…… 무슨 일이든 다 경험이겠지.'

카임은 뜻을 정하고 컵에 담긴 에일을 단숨에 들이켰다. 보리 향이 나는 쌉싸름한 맛과 함께, 태어나서 처음 몸에 받아들이는 알코올의 풍미가 목 안쪽에서 콧구멍으로 빠져나갔다.

쓰디쓰지만 상쾌한 느낌이 나는 맛. 무어라고도 표현하기 힘들어서…….

"…………응, 나쁘지 않아."

"맛있다"라고 명확히 단언할 수 있을 만큼 맛을 이해한 건 아니지만, 이 상쾌한 목 넘김은 상당히 기분 좋았다. 단숨에 마셔서 목을 축였는데, 금세 두 잔째를 마시고 싶어진다. 기분이 가벼워지기 시작해서 신기한 감각이었다.

"여기, 추가로 술을 주문하겠어. 셋……, 아니, 다섯 잔 정도 가지고 와 줘."

"아, 네에. 지금 갑니다."

식당 안을 분주하게 뛰어다니던 점원에게 추가 주문을 하자, 그다지 기다리지도 않고 추가 에일을 날라왔다.

카임은 테이블에 늘어선 술을 꿀꺽꿀꺽 물이라도 마시는 것처럼 들이켰다.

"와아……, 대단해……."

"카임 경은…… 꽤 술에 강하군."

"응……, 그런 것 같아. 나도 오늘, 처음 알았어."

"처음이라니…… 그런 바보 같은."

렌카가 어이없어서 고개를 내저었지만, 실제로 술을 마시는 것은 처음이었다.

"저기…… 카임 씨, 더 드실 거죠? 술, 추가할까요?"

"그래, 부탁해. 돈은 나중에 줄 테니 대신 내줘."

"아뇨, 상관없어요. 여비와 식사비 정도의 돈은 가지고 있으니까요. 여기서는 제가 지불할 테니, 마음껏 시키세요."

밀리시아가 포근히 감싸는 것 같은 다정한 미소를 지으며 말해왔다. 알코올이 들어가 있기도 해서인지, 카임에게는 그런 그녀의 등 뒤에 천사의 날개 같은 것이 보였다.

'취한다'라는 건 기묘한 감각이로군. 나에게 독의 부류는 통하지 않을 텐데…….'

카임은 머리에 의문을 띄우면서도 거의 쉼 없이 술을 계속 마셨다.

'술은 백약의 으뜸'이라는 말이 있듯이, 적절한 음주와 적절한

양의 알코올은 스트레스 감소나 릴랙스 효과를 가져다준다고
한다.

물론, 과음하면 간의 병을 비롯한 단점이 더 많지만…… 카
임의 경우, 아무리 술을 마셔도 '나쁜 효과'를 발생시키는 일은
없다.

'독의 왕'으로서 지닌 힘이 술이 '약'에서 '독'으로 변한 순간에
중화시키기 때문에, 아무리 다량의 술을 마셔도 알딸딸하게 좋
은 기분을 유지시킬 수 있기 때문이다.

"후훗, 기분이 좋아. 역시 여행을 떠나길 잘했어. 세상은 오늘
도 아름답잖아!"

"어, 어쩐지 무척 기분 좋아 보이시네요, 카임 씨……. 저도
마시고 싶어졌어요."

맛있게 술을 마시는 카임의 모습에, 밀리시아가 테이블에 놓
인 에일을 보았다.

"포도주는 몇 번인가 마신 적이 있지만, 보리로 만든 술은 마
셔본 적이 없죠. 그렇게 맛있다면 마셔볼까요?"

"아가씨, 오늘은 카임 경과 같은 방에 묵는데요? 취한 상황에
서 무슨 짓을 당할지 알 수 없으니 자중하시기 바랍니다!"

"으음……, 조금쯤이라면 괜찮잖아요. 카임 씨에게라면 무슨
짓을 당해도, 저는 신경 안 쓰는데요?"

"저는 신경 쓰입니다! 여태까지 애지중지 키워온 아가씨가,
이런 어디에서 온 말 뼈다귀인지도 모르는 남자에게 더럽혀지
다니…… 참을 수 없습니다!"

렌카가 붕붕 고개를 내저었다. 카임은 완고한 태도의 렌카에게 기가 막혀서 눈썹을 찌푸렸다.

"이거 봐, 술 정돈 마셔도 되잖아. 게다가 저항 못 하는 여자에게 난폭하게 구는 쓰레기 취급을 하면 아무리 그래도 상처받는다고."

"카임 경의 문제가 아니다! 남성과 함께 있을 때 방심하지 않게끔 설교하는 거다!"

"흐음, 귀족 영애라는 건 귀찮구만."

여동생…… 아네트는 좀 더 분방하고 자유로웠던 것 같은데, 역시 순수 아가씨는 다르다는 뜻이리라. 자유롭게 술도 마시지 못하는 것은 참 불쌍하다.

"몸가짐이 곧은 건 좋지만…… 여관에서 정도는 긴장을 풀어. 계속 그런 꼴이면 체력이 못 버틴다고."

"맞아요, 렌카는 너무 걱정이 많아요!"

"아!"

밀리시아가 렌카의 빈틈을 엿보고서, 카임이 마시던 에일을 빼앗아 들었다.

그런 다음 렌카가 말릴 새도 없이 꿀꺽꿀꺽 목을 울리며 마시고는 "후우" 숨을 내쉬었다.

"포도주하고는 꽤 풍미가 다르네요. 게다가…… 어쩐지 무척이나 몸이 뜨거워지기 시작했어요. 포도주보다도 알코올 도수가 센 걸까요?"

"이거 봐……, 그건 내가 마시던 건데?"

"뭐 어때요. 부족하면 추가로 주문할게요."

"……뭐 돈을 내는 그쪽이 신경 쓰지 않는다면 별로 상관없지만."

어째서 손을 대지 않은 에일이 있는데, 일부러 남자가 입에 댄 것을 잡는 것일까? 카임은 신기하게 생각해 고개를 갸웃거리면서, 새 에일에 손을 뻗었다.

"아가씨…… 이 무슨 경박한 행동을…….'"

"렌카도 마시면 어때요? 보기보다도 상쾌하고 맛있는데요?"

"……필요 없습니다. 저는 성실한 호위니까요."

당당하게 음주를 하던 카임을 향한 비아냥인지, 렌카는 '성실'이라는 부분을 강조하고는 토라진 듯한 표정으로 물을 홀짝홀짝 마셨다.

이윽고 여관 점원이 요리를 날라왔다. 그 무렵에는 카임이 마셔서 텅 빈 컵이 대량으로 테이블에 놓여있었다.

"이봐……. 저 남자, 봐봐."

"엄청난 말술이로군……. 마치 술고래 같잖아."

나무통 한 개 분량에 다다를 술을 마신 카임에게 다른 손님의 시선도 모여들었다. 일찍이 없을 수준의 주당이 등장하자 기막힘과 칭찬의 목소리가 올랐다.

"이봐! 꽤 들떴구만!"

하지만 괜히 눈에 띄자 좋지 않은 인간의 시선도 끌고 만 모양이다. 떨어진 곳에 앉아 있던 삼인조 남자가 카임 일행의 테이블까지 다가왔다.

"이런 미녀를 데리고 있는 주제에 술에 푹 빠지는 거냐! 영 못 쓰겠구만!"

"힛힛힛! 이거 취한 틈에 누가 여자를 들고 가도 불평은 못 하겠지!"

"……네놈들은 누구냐?"

렌카가 서슴없이 무례하게 찾아온 남자들을 노려보았다.

삼인조 남자들── 그중에서도 가장 덩치 큰 대머리 남자가 테이블을 두드려 "쾅!" 소리를 냈다.

"애송이가 여자를 둘이나 데리고 오다니 건방지다고! 술이 아니라 엄마 젖이라도 먹는 게 더 어울려! 아하하하하하하핫!"

"…………."

기분 좋게 취했던 참에 나타난 난입자. 카임은 곁눈질로 번뜩 남자들을 째려보고서 말없이 노기를 드러냈다.

그런 카임의 모습을 깨닫지 못한 채, 남자들은 "아하하하" 하고 웃었다.

"이봐, 누나들! 이런 술주정뱅이는 내버려 두고서, 우리 테이블로 오라고! 듬뿍 즐겁게 해줄게."

"맞아, 맞아! 식사 후에는 우리 방에서 쉬면 돼. 푹 쉴 수 있을지는 모르겠지만! 핫핫핫!"

"천국으로 데리고 가줄게. 돌아올 수 있다는 보증은 없지만!"

"……상놈이."

귀에 거슬리는 남자들의 말을 듣고서, 렌카는 곧 그들의 목적을 깨달았다. 남자들은 밀리시아와 렌카…… 미모의 여성 둘의 색향에 홀려 무모하게도 헌팅을 하러 온 것이리라.

남자들 또한 술을 마신 모양인지 얼굴이 붉게 물들어 있다. 전형적인 술주정뱅이였다.

"미안하지만…… 네놈들의 권유를 받아들일 만큼, 나도 아가씨도 싸구려는 아니야. 냉큼 꺼져라."

"기가 센 누나로구마안! 이런 여자를 울리는 것도 기분 좋지!"

"네놈, 무례한……!"

"짜증 난다. 꺼져라."

렌카가 화내며 일어서기도 전에 카임이 폭언을 내뱉었다.

"남이 모처럼 기분 좋게 술을 마시고 있으니 방해하지 마라. 아니, 그냥 죽어라. 대머리가 쳐져서 산산조각이 나라. 너희 같은 쓰레기는 뿔뿔이 흩어져 밭의 비료로 삼는 것밖에 이용 가치가 없다고. 아니면 가축 축사의 똥투성이 땅으로 돌아가라. 두 번 다시 돌아오지 마."

평소라면 좀 더 온건하게 대응하겠지만…… 술이 들어가기도 해서 카임은 가차 없는 말을 쏟아부었다.

너무나 심한 폭언에 남자들이 입을 떡 벌렸지만, 말에 담긴 의미를 이해한 것인지 분노로 표정을 일그러뜨렸다.

"네, 네놈…… 우리가 누구라고 생각하는 거냐! 우리는 제국에서 모르는 자가 없는 일류 모험가, '용살자' 자하룸 님이라고?!"

대머리 남자가 카임의 바로 옆에 서서 불끈불끈한 근육을 보여주며 자신이 얼마나 강한지 어필했다. 하지만 제국인인 밀리시아와 렌카는 얼굴을 마주 보면서 고개를 갸웃거렸다.

"자하룸이라는 모험가는 들어본 적이 없는데요……. 렌카, 알고 있나요?"

"모릅니다. '용살자'라니 거창한 이름입니다만 정말로 유명할까요?"

"……둘은 모르는 모양인데. 자칭 '용살자(웃음)' 자하룸 님."

"너, 네놈……!"

카임이 부추기듯이 말하자, 자하룸이라고 이름을 댄 남자는 근육을 과시하는 포즈를 취한 채 씰룩씰룩 머리에 솟은 혈관을 떨었다. 분노의 불꽃을 태우며 폭발 직전이 된 자하룸에게, 카임은 더욱더 기름을 쏟아부었다.

"요컨대…… 그거구나. 이 녀석들은 제국에서 모험가 생활을 했지만, 제대로 된 성과를 내지도 못하고 제이드 왕국으로 흘러들어온 거야. 그걸로 모자라서 '용살자(폭소)'라고 허세를 부리며 여관 식당에서 여자를 꼬드기려고 하는 거군. 너무 촌스러워서 눈물이 날 것 같아."

"윽……, 큭……, 이, 이게……!"

노골적인 평가를 받고서 자하룸이 대머리를 새빨갛게 물들였다. 물론, 술이 아니라 분노가 원인이었다.

"애송이가…… 이제 용서하지 않겠다! 쳐 죽여주마!"

자하룸이 마침내 분노를 폭발시키며 카임을 향해 덤벼들었다. 그 주먹은 그 나름대로 빨랐고, 커다란 체격에 의한 무게도 있었다. 마력에 의한 신체 강화 역시 실려 있었다.

아무래도 공격에 마력을 실을 만큼은 숙련도 있는 모험가인 모양이었다. 자하룸이 내지른 주먹의 타격이 카임의 머리 부분에 명중해…… 우드득 뼈가 부서지는 소리가 울렸다.

"히익……?!"

"와앗?!"

주위의 테이블에서 이쪽을 보던 손님이 숨을 삼켰다. 누구나 카임의 머리 부분이 무참하게 부서지리라 예감했고, 때린 장본인도 히죽 회심의 웃음을 띠었다.

"흥! 피라미가……. 앗, 아야아아아아아아아아아아아아아아앗?!"

하지만 자하룸이 격통으로 얼굴을 일그러뜨리며 몸부림쳤다. 바닥에 굴러다니며 악을 써대는 자하룸의 모습에 수하 두 사람이 당황해서 달려갔다.

"잠깐……, 자하룸 씨?!"

"왜 구르는 겁니까……. 아니, 손가락이 부러졌잖습니까!"

수하가 목격한 것은 주먹이 무참히 부서져서 꺾인 자하룸의 손가락이었다.

"뭐, 뭐냐아아아아아아아아아?! 어째서 내 주먹이 부서진 거냐고오오오오오?!"

"핫! 피라미가. 싱겁구만!"

카임이 의자에서 다리를 꼰 채 비웃었다.

밀리시아가 어깨를 들썩이며 웃는 카임에게 머뭇머뭇 물었다.

"저기…… 카임 씨, 뭘 하신 건가요?"

"딱히 아무것도 하지 않았어. 보시다시피 앉아 있었을 뿐이야."

실제로 카임은 딱히 아무것도 하지 않았다.

투귀신류를 수행한 인간은 압축 마력을 두름으로써 강철에 가까운 방어력을 얻을 수가 있다. 카임은 상대의 타격에 맞춰서 마력을 집중시켜 머리 부분을 강화했을 뿐이었다.

자하룸이 한 행위는 무방비한 맨손으로 강철을 후려친 것이나 마찬가지. 주먹이 부서지고 만 것도 자연스러웠다.

"이 정도 상대라면…… 새끼손가락 하나로도 충분하겠군."

"히익?!"

카임은 부서진 팔을 안고서 몸부림치는 남자에게 새끼손가락 끝을 쑥 내밀었다. 마찬가지로 압축 마력으로 강화된 손가락이 아이스픽처럼 대머리 남자의 왼쪽 가슴에 꽂혔다.

"알겠나……? 내 손가락은 지금, 네 심장에 닿아 있어."

"힉……!"

"앞으로 1cm, 이 손가락을 밀어 넣으면 네 심장은 파열되겠지. 애송이라고 부른 상대에게 목숨을 붙들리는 건 어떤 기분인지 가르쳐줘."

평소라면 카임도 이렇게까지 상대를 농락하지는 않는다. 하지만…… 알코올에 의한 고양감. 일행인 여성에게 손을 댄 초조함으로 평소보다 과격해졌다.

"요, 용서해줘……. 내가 잘못했으니까……!"

"그래, 알겠어."

"어……?"

상대가 목숨을 구걸하자 카임은 선뜻 가슴에 찌른 손가락을 뺐다. 상처에서는 거의 피가 나지 않았다. 작은 흔적이 생겼을 뿐, 아까 있었던 일이 환상이었던 것처럼 통증도 없었다.

"술자리에서 생긴 일이니까 봐줄게. 다만…… 이 이상 내 일행에게 손을 댄다면 그에 상응하는 각오를 해줘야겠지?"

"나, 나도 알아! 미안하다니까! 이제 안 해, 절대로!"

자하룸은 수하를 데리고서 재빠르게 도망쳤다. 잔챙이 기질을 선보이는 남자들을 보지도 않고, 카임은 벌컥벌컥 에일을 들이켰다.

"카임 씨……, 또 도움을 받았네요! 저, 감격했어요!"

"……감사 인사는 안 하겠다. 저런 양아치는 나라도 쫓아낼 수 있었으니까."

밀리시아가 화사한 표정으로 양손을 맞댔고, 렌카가 입술을 삐죽이며 팔짱을 꼈다.

카임은 아무것도 아닌 일이라는 듯이 어깨를 으쓱이며 컵을 테이블 위에 놓았다.

"감사 인사는 필요 없어. 술맛이 떨어뜨리는 불순물을 제거했을 뿐이야. 그보다도…… 추가로 에일을 시켜도 상관없나?"

"네, 카임 씨가 원하는 만큼 드세요. 지불은 제가 할 테니까요!"

밀리시아가 점원 소녀를 불러서 추가로 에일을 주문한 뒤, 빈틈을 찾았다는 양 카임이 마시던 에일을 잽싸게 빼앗아 입에 가져다 댔다.

결국, 카임은 그 후로 스무 잔 이상이나 에일 컵을 비웠고, 터무니없는 주당 기질을 발휘하며 식사를 마쳤다.

○　○　○

"후우, 만족, 만족. 그게 술맛인가……. 술독에 빠져서 인생을 망치는 인간이 뒤를 끊이지 않는 것도 지당해. 참을 수 없는 맛이었어."

"정말로 술이 세시군요. 그런 점도 멋져요."

"어이가 없군……. 마신 술 양이 명백히 위장의 크기를 넘어섰을 텐데."

기분 좋은 카임의 모습에, 밀리시아가 어째서인지 기쁘게 들뜬 목소리를 냈고, 렌카가 어이없다는 듯이 어깨를 늘어뜨렸다. 식사를 마친 세 사람은 여관 2층에 있는 방에 돌아왔다. 카임은 그대로 바닥에 뒹굴 쓰러져 모포를 뒤집어쓰고 벌러덩 누웠다.

"그럼…… 난 이대로 자보실까."

"아, 그 전에 내일 예정에 대해서 말인데요……. 배 티켓을 끊고, 출항 시간까지는 마을을 둘러보는 건 어떨까요?"

밀리시아의 말을 듣고 카임은 바닥에 뒹구는 상태로 수긍했다.

"문제없어. 그런데…… 배 티켓은 바로 끊을 수 있는 건가?"

"티켓 자체는 바로 끊을 수 있지만…… 정기선은 행상인으로 예약이 꽉 차 있을 가능성이 크다."

카임의 의문에 렌카가 주인 대신 설명했다.

"실제로 강 건너편으로 건너갈 수 있는 건 며칠 후가 될 거야. 그때까지, 한동안 여관에서 지내야 하겠지."

"나는 별로 상관없어. 여긴 처음 방문하는 마을이니까 느긋하게 관광도 하고 싶고, 다급한 여행인 것도 아니니까."

아버지── 케빈 하르스베르크가 카임을 범죄자로 고발해 이 마을까지 수배가 돌기 전엔, 아직 한동안은 시간에 여유가 있을 것이다.

그건 그렇다 치고, 카임은 문득 신경 쓰이는 점을 밀리시아에게 물었다.

"그런데…… 밀리시아. 너, 아까부터 몹시 얼굴이 빨간 거 아닌가?"

"어……, 얼굴 말인가요?"

지적받은 밀리시아가 양손을 뺨에 댔다.

램프 불빛에 비친 밀리시아는 얼굴이 발갛게 장밋빛으로 물들었다. 원래 피부가 하얀 만큼 피부의 변화를 뚜렷하게 알게 되고 만다. 명백히 식사 전보다도 피부가 붉어졌다.

"그러고 보니, 아까 전부터 몸이 뜨거운 것 같은데…… 술에 취해버린 걸까요?"

"내가 마시던 걸 조금 마셨을 뿐이잖아? 취할 만큼 술을 입에 대지는 않았던 것 같은데…… 알코올에 약한 체질인 건가?"

"그렇지는…… 않은 것 같은데요. 강한 건 아니지만, 파티 같은 자리에서는 몇 번인가 마신 적이 있고요."

밀리시아가 파닥파닥 손으로 얼굴을 부채질했다. 카임에게 지적받아서 몸의 열기를 자각해 버린 것이리라. 렌카가 방 창문을 열고서 바깥 공기를 넣었다.

"역시 에일이 몸에 안 맞았던 건 아닐까요? 아가씨께서 여태까지 드신 술은 질 좋은 포도주 등이었으니, 아랫것들의 술을 몸이 받아들이지 않았던 게 아닐지?"

"그 '아랫것들의 술'을 배 터지게 마신 내 앞에서 잘도 떠드는군. 잡맛도 없었고, 육체에 해가 될만한 성분은 없었던 것 같은데."

보리로 만든 에일은 귀족이 즐기는 와인 등과 비교하면 품성이 떨어질지도 모른다. 하지만 결코 우습게 여길 맛은 아니었다고 단언할 수 있다.

"익숙지 않은 술이라 취했을 뿐이겠지. 기분이 안 좋다면 어서 누우라고."

"그렇군요……. 카임 님의 호의에 기대서, 그렇게 할게요……. 영차."

"아니……?!"

밀리시아가 갑자기 드레스를 벗기 시작했다. 레이스 천으로 된 하얀 속옷이 드러나고, 형태 좋은 가슴이 카임의 눈앞에 나타났다.

"잠깐……, 아가씨?!"

렌카가 당황해서 바닥에 떨어진 드레스를 줍고는 주인의 피부를 가리려고 했다.

"왜 그러시죠, 렌카?"

"그런 말씀이 나오십니까?! 남자 앞에서 옷을 벗다니, 무슨 생각을 하시는 겁니까?!"

"남자라니…… 괜찮잖아요. 카임 씨밖에 없으니까요."

밀리시아가 술로 빨개진 얼굴로 배시시 웃었다.

"카임 님이라면, 몸을 보여도 신경 안 써요. 오히려 봐주셨으면 할 지경이에요. 카임 님을 무척 신뢰하고 있으니까요."

"시, 신뢰라니…… 그거랑 이건, 사정이 다르잖습니까!"

"자, 렌카도 잠옷으로 갈아입어요. 제가 도와드릴게요."

"아니! 잠깐, 아가씨! 그만 하세요!"

밀리시아가 렌카의 옷을 붙잡고서 꾹꾹 잡아당기며 벗기려고 했다. 완전한 성추행이었다. 이미 술주정뱅이로밖에 보이지 않았다.

"평소에 저를 섬겨주는 답례예요. 얌전하게 벗어주세요."

"잠깐……, 그렇게 잡아당기지 마십시오! 패, 팬티를 벗기는 건 아무래도……!"

"아아……."

카임은 눈앞에서 펼쳐지는 추태에 거북하다는 듯이 얼굴을 굳혔다.

"즐기는 와중에 미안하지만…… 난 나가는 편이 좋을까?"

"…………!"

렌카가 몸을 튕기듯이 카임 쪽을 보고서 왈칵 분노의 표정을 지었다.

"냉큼 나가! 이 발칙한 놈!"

"……알았어."

목소리에 떠밀리듯이 카임은 방에서 나갔다.

문 너머로 새된 목소리와 옷이 스치는 소리가 들려왔다.

"······이것 참. 소란스러운 밤이로군."

카임은 복도 벽에 기대서 살짝 한숨을 쉬었다.

밀리시아와 렌카가 잠옷으로 갈아입기를 기다린 후, 그날은 바로 취침하게 되었다.

두 사람이 침대에 나란히 누워 자고, 카임은 바닥에 모포를 뒤집어쓰고 누웠다.

"쌔액······쌔액······."

"쿠울······, 음냐음냐."

"······잠들 수가 없잖아. 이 상황은 뭐냐고."

물론 의식하고 한 일은 아니겠지만······ 여성의 숨결이란 것은 어째서 이렇게나 매혹적으로 들리는 것일까?

살짝 시선을 움직이면 얇은 잠옷을 입고 자는 그녀들의 모습을 볼 수 있다. 도저히 잠들 수 있는 상황은 아니었다.

"젠장······, 이 심장의 두근거림은 뭐냐······!"

두 사람하고는 여기까지 여행을 해왔는데도······. 물론, 야영 때는 각자의 텐트에서 쉬었다. 같은 공간에서 자는 것은 처음 있는 일이다.

"쌔액······쌔액······."

카임이 꼼지락꼼지락 거북하다는 듯이 몸을 뒤척였지만, 밀리시아도 렌카도 눈을 뜰 기색은 없었다. 역시 긴 여행으로 지친 것이리라.

처음에는 카임을 경계하던 기색인 렌카조차 불을 끄고서 10분도 지나지 않은 사이에 고른 숨소리를 냈으니, 어지간히 피곤했던 것이 틀림없다.

'그럴 만도 하지. 여자……, 그것도 한쪽은 귀족 영애야. 도중에 동료를 잃고 도적에게 붙잡혀서 편히 잠들지도 못했겠지.'

생각해 보면 기구한 운명이다. 며칠 전까지 '저주받은 아이'로서의 생활에 절망하고 인생을 포기하던 카임이 제국 귀족으로 추정되는 미소녀와 함께 여행하고 있다니.

일이 이렇게 될 줄은, 숲의 낡은 오두막에서 살던 시절에는 상상도 못 했다.

"사라져라, 잡념아……. 여행의 동행자에게 실례잖아."

카임은 강철의 의지로 여성 두 사람에게서 등을 돌리고 어떻게든 잠의 세계로 여행을 떠나려 했다.

눈을 꽉 감고서, 머릿속에서 "오크가 한 마리, 오크가 두 마리……"라고 세기를 십여 분. 간신히 수마가 덮쳐와 카임의 의식이 흐릿해졌다.

"……………………………………………?"

카임은 그대로 꿈의 세계로 여행을 떠나려 했지만, 문득 느껴지는 감각이 있어서 눈꺼풀을 떴다.

"아……, 깨어 버리셨군요. 카임 씨."

"어……?"

그리고 눈앞에 있는 예상 밖의 광경에 얼빠진 목소리를 흘렸다.

"우후후……, 카임 씨의 잠든 얼굴, 무척이나 귀여웠어요……. 강하고 멋지고, 덤으로 귀엽다니 반칙이에요."

어느샌가 카임의 눈앞에 한 여성이 있었다. 금색 머리카락, 푸른 눈동자. 창에서 비쳐든 달빛에 두드러진 형태는…… 여행의 동행자인 밀리시아였다.

"?!"

"우후훗."

요염한 미소를 띤 밀리시아가 잠옷을 흐트러뜨리고 가슴께를 드러낸 차림새로 카임의 몸에 올라타 있었다.

"잠깐……, 저기…… 어, 꿈인가?"

드물게 혼란에 빠진 카임은 이상 사태를 그렇게 결론 지었지만…… 하반신에 느껴지는 무게, 부드러운 살결의 감촉은 틀림없는 진짜였다.

"꿈이 아니야?! 뭐 하는 거야, 밀리시아?!"

카임은 반라의 모습으로 자신 위에 올라탄 밀리시아에게 거품을 물듯이 외쳤다.

"뭘 어떻게 하면 이런 전개가 되는 건데?! 색녀냐, 너는?!"

"카임 씨가 나빠요. 저는, 정말로 이런 음란한 여자가 아니니까요……."

"뭐어?!"

"저를 이렇게 푹 빠지게 만들다니…… 책임을 져주세요."

"…………?!"

도적에게서 구출한 이래, 카임은 밀리시아의 행동이나 태도에서 자신을 향한 호의를 느끼고 있었다. 하지만…… 아무리 뭐라 해도, 이렇게 밤중에 덮쳐질 일을 당할 만한 기억은 없었다.

'게다가…… 이 눈은 뭐지……?'

카임은 깨달았다. 밀리시아는 눈동자를 뜨겁게 적시고 있는데, 거기에는 미칠 만큼 격렬한 정욕의 빛이 떠올라 있었다. 그 눈동자는 전에도 본 기억이 있었다. 도적이 근거지로 삼았던 동굴에서 미약을 먹었을 때와 똑같은 눈이었다.

"설마…… 약의 후유증인가?! 이제 와서, 금단 증상이라도 나왔다고?!"

대마를 비롯한 일부 약물에는 복용 후 시간이 지나고 나서 금단 증상이 나타나는 것이 있다. 여태까지 그런 기색은 없었는데, 밀리시아가 먹었던 미약 또한 강력한 의존성이나 후유증이 있는 것일지도 모른다.

"아, 아가씨?! 뭘 하시는 겁니까?!"

카임의 외침을 듣고서 침대에서 잠자던 렌카도 깨어난 모양이었다.

렌카는 카임 위에 올라탄 채 매력적으로 웃고 있는 밀리시아의 모습을 보고, 쏴 죽일 것처럼 눈동자를 험악하게 치켜올렸다.

"네놈…… 아가씨께 무슨 짓을 했지?! 아가씨께 손을 대고서 그냥 넘어갈 줄 안 거냐?!"

"아니, 아니, 아니, 아니! 잘 보라고, 덮쳐진 건 이쪽이야!"

"에잇, 아가씨께서 남자를 덮치는 음란한 짓을 하실 리가 없다! 이건 네놈 잘못이야, 네놈 잘못일 게 뻔해! 그래야만 하는 거다!"

"우와……, 너무해……!"

어째서 이런 상황에서는 남자가 악당이 되어야만 하는 것일까? 카임은 세상의 부조리를 느꼈지만, 그래도 렌카에게 도움을 청했다.

"알았어, 사정은 제대로 설명할 테니까…… 일단, 네 주인을 떼어놔 줘! 이대로 내버려 두면 당장이라도 허리를 흔들기 시작할걸?!"

"큭……, 우선은 아가씨의 안전 확보가 먼저인가! 어쩔 수 없지……. 발칙한 놈의 처단은 뒷일이다!"

"앙?!"

렌카가 뒤에서 밀리시아의 겨드랑이 사이에 팔을 끼워 넣고 카임에게서 떼어내려고 했다. 하지만 밀리시아가 버둥버둥 저항해서 좀처럼 잘되지 않았다.

"아가씨, 빨리 떨어지세요! 더럽혀지고 말 거라고요!!"

"아앙, 방해하지 마세요! 저는 카임 님에게 책임을 지게 할 거예요!"

"무슨 바보 같은 말씀을……! 아가씨의 정조를 이런 만난 지 얼마 안 되는 남자에게 빼앗기다니, 그런 일이 있어도 될 리……."

"정말, 방해만 하다니! 주인의 명령을 듣지 않는 나쁜 기사에게는 벌을 주겠어요!"

"으으윽?!"

날뛰는 밀리시아가 예상 밖의 행동에 나섰다. 자신의 겨드랑이 사이에 팔을 끼워 넣은 렌카에게 키스를 해 온 것이었다.

"아, 아가씨…… 으읍?!"

"우후후후……."

찰싹찰싹 물소리를 울리며, 두 미녀가 혀를 휘감으며 농밀한 입맞춤을 나눴다.

카임의 이해를 뛰어넘은 광경이었다. 무슨 일이 일어나는지 모르겠다. 모르겠지만…… 그것이 음란한 행위라는 사실은 이해할 수 있었다.

"뭐, 뭐지, 이 지나치게 야한 상황은……? 역시 꿈 아닌가……?"

카임은 눈앞에서 펼쳐지는 행위에 얼굴을 굳히면서도 빠져들었다.

음란하고 퇴폐적인 광경을 앞에 두고, 저도 모르게 '꿀꺽' 마른침을 삼키고 말았다.

카임은 너무나도 혼란스러운 상황에 자신이 음란한 꿈속에 있는 것은 아닐까 하고 의심하고 말았지만…… 진정으로 혼돈의 소용돌이에 던져지는 것은 지금부터였다.

"으읍……. 뭐, 뭐지?! 몸이 따끈따끈해서 이상한 기분이……, 크윽?!"

렌카가 갑자기 높은 교성을 질렀다.

아까 전까지 분노에 지배당했던 눈동자가 순식간에 핑크색으로 물들어, 밀리시아의 눈과 조금도 다르지 않은 눈빛이 되어 갔다.

"큭, 죽여라! 잘도 나한테까지 이런 발칙한 짓을 하다니……!"

"너, 너까지 어떻게 된 거야?! 뭔가 감염된 건가?!"

"제, 기랄……. 나 정도 되는 자가 이런 음란한 감정에 질 수는……. 지지, 질 수는……, 크으으으윽!"

렌카는 양팔로 자신의 몸을 끌어안으며 몸부림쳤지만…… 이윽고 어깨를 추욱 늘어뜨렸다.

"……졌다!"

"진 거냐고!!"

"이렇게 됐으니 좋을 대로 해라! 나를 힘으로 넘어뜨리는 거다! 하지만…… 잊지 마라. 설령 몸은 네 뜻대로 할 수 있어도, 마음까지는 빼앗을 수 없다! 자, 범해라! 순순히 나를 굴복시키는 거다!"

"'순순히 굴복시킨다'라는 게 무슨 뜻인지 모르겠는데?! 어째서 내가 가해자 취급을 받는 거냐고. 진짜로 어떻게 된 건데?!"

음란한 욕구에 패배한 듯한 렌카까지도 호쾌하게 잠옷을 벗어던지고서 속옷 차림이 되었다. 밀리시아와 같이 카임에게 다가와서, 육식 짐승처럼 두 눈을 형형하게 반짝이며 밀착했다.

"네놈이 잘못했다. 어째서인지는 모르겠지만…… 네놈이 잘못한 거다! 책임을 쳐줘야겠어!"

"그 말이 맞아요. 카임 씨가 잘못했다고요……. 그렇게 됐으니, 책임을 지고 저희를 마음대로 해주세요."

"어떻게 된 건데?! 아니, 이건 정말로 약의 후유증인가?!"

밀착해오는 두 사람의 나신. 피부에 닿는 부드러운 가슴. 카임은 오싹오싹 돋는 닭살과 함께 등줄기를 떨며 도망칠 길을 찾았다. 진심으로 저항하면 떨쳐낼 수 있기는 하지만…… 여성을 거칠게 대할 수도 없었다.

"우후후……, 카임 씨가 동요하고 있어요. 참 귀엽기도 하시지."

밀리시아가 카임의 손을 잡고 자신의 가슴으로 이끌었다.

렌카보다 작기는 하지만 형태 좋은 가슴을 강제적으로 주무르게 됐다. 부드러운 살덩이의 감촉과 명확한 무게. 손바닥에 닿는 단단한 감촉은 설마 돌기인 것일까?

"나를 이렇게 만들다니…… 그냥 넘어가게 두진 않겠다!"

렌카가 카임의 반대쪽 팔을 자신의 다리 사이로 잡아당겼다. 여성에게 가장 중요한 장소를 건드려, 손가락에 질척하고 축축한 감촉을 맛보게 되었다.

'이게 여자의 감촉인가……. 이렇게나 부드럽고, 감미로운 건가……?!'

안쪽에서 정체불명의 열기가 치밀어오른다. 태어나서 처음 맛보는 격렬한 충동. 참기 힘든 리비도에 뇌 안을 침략당해서, 어느샌가 카임의 목은 바짝바짝 말라 있었다.

'목이……, 물…….'

"카임 씨……."

입술에 닿는 부드러운 감촉이 난다. 밀리시아가 키스를 해온 것이었다.

혀가 입 안에 침입해오자 달콤새콤한 타액의 맛에 머리가 새하얘졌다.

"…………!"

카임 안에서 무언가가 뚝 끊어지는 소리가 났다. 이미 참을 마음도 들지 않아서, 카임은 밀리시아를 끌어안았다.

카임은 타고난 무인이다.

나이가 어려 실전 경험이 빈약하긴 하지만, 무술가로서의 잠재능력은 아버지인 하르스베르크도 능가한다. 그야말로 기린아라 불리기에 어울리는 재능. 조만간 불세출의 강자로서 이름을 떨치게 되리라.

"원하는 대로 안아주지……. 나를 진심으로 만든 걸 후회하지 마라?"

"아……!"

아무리 기습을 당해 허둥댔다고는 해도…… 탁월한 전사인 카임이 여성을 상대로 오로지 방어만을 강요당할 리는 없다.

밀리시아를 안을 각오를 다진 카임은 그 자리에서 자세를 바꿔, 밀리시아를 바닥에 깔아 눕혔다. 자신의 겉옷을 벗어던져서 상반신을 헐벗고 밀리시아의 몸으로 손을 뻗었다.

"앙!"

밀리시아의 잠옷을 힘껏 잡아 뜯어, 넝마가 된 질 좋은 천을 던져버렸다.

"정말, 카임 님도 참…… 이 네글리제, 아끼는 거였는데요?"

"알게 뭐냐. 그런 것보다…… 그쪽도 어서 벗으라고."

"싫어, 안 돼요오! 아앙!"

귀여운 항의를 무시하고서 이번에는 속옷을 억지로 벗겼다. 우왕좌왕하는 사이에 밀리시아가 실오라기 한 올도 걸치지 않은 알몸이 되어 바닥 위에 눕혀졌다.

"아, 아가씨. 어찌 이런 가련한 모습을……."

"입 다물어, 렌카."

종자인 렌카가 깜짝 놀란 표정을 지었지만, 카임은 차가운 말을 내던졌다.

"너도 곧 안아주지. 거기에서 자기 아가씨가 여자가 되는 모습을 견학하고 있어."

"…………!"

렌카가 뻐끔뻐끔 입을 달싹이며 항의하려고 했지만…… 결국 아무 말도 입 밖에 내지 않고서 털퍼덕 주저앉았다. 치켜 올라간 눈동자가 형형히 빛나고 있었다. 어쩐지, 이 상황에 흥분하고 있는 것처럼 보이기도 했다.

'밀리시아를 범하는 모습에 욕정이라도 하는 건지, 그게 아니면 난폭하게 취급받는 걸 기뻐하는 건지……. 어느 쪽이든 제정신은 아니로군.'

카임은 속으로 비웃으면서, 우선은 밀리시아의 몸을 맛보고자 손을 뻗었다.

형태 좋은 가슴을 만지고, 다섯 손가락을 파고들게 해서 움켜쥐었다.

"아앙……."

밀리시아의 입에서 콧소리 섞인 목소리가 흘러나왔다.

싫어하는 기색은 없었다. 유혹해온 것이 밀리시아 쪽이니까 당연하다.

"으……."

부드럽다. 터무니없이.

여성의 가슴을 만진 것은 처음이 아니다. 아까도 밀리시아에게 손을 이끌려서 만졌고, 메이드인 티는 틈만 나면 자신의 가슴을 밀어붙여 왔다.

하지만 자신의 의지로 확실히 가슴을 만진 것은 처음 있는 일이었다. 손가락이 파고들어 탄력에 밀려 나오는 감촉은 놀랄 정도로 기분 좋다.

'이게 여자의 몸……, 여자의 가슴인가. 과연, 빠져들어서 인생을 망치는 놈이 있는 것도 수긍이 가.'

동서고금. 여성 관계로 신세를 망치고 파멸하고 마는 인간은 많다. 옛날이야기나 그림 동화, 가십 등의 소문 이야기에서도 지천으로 널렸다.

카임은 그런 인간의 이야기를 들을 때마다 어린 마음에 '바보 같은 놈이다'라고 생각했다. 자신이라면 그렇게는 되지 않을 텐데…… 라고도 생각했었다.

하지만 실제로 여성의 몸을 맛보자, 이것 때문에 파멸하고 마는 인간이 있는 것도 이해하고 말았다. 그만큼 움켜쥔 가슴의 감촉이 기분 좋았다.

'아니, 괜찮은 거냐고. 아직 입구 중의 입구. 시작하지도 않았는데……?'

"아, 응! ……왜 그러시나요, 카임 님?"

"……아니, 아무것도 아니야."

가슴을 주무르면서 심각한 표정을 짓는 카임을 향해 밀리시아가 신기하다는 듯이 물었다.

카임은 고개를 옆으로 내저으며 행위를 다시 시작했다.

"앗, 응…… 하응!"

부드러운 가슴을 쓰다듬고, 주무르고, 끝부분을 꽉 꼬집으며 잡아당겼다. 악기를 연주하듯 밀리시아의 몸을 터치해서 달콤한 신음을 끌어냈다.

기왕 시작한 일은 철저히 한다. 이미 멈출 생각은 없다. 설령 이것이 파멸의 입구라고 해도, 밀리시아를 안는 것을 포기할 생각은 없었다.

"아앗, 거긴……."

"거긴…… 무슨 문제라도 있는 건가?"

"문제는……, 아앙!"

카임은 왼손으로 밀리시아의 가슴을 괴롭히면서, 느릿하게 오른손을 미끄러뜨려 아래로 향했다.

배를 쓰다듬고, 가볍게 배꼽을 간지럽힌 뒤 도착한 곳은 양다리가 붙은 가랑이. 여성에게 무엇보다도 중요한 부분이다.

"앗, 아아아……. 카임 님, 거기, 거기는 야해요……."

"뭘 부끄러워하는 건데. 남자 위에 올라타 놓고서 새삼스럽잖아."

"하, 하지만…… 거기를 만지면 욱신거리고 진정되질 않아서……, 햐으응!"

조신하게 닫힌 틈을 손가락으로 비틀어 열고서 투명한 점액을 긁어냈다.

가슴을 만졌을 때보다도 밀리시아의 반응이 현저해졌다. 역시 여기는 여성에게 급소인 것이리라.

카임은 서서히 손가락의 움직임을 빠르게 해 더욱더 밀리시아를 괴롭혔다.

"앗, 응, 아흐읏……. 이런 감각은 처음이에요. 머리가 멍해져서…… 아, 아아앗, 으아아아아아아아아아아앗?!"

"어……?"

밀리시아가 카임의 팔을 붙잡고 움찔움찔 크게 몸을 튕기나 싶더니…… 그대로 몸을 늘어뜨리며 가버리고 말았다.

"혹시, 이게 절정이라는 건가……. 나쁘지 않아."

처음 여자를 절정에 이르게 했다. 그 사실이 카임의 가슴을 채워 나갔다.

남자로서의 면모. 자랑스러움과 닮은 만족감이 샘솟아 올랐다.

"하아, 하아, 하아……."

"그럼…… 슬슬 범할까."

밀리시아의 체액으로 젖은 손가락을 할짝 핥고서, 카임은 입매에 흉포한 웃음을 띠었다.

이제 에피타이저는 충분히 맛보았다. 전희는 끝. 슬슬 메인 디시를 즐기도록 하자. 카임은 바지를 벗고서, 밀리시아를 본격적으로 범하려고 했다.

"응……?"

하지만 옆에서 다른 이가 그 팔을 꽉꽉 잡아당겼다.

"카, 카임 경……."

팔을 당기고 있는 이는 옆에서 견학하던 렌카였다. 설마 이제 와서 말릴 셈인가 하고 카임이 눈썹을 찌푸렸지만…… 그것은 커다란 착각이었다.

"부, 부탁한다……. 나에게도 해줘. 이제 기다리는 것도 한계 다……!"

속옷 차림으로 바닥에 주저앉아 밀리시아의 추태를 견학하던 렌카는…… 욕정에 물든 눈동자 한가득 눈물을 머금고 있었다.

찬찬히 보니, 렌카의 속옷은 흠뻑 젖은 상태였다.

"혹시…… 스스로 만진 건가?"

"…………."

카임의 물음에 렌카가 부끄럽다는 듯이 눈을 내리깔았다.

자신이 섬기는 주인이 범해지는 장면을 요깃거리 삼아서 자위 행위라니…… 이미, 그 누구도 렌카를 고결한 여기사라고는 부를 수 없으리라.

"나, 나도 알아. 나도 안다고……. 하지만, 나는 이 음란한 정욕을 억누를 수 없어. 부탁한다, 카임 경……. 나를 엉망진창으로 만들어줘! 이 음란하고 못된 기사에게 벌을 내려줘!"

"벌이라……. 별로 상관없지만."

카임은 곁눈질로 밀리시아를 내려다보고서 어깨를 으쓱였다.

밀리시아는 가 버렸다. 잠시 쉬게 해주는 편이 좋으리라.

"주인이 쉬는 사이, 네가 계속 이어준다는 건가. 대단한 충신 이잖아."

"으윽……."

카임이 비아냥거리자 렌카는 거북하다는 듯이 어깨를 늘어뜨렸지만, 그래도 조르기를 철회하지 않고 근처의 벽에 손을 대고서 카임에게 엉덩이를 향했다.

"흥……."

말없이 엉덩이를 흔드는 렌카의 모습을 보고 카임은 그녀가 무엇을 원하는지를 알아챘다.

그는 성큼성큼 다가가 사양하지 않고 오른손을 들어 올렸다.

"햐아아아아앙?!"

찰싹 소리를 울리며 엉덩이를 때려주자 렌카가 크게 울었다.

여기가 일반적인 여관 안이고, 옆방에 사람이 있을지도 모른다는 사실을 잊은 것 같은 큰 음량이었다.

"자, 좀 더 울어라. 애타는 표정 지으면서, 이렇게 해주길 바랐잖아?"

카임은 일부러 힐난하는 듯한 말을 선택하면서 몇 번이고 렌카의 엉덩이를 때렸다.

"앙! 앗! 웅! 하윽! 크……크으으웅!"

벽에 양손을 대고서 엉덩이를 맞아서 신음하는 소리는 마치 발정 난 개와 같았다. 쾌락에 등을 젖히고, 벌어진 입술에서는 혀가 뻗어 나왔다.

"나 원 참…… 엉덩이를 맞고서 기뻐하다니, 타고난 변태로구나! 이런 암캐가 기사직을 수행하다니 웃기는군!"

"재, 재성해여! 야한 암캐라서 미안해여! 어흐으, 앙대, 그거 앙대애애애애애애!"

"개가 사람의 말을 하는군. 멍 하고 짖어라!"

"머, 멍! 멍, 멍, 머…… 히잉, 멍, 멍, 머어엉!"

짝, 짝, 짝…… 하고 리듬감 있게 때리는 사이에, 카임 쪽도 어쩐지 그런 기분이 되고 말았다. 연상의 여자를 동물 취급하며 조련하는 상황에 즐거움을 발견해, 무심코 필요 이상으로 심한 말을 내던지고 있었다.

'안 되겠어……. 뭐랄까, 나는 열어서는 안 되는 문을 연 거 아닌가?'

어쩌면 자신은 터무니없는 성벽에 눈을 뜨고 만 것일지도 모른다.

카임은 고작 한 줌 남아 있는 이성으로 그런 생각을 했지만, 이제 와서 돌이킬 수는 없었다.

"아, 아……아우우우우우우우우우우우우우우우우우우우웅!"

철썩 한층 더 강하게 엉덩이를 때려주자, 렌카가 몸을 뒤로 젖히며 높다랗게 울었다.

그리고 그대로 주르륵 벽에서 무너져 내려 바닥에 쓰러지고 말았다.

"…………좀 지나쳤나?"

"하……아, 헤…….."

카임은 다 풀린 얼굴로 입에서 타액을 흘리는 렌카를 내려다보며 표정을 굳혔다.

"괜찮아요. 렌카, 무척 행복해 보이잖아요."

"밀리시아……, 이제 회복한 선가?"

카임의 등에 밀리시아가 매달려왔다. 형태 좋은 두 개의 언덕

이 카임의 등에 닿아서 모양을 바꾸었다.

"슬슬, 저를 여자로 만들어 주시겠어요? 뒷일은 침대에서 해요."

"……그렇군."

어리광 부리는 것 같은 조름에 카임은 고개를 끄덕이고서 쓰러진 렌카를 끌어안았다.

"아으으……."

"꺄……."

렌카의 몸을 침대로 내던지고, 옆에 밀리시아를 밀어 넘어뜨렸다.

1인용 침대는 세 사람이서 자기에는 너무 비좁았지만, 이런 상황이니 불평을 할 수는 없다.

카임은 바지와 속옷을 벗고서 알몸이 되어 밀착해 누운 두 사람의 몸을 뒤덮었다.

"카임 씨……. 아, 아아아아아아아아아아아앗!"

침대에서 요염한 교성이 울렸다.

삐걱삐걱 목재가 삐걱거리는 소리가 울려 퍼지고, 잠시 뒤 렌카의 교성도 섞여들었다.

카임, 밀리시아, 렌카.

이성을 모르는 깨끗한 몸이었을 세 사람의 방사(房事)는 새벽이 다 지나가도록 이어졌다.

○　○　○

"인간을 비롯한 온갖 생물에는 공통적으로, 자기를 보존하려고 하는 원시적인 욕구…… 이른바 '생존 본능'이라 불리는 게 있어."

흑발에 안경을 쓴 여성── 독토르 파우스트는 이야기했다. 남성용 정장 위에 흰 가운을 두른 파우스트는 유창한 말을 자아내면서 오른손에 든 교편으로 등 뒤의 칠판을 두드렸다.

"천적이 되는 상대를 피하거나, 식사나 수면을 원하는 건 일반적이지만…… 인간이 자신의 실패나 실수를 집요하게 은폐하려고 드는 것도, 생존 본능의 일종이라고 할 수 있을지도 모르지. 그리고 여기에서 말하는 자기 보존의 본능에는 '생식 행위' 또한 포함돼."

파우스트는 장난스럽게 웃고는 교편을 들지 않은 쪽 손으로 검지를 세웠다.

"생식 행위…… 즉, 섹스. 아직 어린 카임 군에게는 익숙지 않을지도 모르겠지만, 생물에게는 자신의 분신이 될 아이를 만들어내려고 하는 본능 행위가 있어. 그 누구도 영원히 살아갈 수는 없으니까, 자신의 '인자'를 이어받은 존재를 남기려고 하는 거야. 그건 '욕망'이나 '흑심' 등이라고 천박한 취급을 받을 때가 많지만…… 본래 그 자체는 나쁜 게 아니야. 물론, 성범죄나 불륜 행위를 긍정하는 건 아니지만."

"…………."

교편을 손에 들고서 칠판에 술술 문자를 적는 파우스트.

그 앞쪽에는 책상 앞에 앉은 카임의 모습이 있었다. 교사의 가르침을 청하는 학생이라는 입장이 된 카임은 어째서 자신이 이런 곳에 있나 하고 고개를 갸웃거렸다.

'어째서 파우스트가 여기에 있는 거지? 나는 분명 여관에 있었을 텐데……?'

"그럼…… 생존 본능, 그리고 '생식 본능'은 온갖 생물에 공통적으로 존재해. 물론 그건 '마왕급'이라 불리는 존재라 해도 예외는 아니야."

"윽……!"

'마왕급'이라는 말을 듣고서 카임은 고개를 들었다. 파우스트는 장난치기 좋아하는 고양이처럼 입술을 초승달 형태로 끌어올리고서 학생에게 교편을 척 들이댔다.

"현재, '마왕급'으로 지정된 마물은 일곱 개체. 그 어느 존재도 아이를 만들었다는 이야기는 듣지 못했어. 하지만…… 그게 그들에게 생식 능력이 없기 때문일까?! 아니, 그렇지는 않아!"

"…………."

"'마왕급' 마물이 생식 행동을 취하지 않는 건, 그들이 불사의 존재이기 때문이지. 죽기 어려운 육체이기 때문에, '아이'라는 분신을 만들 필요가 없기 때문이야! 요컨대…… '마왕급'에게서 불사성을 제거해버리면, 그들도 생식 행동을 취할 가능성이 있는 거야!"

"오, 오오……. 그런가."

열변을 토하는 파우스트에게 압도되어 카임은 쥐어짜듯이 대답했다.

곤혹스럽게 눈을 반복해서 깜빡이는 학생에게 파우스트는 "음!" 하고 가슴을 펴고서 웃었다.

"그리고…… 결론이다! 마왕급 재앙인 '독의 여왕'. 자신을 죽인 인간의 몸을 빼앗음으로써 수백 년을 살아온 그녀는, 카임 하르스베르크라는 소년과 일체화함으로써 불사성을 잃었어! 불사성을 잃음으로써 '독의 여왕'…… 아니, '독의 왕'에게도 생식 본능이 생겨나게 되지. 그럼 온갖 독을 지배하는 이 마인에게 생식 행위란 어떤 것일까? 어떤 수단으로 이성을 끌어들이는 걸까?"

"설마………… 독인가?"

카임이 저도 모르게 머릿속에 떠올린 답을 흘리자, 파우스트는 손가락을 딱 튕겼다.

"그 말대로야! 독을 조종하는 힘을 손에 넣은 카임 군의 체액에는 이성을 포로로 만드는 독성——'페로몬'이 포함되어 있어! 이 독은 본능 행위에 따라서 생겨나는 것이기 때문에, 스스로도 의식해서 없앨 수는 없지. 인간이 타액이나 땀 분비를 의도적으로 제어할 수 없듯이, 체액에 포함된 페로몬 또한 없앨 수 없는 거야!"

"…………."

"짚이는 곳이 있지 않나? 그녀들이 정신을 잃기 전, 무엇을 입에 댔지?"

파우스트가 묻자…… 카임은 문득 떠올렸다.

밀리시아는 처음부터 묘하게 호의적이었다. 렌카는 오히려 필요 이상으로 적의를 보내왔지만, 카임을 묘하게 의식하고 있다는 사실은 전해져왔다.

그녀들은 둘 다, 도적이 먹인 독을 중화하기 위해서 카임의 타액을 마셨다.

"그러고 보니…… 밀리시아는 이상해지기 전, 식당에서 내가 마시던 술을 마셨었지. 내가 입에 댄 컵으로, 내 타액이 들어간 에일을 마셨어……!"

아마도 그것이 밤중에 발정해서 덮쳐온 원인이리라. 렌카까지 이상해진 이유는 밀리시아에게 키스를 당해서 그녀의 체내에 있었던 '페로몬'을 섭취하게 되어버렸기 때문이다.

"약물 중에는 중독성을 가진 게 있어. 네 페로몬도 그런 모양이구나. 반복해서 섭취한 여성이 성욕을 억누르지 못하고 폭발해버린 거야."

"그럴 수가……. 그럼, 두 사람이 이상해져 버린 건 나 때문인가? 내 독이 그녀들을 미치게 해버린 건가?"

그렇다고 한다면, 밀리시아도 렌카도 카임에 대한 호의 따위는 품지 않은 것이 된다. 그녀들이 카임에게 들이댄 이유는 어디까지나 독 때문. 카임의 힘에 의해 정신이 일그러진 결과라는 뜻이 되고 만다.

카임은 어찌할 바를 몰랐지만, 파우스트가 천천히 고개를 내저었다.

"그건 아니야. 페로몬이라는 건 누구에게나 무조건 통할 만큼 만능이 아니지. 네 페로몬에 끌리는 인간은 너에게 상성이 좋은 상대. 아이를 만들기에 적합한 상대. 가족이 될 수 있는 인물뿐이야."

"가족……."

"그녀들은 독에 침식되었지만…… 그게 네게 호의를 품지 않았다는 건 아니야. 너를 받아들이는 마음이 있기에, 독은 그녀들을 선택한 거야."

"…………."

"그럼, 오늘 수업은 여기서 끝. 또 만날 날을 기대하고 있을게."

"아……."

파우스트가 손가락을 딱 울리자, 곧바로 의식이 아득해졌다.

카임은 격렬한 수마에 저항하지 못한 채…… 무거운 눈꺼풀을 감았다.

"으……. 꿈, 인가……?"

이상한 꿈이었다. 정말로 꿈이었는지 의심스러워질 만큼 내용을 선명하게 기억했다.

"이상한 마술이라도 걸렸나? 파우스트라면 그럴 수도 있겠지……."

카임은 가볍게 머리를 두드리고서 몸을 일으켰다. 어젯밤에는 바닥에서 잤을 터인데 지금은 침대 위에 있다. 옷도 속옷을 벗고서 알몸이 되어 있었고, 좌우에 마찬가지로 알몸인 미녀가 자고 있었다.

"……이쪽은 꿈이 아닌 모양이군. 곤란하게 됐네."

카임의 좌우에는 밀리시아와 렌카가 고른 숨소리를 내고 있었다. 당연하다는 듯이 둘 다 알몸이었고, 어딘가 후련한 것처럼 기분 좋은 표정을 짓고 있었다.

"쌔액……쌔액……."

"쿠울……, 죽여라아……."

"기분 좋아 보이는 얼굴을 다 하다니. 이쪽은 실컷 쥐어짜였는데."

어젯밤 일을 떠올리고서 카임은 한숨을 내쉬었다. 음마로 변한 두 여성에 의해서 카임은 몇 번씩이나 요구받아, 그녀들과 몸을 섞게 되었다.

둘 다 처녀였던 모양이지만…… 카임 또한 첫 경험이었다. 설마 첫 행위가 미녀 두 사람이 자신을 덮친다는 특수한 상황이 될 줄은 꿈에도 상상하지 않았다.

"이제…… 어떻게 해야 할까. 차라리 도망쳐 버릴까?"

밀리시아는 명백히 귀족 영애. 그 꽃을 꺾었으면…… 그 나름의 책임이라는 것이 발생하고 만다. 렌카에 이르러서는 자신과 주인을 더럽힌 남자에게 격노해서 베려고 덤벼들 우려가 있다. 꼴사납게 살해당하는 얼빠진 꼴을 보일 생각은 없지만…… 제 아무리 카임이라도 날붙이를 들고서 쫓아오는 여자에게 공포를 느낄 만한 감성은 있었다.

"쌔액……쌔액……."

"쿠울……."

'지금이라면 여유롭게 도망칠 수 있겠군. 그렇다고 해도 정말로 그래도 될까?'

파우스트에게 들은 말을 신경 쓰는 건 아니었다. 하지만…… 요 며칠 동안의 여로와, 몇 번이고 서로 원하며 입술과 몸을 섞었다는 사실에 두 사람에 대한 정이 샘솟고 말았다.

무책임하게 내팽개치고서 아무 일도 없었던 것처럼 혼자만의 여행으로 돌아가기에는 역시나 저항감이 들었다.

"일단…… 보류로군. 산책이라도 하며 생각을 정리할까."

두 사람 다 깊게 잠들어 한동안 눈을 뜨지는 않으리라.

카임은 새 속옷과 옷으로 갈아입고서 방을 나갔다. 그대로 계단을 내려가 여관 카운터로 가자, 가게를 보던 점원 소녀와 눈이 마주치고 말았다.

"꺄악……?!"

"잠시 나갔다 오겠어. 일행이 아직 자고 있으니까, 나무통에 물을 넣어서 가져다줘."

"아, 알겠습니다……. 통에 든 물은 동화 한 닢입니다만……."

카임은 점원이 말한 금액을 카운터 위에 놓았다. 점원은 힐끔힐끔 카임의 얼굴을 엿보고…… 뺨을 새빨갛게 물들이며 입을 열었다.

"어, 어젯밤엔 즐거우셨나요?"

"……그거, 얼굴을 토마토로 만들면서까지 해야만 하는 말인가?"

아무래도 밤일 중에 낸 목소리를 들었던 모양이다. 카임은 시끄럽게 해버린 사죄로 넉넉하게 물값을 건네고 여관에서 나갔다.

마을을 나서자 푸른 하늘에는 구름 한 점 떠 있지 않고 강한 햇살이 쏟아지고 있었다.

"날씨 좋군……. 얄궂을 만큼 기분 좋은 푸른 하늘이로구나."

카임은 맑은 하늘을 향해서 팔을 가볍게 뻗고서 거리를 어슬렁거렸다.

두 여성에 대해 어떻게 책임을 져야 할지 생각해야 했지만, 그렇다고 인생에서 처음 방문하는 커다란 도시에 대한 흥미가 사라진 것은 아니었다.

자유롭게 마음 가는 대로 큰길을 나아가 눈에 띈 노점으로 향했다.

"먹음직스러워 보이는군……. 하나 줘."

"네, 동화 다섯 닢입니다."

구입한 것은 빵에 채소와 소시지를 끼워 넣은 요리였다. 소시지는 빨간색과 노란색의 선명한 색 조합의 소스가 뿌려져 있었는데, 식욕을 당기는 향신료의 냄새가 코를 자극했다.

"이건…… 맛있어!"

한 입, 그 음식을 깨물자마자 갈채의 목소리가 흘러나왔다. 뜨끈뜨끈한 소시지의 향긋한 맛, 그것을 부드럽게 받아들이는 빵의 포용력. 무엇보다, 빨간색과 노란색의 소스 맛이 일품이었다.

빨간 소스의 풍미도 좋았지만, 혀를 자극하는 노란색 소스의 매운맛은 처음 맛보는 것이라서 먹으면 먹을수록 식욕이 솟아났다.

"손님, 핫도그는 처음인가? 그 소스는 케첩과 머스터드라고 하는데, 제국에서는 메이저한 조미료야."

"으읍……, 여행은 하고 볼 일이로군! 이런 맛있는 음식도 만날 수 있다니……!"

"하하핫, 그렇게 감동해주면 만든 보람이 있어. 하나 더 먹겠다면 동화 네 닢으로 깎아줄게."

"살게. 세 개 줘."

종이 꾸러미에 든 '핫도그'라는 요리를 받아들고…… 카임은 퍼뜩 정신이 들었다.

'응……? 무의식중에 밀리시아와 렌카 몫까지 사다니…… 나란 놈은 완전히 도망칠 마음을 잃은 거 아닌가?'

그것은 무의식중에 한 행동이었지만, 카임은 두 사람에게서 떨어진다는 선택지를 버린 자신을 깨달았다. 이대로 여관으로 돌아가 밀리시아 일행과 얼굴을 마주해도 일이 성가셔질 뿐인데, 그럼에도 책임을 내버리고 도망칠 마음은 들지 않는 것이었다.

　"어쩔 수 없지. 이럴 땐…… 일단 넙죽 엎드려서 빌까?"

　'독의 여왕'의 지식에 있었던 최상급 사죄법을 쓸 수밖에 없다. 카임에게도 긍지나 존엄이라는 것이 있지만…… 이대로 마주하지 않고 두 사람에게서 떠나가는 것보다는 훨씬 나은 선택이리라.

　'정했으면, 이대로 여관으로 돌아가서…… 아니, 모처럼 밖으로 나왔으니까 점수를 딸 만한 사죄의 물건이라도 사갈까?'

　선물 하나라도 준비해두면 조금이나마 두 사람의 인상이 좋아질지도 모른다. 렌카의 검에 찔리는 미래를 회피할 수 있다면 다행이다.

　"여자는 액세서리 같은 걸 기뻐하려나……. 적당한 가격으로 팔면 좋겠는데……."

　선물로 얼버무리다니 고식적이라고 생각하기는 하지만…… 카임은 수단을 가리지 않고 여성 둘의 점수를 따기로 결심했다.

○　○　○

　"고귀한 나에게 무슨 짓을 하는 거냐!"

"응……?"

여성진에게 줄 선물로 액세서리인지 뭔지를 찾고 있노라니, 카임의 귀에 남자의 호통 소리가 들려왔다. 목소리가 들리는 방향으로 눈길을 향하자, 거기에서는 카임보다도 다소 연상쯤 되는 연령의 젊은 남성이 길 한가운데에서 마구 윽박지르고 있었다.

"흐엑, 죄송합니다. 죄송합니다!"

"내 다리에 물을 뿌리고서 그냥 넘어갈 거라 생각지 마라! 더러운 개 주제에…… 쳐 죽여주마!"

좋은 옷을 입은 젊은 남자가 열 살 전후의 소녀에게 호통을 치고 있었다. 넝마를 입은 소녀는 지면에 이마를 가져다 대고서 넙죽 엎드렸는데, 그 옆에는 나무통이 굴러다니고 있었다.

대화를 통해서 헤아려 보면, 저 소녀가 나르던 나무통에서 물이 흘러 귀족풍 남자의 다리를 적시고 만 것이리라. 수많은 인간이 오가는 길 한가운데임에도, 소란 피우는 남자의 주위만은 관여되고 싶지 않다는 양 사람들이 피해서 지나갔다.

"아침 댓바람부터 불쾌한 장면과 맞닥뜨리고 말았구나. 게다가…… 저건 수인인가?"

카임은 눈살을 찌푸렸다. 넙죽 엎드린 소녀의 머리에서는 복슬복슬한 짐승 귀가 아래로 드리워져 있었고, 엉덩이에는 인간에게는 있을 수 없는 꼬리가 뻗어 있었다.

외견으로 보아…… 아마도 낭인(狼人)나 견인(犬人) 노예이리라. 제이드 왕국에서는 아인 차별이 심해서, 수인 노예가 학대받는 일은 드문 광경이 아니었다.

'드물지 않기는 하지만…… 보기 좋은 광경은 아니로군.'

카임은 혀를 차며 소란스러운 방향으로 발걸음을 향했다.

구해줄 이유는 없지만 카임은 수인 차별을 그다지 좋아하지 않았다. 가까이에 친한 수인이 있었던 점도 있어서, 목숨을 빼앗길 처지에 놓인 수인 소녀를 내버려 둘 수는 없었다.

마구 소리쳐대는 귀족풍 남자에게 뒤에서 말을 걸었다.

"이봐, 거기 당신. 그쯤 하면 됐잖아?"

"으음……, 네놈은 누구냐?"

"지나가던 행인이야. 그보다, 수인이라고는 해도 어린아이를 상대로 소란 피우지 말라고. 어른스럽지 못해."

"그 차림새……. 흥, 모험가냐! 거칠고 미천한 모험가 따위가, 제국 귀족인 날 가르치려고 들다니 백 년은 이르다! 냉큼 꺼지도록 해라!"

아무래도 젊은 남자는 제국 귀족인 모양이었다.

어떤 용건으로 강 건너편 이웃 나라에 왔는지는 모르겠지만…… 타국 귀족이 민폐를 끼치고 있는 것이다.

"노예란 건 어엿한 재산이잖아? 타국 사람이 멋대로 해치면, 이래저래 일이 성가셔지지 않겠나?"

"네놈……, 또 떠드는 거냐! 좋은 말로 해도 모르다니 어리석은 놈 같으니!"

귀족 남자는 어지간히 다혈질인지…… 허리에 찬 검을 뽑아서 덤벼들었다. 길 한가운데에서 검을 뽑아올 줄은 생각도 못 했다.

귀족이라는 존재는 이렇게까지 썩어빠진 생물일까?

"하아……, 성가시군."

은근슬쩍 몸을 옆으로 젖혀서 참격을 피하고, 스쳐 지나갈 때 귀족 남자의 복부를 후려쳤다.

"컥……!"

"이제 만족했겠지? 그쪽이야말로, 슬슬 잠이나 자둬."

귀족 남자가 지면에 무너져 내려 옴짝달싹도 하지 않게 됐다. 가볍게 배를 때렸을 뿐이니 목숨에 별 지장은 없으리라.

"나 원 참, 기분 좋은 아침이었는데 소란스러운 남자였어. ……어디 다치진 않았니?"

"와후……, 나, 나리……. 저기, 고맙습니다!"

땅바닥에 주저앉아 있던 수인 소녀가 몸을 튕기듯이 일어나서 홱 고개를 숙였다. 아래로 드리워진 귀가 머리의 움직임에 맞춰서 위아래로 움직였다.

"상관없어. ……그보다 어서 일하러 돌아가. 늦으면 주인에게 혼날걸?"

"와후! 그랬었죠!"

소녀는 황급히 지면에 구르는 나무통을 들고서 어기적어기적 어딘가로 걸어가고 말았다.

그런 작은 뒷모습을 바라보고서…… 카임은 얼굴을 일그러뜨리며 찡그린 표정을 지었다.

"수인 노예라……. 참 불쌍한 존재구나."

그들은 아인 집락에서 납치되어 와 억지로 노예로 삼아졌다.

사람을 사람이라고 생각지 않는 소행. 실제로, 이 나라의 대다수 인간은 수인이나 아인을 '인간'으로 보지 않으리라.

왕족도 귀족도 아닌 카임에게는 어찌할 방도도 없지만…… 그래도 가슴 아픈 마음이 드는 것은 피할 수 없었다.

"……어머니에게 거둬지지 않았더라면, 티도 저렇게 되었을까?"

"어홍, 저렇게 되는 건 어떤 건가요? 제가 뭐 어쨌는데요?"

"아니, 메이드가 아니라 노예로서, 누군가에게 혹사당했을까 하고…………, 어?"

귀에 익은 목소리에 저도 모르게 대답하고서…… 카임은 뒤늦게 이변을 깨달았다.

뒤를 돌아보자 거기에는 은색 머리카락을 등에 드리운 메이드복 여성이 서 있었다.

"어……, 너는, 티?! 어째서 여기에?!"

어느샌가 등 뒤에 서 있었던 이는 고향에 남기고 왔을 호인 메이드…… 티였다. 두 번 다시 만날 일은 없으리라고 생각했을 그녀가 팔짱을 끼고서 서 있었다.

"……간신히 쫓아왔어요, 카임 님."

티는 웃는 얼굴이었다. 웃는 얼굴이었지만…… 신기하게도 심장이 벌렁벌렁 크게 뛰어서 위험 신호를 보내왔다.

"자, 설명해주셔야겠어요. ……어째서, 제게 인사도 없이 여행을 떠난 건가요? 설명에 따라서는……, 어흐으으으으응!"

만면의 웃음과는 정반대. 티는 육식 맹수처럼 으르렁거렸다. 땅바닥에서부터 올라오는 듯한 낮은 목소리엔 '독의 여왕'과 융합한 카임조차도 등줄기가 얼어붙을 만한 박력이 있었다.

"제대로 설명해주세요. 도망치면…… 아시겠죠?"

"…………으응."

카임은 여태껏 없었던 공포에 전율하며 여봐란듯이 얼굴을 굳혔다.

"어흐으으으으응! 카임 님은 제멋대로예요! 인간말종이에요! 악역무도해요!"

티에게 포획당한 카임은 힘에 떠밀려 근처 레스토랑으로 끌려 들어갔다. 레스토랑 구석 테이블에서, 티가 뾰족한 송곳니를 드러내며 맞은편에 앉은 카임에게 설교했다.

"티를 말려들게 하고 싶지 않았다고요?! 여태까지의 생활을 무너뜨리고 만다고요?! 우습게 보지 마세요! 지금의 티가 있는 건 카임 님과 마님 덕분이에요. 그런데…… 자기 생활의 안정을 위해서 카임 님을 내버릴 리가 없어요!"

"……미안, 잘못했어. 내가 멍청했으니까 용서해줘."

아무래도 이럴 때는 남자가 잘못을 빌 수밖에 없는 모양이다. 카임은 변명하지 않고 오로지 사죄의 말을 되풀이했다.

"애당초, 어째서 카임 님은 어른의 모습이 되어버린 건가요?! 제가 없는 사이에, 어른의 계단을 오르고 마신 건가요?!"

"그건…… 그보다, 너는 어째서 내가 '카임 하르스베르크'라는 걸 안 거야? 모습이 전혀 다를 텐데?"

당연하다는 듯이 자신을 '카임'으로 대했기에 깨닫지 못했지

만…… 카임은 현재, 열여덟 살 정도까지 성장했고 머리카락이
나 눈동자 색도 변했다.

티는 어째서, 카임이 '카임 하르스베르크'라고 인식할 수 있었
을까?

"모를 리가 없어요! 카임 님의 냄새는 변하지 않았는걸요. 게
다가…… 생김새가 젊은 시절의 마님을 쏙 빼닮았으니까요."

"어머님을……?"

"네, 병으로 홀쭉하게 야위셨던 모습밖에 모르는 카임 님은
모르실 수도 있겠지만…… 젊은 시절의 마님은, 지금의 카임 님
과 판박이였어요."

"그런, 가……."

카임은 미묘한 대답을 했다. 경애하는 어머니와 쏙 빼닮았다
는 말. 거기서 기쁜 것 같기도 하고 부끄러운 것 같기도 한 신기
한 감개가 들었다.

"여기까지 냄새를 추적해왔어요. 최근엔 비도 내리지 않아서
여유로웠어요!"

티가 득의양양하게 가슴을 펴자, 에이프런드레스에 감싸인 풍
만한 가슴 부분이 꽉 강조되었다. 아무래도 좋은데, 티는 이 차
림새로 여기까지 쫓아온 것일까? 지면의 냄새를 맡으며 주인을
쫓아 가도를 나아가는 메이드……. 자못 쓸데없이 눈에 띄었을
것이 틀림없다.

"호인족은 인간보다도 훨씬 코가 좋아요! 늑대나 개 정도는
아니지만…… 익숙한 냄새를 더듬어 주인의 뒤를 쫓는 것쯤은

누워서 떡 먹기예요!"

"주인……이라. 아버지, 하르스베르크 백작보다도 나를 선택한 건가? 나는 작위도 재산도 없어. 네 활약에 보답해 줄 수단은 없다고."

"상관없어요! 티의 주인님은 카임 님뿐. 그건 거둬주셨을 때부터 변하지 않아요! 아, 물론 마님도 경애하고 있지만요!"

"…………."

아무래도 티를 두고서 여행을 떠난 것은 잘못이었던 듯했다.

카임은 자신의 사정에 말려들게 하고 싶지 않아서, 티의 생활을 부서뜨리지 않게끔 혼자서 영지를 떠났다. 하지만 그것은 티에게는 달갑지 않은 친절이었던 모양이다.

티가 머물 곳은 카임의 옆. 티의 주인은 카임뿐이다.

"……눈물 나게 하네. 아무래도 난 네 충성심을 잘못 봤던 모양이야."

"반성하세요! 티는 카임 님이 계신 곳이라면 어디든지 가요! 요람부터 무덤까지 함께하겠어요!"

"그건 의미가 다른 것 같지만…… 진심으로 기뻐. 고마워."

카임은 솔직하게 감사 인사를 했다. 어머니의 유언대로 가족을 찾는 여행을 떠날 생각이었는데…… 아무래도 카임에게는 적어도 한 사람은 가족이 있었던 모양이다.

안정된 일도 따스한 거처도, 전부 다 던져버리고서 쫓아와 준 티를 가족이 아니면 무엇이라고 할까.

'아무래도…… 내가 멍청했던 모양이야. 가족을 찾기 위한 여

행에서, 갑자기 소중한 가족을 두고 와 버리다니⋯⋯. 반성해야 겠군.'

"그런데⋯⋯ 티는 카임 님에게 묻고 싶은 말이 있어요."

"뭐지? 뭐든지 물어봐도 상관없어. 숨김없이 대답할게."

티의 충의에 지극히 감격한 카임은 어떤 질문에도 솔직히 대답하고자 의젓하게 고개를 끄덕였지만⋯⋯ 그 직후, 힘껏 얼굴의 근육을 경직시키게 되었다.

"카임 님의 몸에서 여자의⋯⋯ 아니, '암컷'의 냄새가 나요. 그거, 어느 분의 냄새인가요?"

○ ○ ○

티에게 붙잡힌 카임은 그녀를 데리고서 여관으로 돌아갔다. 일단 여관 식당에 티를 기다리게 해두고, 밀리시아와 렌카에게 사정을 설명하기 위해 혼자서 방으로 갔다.

"카임 씨⋯⋯, 일단 변명할 말은 없나요?"

"⋯⋯⋯⋯."

그리고⋯⋯ 카임은 그 자리에서 바닥에 정좌하게 되었다. 눈앞에는 밀리시아와 렌카가 팔짱을 끼고서 떡 버티고 서 있었다.

당연하지만 옷은 잘 챙겨 입었다. 이른 아침처럼 알몸은 아니었다. 밀리시아가 뼛속까지 차가워지는 미소로 힐문하고, 렌카도 뒤에서 얼굴을 새빨갛게 만들며 팔짱을 꼈다.

"아아⋯⋯. 그러니까, 저기⋯⋯ 잠깐 아침 식사를 사러 갔는데……."

"어째서, 저희를 두고 가버리신 건가요? 눈을 뜨니 카임 씨가 안 계셔서, 무척이나 불안했다고요. 어쩌면 저희를 버리고 가버린 건 아닌가 의심했어요. 할 일을 했으니 볼 일이 없어져 버렸나 싶었죠."

"윽……."

자백하자면…… 반쯤, 아니 3분의 1쯤은 도망칠 생각이었다. 책임을 내버리고서 전력으로. 물론 그런 말을 입에 올릴 수는 없기에, 카임은 입을 다물 수밖에 없었다.

"저도 렌카도 남성분에게 안기는 건 처음이었는데요? 태어나서 처음 연인과 밤을 함께했는데, 아침이 되니 남성분이 사라지다니 악몽 아닌가요. 카임 씨는 저희를 슬프게 하는 게 즐겁나요? 즐거워서 한 거죠?"

"연인이라니…… 우리 말이지?"

"아닌가요? 연인도 아닌 여자를 안은 건가요? 혹시…… 저희를 창부인지 뭔지와 착각하셨나요?"

"연인으로! 연인으로 좋아! 그러니까…… 이제 봐줘!"

잇따라서 비아냥을 연사해오는 밀리시아. 마침내 카임이 항복하고 양손을 바닥에 내던졌다. 연인이라는 사실을 인정한 순간, 밀리시아가 '잘 구슬렸다'라는 양 웃음을 띠었지만…… 카임은 꼬투리를 잡힌 사실을 깨닫지 못했다.

"네. 그럼…… 카임 씨는 저희의 연인인 걸로 하죠. 렌카도 괜찮죠?"

"당연하다……. 나를 흠집 낸 책임을 져라."

렌카가 눈을 위로 치켜뜨며 노려봐왔다. 눈동자에 눈물을 머금고서 바라보는 표정은 연상이라고는 여겨지지 않을 만큼 어려 보여서, 저도 모르게 카임은 가슴이 철렁해졌다.

이렇게 되면 이미 도망칠 곳은 없다. 앞도 뒤도 길이 꽉 막혔다.

"……알았어. 나도 남자야. 책임이라고 말해도 곤란하지만, 할 수 있는 만큼의 일은 하지. 그보다도…… 너희 쪽이야말로 정말로 괜찮은 건가? 나는 아무런 지위도 없는 여행자고, 그쪽은 제국 귀족이잖아?"

게다가…… 카임 한 사람에 여성이 두 사람. 양손에 꽃이라는 상태이다. 밀리시아와 렌카 쪽이야말로, 그런 문드러진 관계를 받아들일 수 있을까?

"문제없어요. 제 아버지에게도 아내가 여럿 있으니까요."

밀리시아가 생글생글 웃는 얼굴로 고개를 갸웃거렸다. 일부다처……, 그것이 무슨 문제가 있느냐고 말하는 것 같은 태도였다.

"……제국은 실력주의. 상응하는 강함이 있으면, 기사나 귀족 지위를 얻는 건 어렵지 않다. 귀하 정도 되는 실력자라면, 공적만 있으면 백작 이상의 작위는 확실히 얻을 수 있겠지. 귀족이라면 아내를 여럿 얻는 것은 당연한 일. 신경 쓰지 않는다."

렌카 또한 뒤를 이어서 덧붙였다.

제국은 제이드 왕국보다 열 배 이상 국력이 강한 대국. 그 나라를 강국으로 만드는 요소는 부국강병, 절대적인 실력주의. 혈통이나 가문에 연연하지 않고 능력 있는 인간을 신하로 삼아

총애해온 결과였다.

"그러냐……. 즉, 둘 다 내 여자가 되는 데 이의는 없는 건가."

카임으로서는 바라던 바. 너무 유리하게 풀리는 전개였다. 밀리시아와 렌카 정도 되는 미녀를 나란히 연인으로 만들 수 있다니, 남자로 태어나서 더없이 행복한 이야기이다.

"카임 씨에게 목숨을 구원받고, 저는 운명을 느꼈어요. 당신이야말로 생애를 바치며 백년해로할 분이라고 확신했답니다."

"나는 무척이나 열받는다. 열받기는 하지만…… 귀하가 싸우는 모습을 보면 가슴의 큰 고동이 멈추질 않았지. 모쪼록 조교를……, 아니! 특별히 나와 아가씨의 남편으로 인정해주마!"

"……그러냐, 기뻐서 눈물이 나올 것 같은 기분이야."

불온한 단어를 들은 것 같지만…… 카임은 두 사람의 사랑을 받아들였다.

이야기가 정리된 것은 좋다 치고, 카임에게는 보고해야만 하는 일이 있었다.

"아. 서로 수긍한 참에, 두 사람에게 소개하고 싶은 녀석이 있는데……."

""어?""

밀리시아와 렌카가 어리둥절한 얼굴로 눈을 깜빡였다. 입으로 설명하기보다는 실제로 만나는 편이 낫다. 성가신 일은 당연히 한 번에 처리하는 편이 더 좋지.

카임은 일단 방에서 나가서, 아래에서 기다리게 한 티를 부르러 갔다.

"…………."

"…………."

"…………."

여관의 한 객실에서 세 여성이 얼굴을 마주하고 있었다. 세 사람 사이……, 덤으로 유일한 남성인 카임 사이에도 숨이 답답해질 것 같은 거북한 분위기가 흐르고 있었다.

"카임 님, 누구신가요……. 이쪽 분들은?"

첫 번째는 메이드복을 입은 수인 여성…… 티.

카임에게 가족이라 부를 수 있는 오랜 인연인 메이드. 어린 시절부터 돌봐준 누나 같은 존재이다.

"카임 씨, 설명해주시겠죠? 이쪽 여성은 누구신가요?"

두 번째는 간결하면서도 품위 있는 디자인의 드레스를 입은 여성…… 밀리시아.

몇 분 전, 경사스럽게 카임의 연인이 된 제국 귀족 아가씨. 도적에게서 구해준 것을 계기로 카임의 여자가 된 미소녀이기도 하다.

"설마…… 나나 아가씨 이외에도 손을 댔을 줄이야. 영웅호색이라고 칭찬해야 좋을지, 어이없어하면 좋을지……."

세 번째는 움직이기 편한 간소한 팬츠룩의 여기사…… 렌카.

밀리시아와 마찬가지로 카임의 연인이 된 여성. 카임의 독을 마시고, 더 나아가 압도적인 힘으로 싸우는 모습을 보고서 포로가 된 연상의 미녀이다.

세 사람은 카임을 중심으로 삼각형을 만들며 서로 노려보고 있었다.

견제하는 여성진의 날카로운 시선을 보고, 중앙에 자리 잡은 카임은 등에서 땀을 흘렸다.

'뭐지, 이 수라장은……. 나는 뭔가 잘못을 저질렀던가?'

일방적으로 책망받는 포지션에 있는 것은 무척이나 수긍이 가지 않았지만, 이 상황에서 불평할 만큼 어리석지는 않았다. 불편하게 앉아서, 오로지 시간이 흐르기를 기다렸다.

"이쪽 여성은…… 복장으로 보아하니 메이드죠? 카임 씨는 평민이라고 하셨는데, 혹시 거짓말을 하셨나요?"

오랜 침묵 후, 밀리시아가 입을 열었다. 반쯤 뜬 밀리시아의 눈으로 눈총을 받은 카임은 머뭇머뭇 대답했다.

"……거짓말이 아니야. 틀림없이 평민이야. 아버지와 어머니, 그리고 여동생이 귀족일 뿐이거든."

"아무래도 사연이 있는 모양이네요……. 뭐, 그건 나중에 천천히 듣도록 하죠."

밀리시아는 "후우" 하고 한숨을 내쉬고서, 뺨에 손을 대고 울적하게 고개를 기울였다.

"저는 카임 씨의 연인인데…… 당신은 어떤 관계인가요? 역시, 복장대로 사용인인가요?"

"어흥! 연인……!"

견제처럼 내던진 말. 티는 날카로운 송곳니를 드러내며 살짝 기가 죽었다.

'연인'이라는 말에 멈칫한 모양이지만…… 그래도 티는 과감하게 맞섰다.

"티는 카임 님의 종자이자 가족이에요! 같이 잔 적도 있거니와, 목욕한 적도 있어요! 단순한 사용인으로는 끝나지 않는 인연이 있어요!"

"흐음…… 그거참. 같이 잔 적이라면 저도 있는데요?"

"어차피 단 한 번뿐이겠죠?! 저는 몇 번이고 몇 번이고 같이 잤어요!"

"밀도는 저희가 더 위예요! 왜냐하면…… 그다음 단계까지 갔는걸요!"

"어흐응……!"

이겨서 의기양양한 기색의 밀리시아의 모습에 티가 분하게 울었다. 밀리시아가 한 걸음 앞선 모양이지만…… 티가 기세 좋게 휙 자신의 치마를 들추었다.

"으엇?!"

"아이 만들기 정도는 티도 할 수 있어요! 어쩌다 새치기한 도둑고양이 주제에 잘난 척하지 말아요!"

"큭…… 설마 대낮부터, 그렇게까지 나오다니?! 이렇게 되면…… 렌카! 우리도 벗어요!"

"네에?! 아가씨, 저도 참전하는 겁니까?!"

"당연하죠! 우리의 인연, 사랑을 여기에서 보여주자고요!"

옷을 벗기 시작한 티에 대항해서 밀리시아마저도 드레스의 가슴께를 벌렸다. 렌카는 잠시 망설였지만, 이윽고 뜻을 정한 듯

이 바지를 내렸다.

"잠깐…… 너희 뭐 하는 거야?! 아직 한낮이라고?!"

"상관없어요! 빨리, 교미해요!"

카임은 황급히 반라가 된 그녀들을 말리려고 했지만, 그녀들은 오히려 카임에게 바싹 다가서고 말았다.

"그렇게는 못 해요! 카임 씨는 우리 연인이에요!"

"……책임을 져라. 이 발칙한 놈!"

"지, 진정하라고! 부탁이니까!"

"어흥, 못 기다려요! 카임 님, 각오하세요!"

"저 역시 지지 않아요! 제국 여자는 배짱이 생명이에요!"

"큭, 죽여라…… 어서 내 엉덩이를 때려라!"

세 사람이 벽 쪽으로 카임을 몰아세웠다. 카임은 격렬한 공포로 얼굴이 새파래져서 덮쳐질 각오를 했지만…… 그 상황에 예상 밖의 방향에서 구원의 손길이 뻗어졌다.

"저, 저기…… 바쁘신 와중에 실례하겠습니다."

"아……."

어느샌가 방 입구에 서 있던 여관 점원이었다. 몸집 작고 얼굴에 주근깨가 난 소녀는 얼굴을 토마토처럼 붉히며, 문 그늘에서 네 사람의 추태를 엿보고 있었다.

"저기…… 그게…… 체크 아웃 시간인데요. 하룻밤 더 묵으시려면, 추가로 요금을 내셔야 해서……."

"……………………아, 그랬었지. 미안하다."

카임은 거북하다는 듯이 수긍했다. 한창 열을 올리던 차에 물을 끼얹자, 반라의 세 사람도 냉정해져서 옷을 입기 시작했다.

○　○　○

서로 이야기를 나눈 결과, 티까지 더해 제국으로 향하게 되었다.

카임과 세 여성은 떼 지어 여관을 나서서 제국행 배 티켓을 사러 갔다.

선착장에 있는 매표소에 가자, 젊은 남성 점원이 티켓을 판매하고 있었다.

"제국행 네 장 말이지. 금화 두 닢이야."

"네, 이걸로 값을 치러주세요."

밀리시아가 대표로 전원 몫의 티켓을 구매했다.

젊은 여성……, 그것도 매우 고귀해 보이는 여성 손님을 보고서 남성 판매원도 웃는 얼굴로 응대했다.

"어디 보자……. 오늘 배는 이미 만선이니까, 출항은 내일 정오야. 늦어서 못 타도 티켓값은 환불해주지 않으니까 주의하시길!"

"내일? 꽤 빠르네요?"

제국행 배는 늘 붐벼서, 운이 나쁘면 일주일 이상도 기다리게 되는 모양이다. 다음 날 티켓을 끊을 수 있다니 좀처럼 없는 행운이었다.

"우연히 취소한 손님이 있거든. 내일 배가 비었어."

"그런가요, 고맙습니다."

밀리시아가 티켓을 받아들고서 카임 곁으로 돌아왔다.

"아무래도 내일에는 제국 쪽으로 건너갈 수 있을 것 같아요. 예상보다도 빠른 출발이 되겠네요."

"그건 다행이네……. 출발하기 전에 이 마을을 관광해도 상관없나?"

"물론, 상관없지만…… 티 씨도 같이 가는 거겠죠?"

"물론이에요. 티는 카임 님의 메이드인걸요!"

카임의 뒤에 서 있던 티가 당당하게 말했다.

"저희도 함께하고 싶긴 하지만…… 여행에 필요한 물자를 보충해야만 해요. 아쉽지만, 관광은 두 분이서 다녀오세요……."

밀리시아가 불만스럽게 입을 삐죽이면서 말했다.

"괜찮겠어? 짐꾼이 필요하다면 나도 돕겠는데……?"

"상관없어요. 이쪽 사정으로 동행하시는 카임 님을 필요 이상으로 구속할 수는 없으니까요. 게다가…… 티 씨와 쌓인 이야기가 있잖아요?"

"……괜찮아요? 적을 도와주는 행동을 해도."

티가 의심스러운 눈으로 밀리시아를 쨰려보았다. 밀리시아는 작게 어깨를 으쓱였다.

"카임 님 정도 되는 분을 독차지할 수 있으리라고는 생각 안 하는걸요. 다만, 정실 다툼은 지지 않을 테니 각오해두세요."

"흥, 바라는 바예요! 어차피 티가 이길 거예요!"

티와 밀리시아가 얼굴을 마주하며 타닥타닥 불꽃을 튀겼다. 렌카가 쓴웃음을 지으면서 카임을 향해 '휘이휘이' 하고 손을 내저었다.

"……이제 빨리 가줘. 그대들과 있으면, 아가씨께서 아가씨가 아니게 되어버려."

"……고생을 끼치는군. 그쪽은 부탁한다."

카임은 잔걱정이 많은 렌카를 격려하면서 티를 재촉해 큰길을 걸어갔다.

"그럼…… 처음 온 마을, 처음 하는 관광이야. 티는 어딘가 가고 싶은 곳 있어?"

"있어요. 하지만…… 나중으로 미뤄도 돼요. 먼저 카임 님이 가고 싶은 곳에 가요."

"내가 가고 싶은 곳이라. 그렇군……."

카임은 몇 군데를 머릿속에 떠올렸다. 아침에 노점을 돌았을 때, 덤으로 마을 관광 명소에 대해서 조사했다.

"그럼, 일단 마을 고지대로 가볼까."

카임은 인파를 따라서 큰길을 걸어가 언덕길을 올랐다. 완만한 경사의 언덕을 올라간 곳에 있는 것은 마을을 내려다볼 수 있는 고지대였다.

"오오……, 절경이로군!"

"어흥……, 훌륭해요! 대단해요!"

고지대에 선 두 사람은 동시에 감탄의 목소리를 냈다. 거기에서는 마을 전체를 둘러볼 수 있는 데다, 먼 곳으로 눈길을 향하자 마을을 따라서 바다로 흘러가는 대하도 한눈에 들어왔다.

넓고 큰 대하가 햇빛을 반사해 반짝반짝 빛나서, 마치 거대한 보석함 같았다.

"과연…… 이건 확실히 한 번 볼 가치가 있어. 가르쳐준 밥집 주인에게 감사해야겠군."

"꿈만 같아요. 카임 님과 함께 이런 풍경을 보다니! 그 저택에 있었을 적부터 계속, 카임 님과 다양한 곳을 가보고 싶었어요!"

"티……."

충성심이 흘러넘치는 말을 듣자 가슴이 울려, 카임은 커다란 감격에 어깨를 떨었다.

하지만 다음에 나온 말에는 또 다른 의미에서 가슴이 울리게 되었다.

"카임 님이 멋대로 사라져 버렸을 땐, 너무 충격이라서 눈물이 날 것 같았지만…… 이렇게 같이 여행지를 관광할 수 있다니 행복해요!"

"으……."

은근슬쩍 포함된 뼈에 카임은 가슴을 억눌렀다. 머리를 감싸안고서 주저앉아, 고개를 숙이면서 몇 번째가 될지 모르는 사죄를 입에 담았다.

"……이제 슬슬 기분 풀어. 미안하다고 하잖아."

"어흥, 이제 화 안 낸다니까요. 카임 님께도 사정이 있었던 모양이니, **놔두고 간 건** 용서했어요."

"……아직 속에 뼈가 있는 말투로군. 하고 싶은 말이 있으면 똑바로 말해."

"괜찮아요? 그럼 말할게요!"

티가 불쑥 카임에게 얼굴을 가까이 가져다 댔다.

"카임 님, 티는 화났어요!"

"으……. 그러니까, 그 일은……."

"놔두고 간 게 아니에요! 티가 모르는 곳에서, 모르는 암컷과 교미한 것에 대해서예요!"

"뭐어?!"

카임은 당황해서 주위를 둘러보았다. 주위에는 적지 않은 관광객이 있다. 그들은 '교미'라는 심상치 않은 말을 듣고서 의아한 시선을 보내왔다.

"티, 이런 곳에서 무슨 말을……! 사람 눈도 좀 신경 써!"

"카임 님이 나빠요! 그런 몹쓸 암컷의 유혹에 넘어가다니…… 티는 화났어요! 상처받았어요! 슬퍼하고 있어요!"

"그 녀석들과의 일은 이것저것 사정이 있어서……. 아아, 정말. 어쩌라는 건데?"

"보상을 요구하겠어요! 이제부터 티가 가고 싶은 곳에 함께 가요!"

"함께 가자니…… 그 정도로 되겠어?"

"네, 그 정도로 용서해줄게요. 자, 가요!"

티가 카임의 팔을 안고서 꽉꽉 잡아끌려 했다. 에이프런드레스에 감싸인 탐스러운 감촉이 위팔을 감싸와서, 어찌할 방도 없이 끌려갔다.

'이 녀석…… 그러고 보니, 예전부터 가슴이 쓸데없이 컸었지…….'

티하고는 어릴 때부터 함께 목욕했다. 십대 시절부터 가슴의 발육이 터무니없이 좋았는데, 스무 살을 맞이한 현재 와서는 마치 두 개의 거대한 산이 되어 있었다. 오래 알고 지낸 메이드의 양호한 발육이 다시 눈앞에 들이닥치자, 카임의 심장은 격렬하게 뛰고 말았다.

"무, 물론 함께 가는 건 상관없어. 그런 걸로 사죄가 된다면 싸게 먹히는 건데…… 어디로 데리고 갈 셈인데?"

티에게 팔을 끌려가면서 묻자, 티가 카임 쪽을 돌아보았다. 장난스러운 웃음을 띤 얼굴. 그 눈동자는 마치 사냥감을 몰아넣는 육식 짐승처럼 요사스러운 빛을 뿜고 있었다.

"당연히 러브호텔이죠! 지금부터 티하고도 교미하는 거예요!"

"뭐어?! 대낮부터 무슨 소리를 하는 거야?!"

그 이야기는 끝난 것 아니었나. 카임이 갈리지는 목소리로 외쳤다.

"수인 여자는 몰아넣은 사냥감을 놓치지 않아요! 다른 여자가 없는 절호의 기회……. 이 상황에서 카임 님을 덮치지 않을 순 없어요!"

티가 마치 자랑스러운 일이라도 되는 양 당당히 지껄였다.

"카임 님은 분명 앞으로도 많은 암컷을 매료시키겠죠. 그건 상관없어요. 뛰어난 수컷은 암컷을 거느리기 마련이니까요. 하지만…… 정실 자리는 결단코 양보 못 해요! 티는 처음 만났을 때부터, 계속 카임 님을 노리고 있었으니까요!"

"사람들 다 보는 데서 터무니없는 말 좀 하지 말라고! 게다가

처음 만났을 때면…… 난 아기였는데?!"

외치는 두 사람에게 주위에서 호기심 어린 시선이 모였다. 관광객이니 마을 사람이니 이쪽을 바라보고 있었다. 카임은 어떻게 대답해야 할지 머리를 싸맸지만…… 거기에서 그 자리에 어울리지 않는 호통이 울려 퍼졌다.

"아, 저 녀석이다! 찾아냈어!"

"응?"

분노 섞인 목소리. 카임이 의아한 표정으로 뒤를 돌아보자, 남자들 몇 명이 막 고지대에 올라온 참이었다.

차림새가 좋은 귀족풍 남성과 그야말로 거친 일에 익숙해 보이는 억세 보이는 남자들이었다.

귀족풍 남성은 눈에 익었다. 몇 시간 전, 시장에서 수인 노예 소녀를 괴롭히던 남자였다.

"저 자식……, 아까는 잘도 나댔겠다! 제국 귀족인 나에게 폭력을 행사하다니, 용서받을 수 있을 줄 아는 거냐?!"

"칫……, 한창 바쁠 때, 성가셔 보이는 게 튀어나왔군."

카임을 혀를 찼다. 바쁜 와중에 방해꾼이 나타난 모양이었다.

"이봐, 너희들. 저 남자를 죽여라! 나에게 무례를 범한 죄에 대해 속죄하게 만들어라!"

"도련님, 정말로 죽여버려도 괜찮은 거겠죠?"

"상관없다, 헌병도 판사도 돈으로 입 다물게 해주겠다. 가지고 놀다가 죽여라!"

"네, 알겠습니다."

귀족 남자의 허가를 받고서, 힘 세 보이는 남자들이 앞으로 나왔다. 햇볕에 탄 근육을 드러낸 무뢰한들은 손에 나이프나 곤봉 같은 무기를 들고 있었다. 히죽히죽 비웃는 것 같은 추악한 웃음을 띠며, 카임과 티를 차례대로 보았다.

"헤헤, 여자를 데리고 있다니 센스가 있구만. 뒷일이 즐겁겠어!"

"남자를 처죽인 뒤에 여자도 듬뿍 귀여워해 주마. 그다음엔 창관에라도 팔아넘길까. 수인이라고는 해도, 비싸게 팔릴 것 같아!"

"쓰레기가…… 짜증스럽군."

카임은 티에게 음흉한 시선을 보내는 남자들의 태도에 눈을 흉흉하게 떴다. 살의를 굳히며 주먹을 쥐었지만…… 카임보다 먼저 티가 앞으로 나섰다.

"어흐으으응! 카임 님과의 교미를 방해하다니 용서 안 해요! 만 번 죽어 마땅해요!"

송곳니를 드러내며, 굶주린 짐승의 형상으로 티가 으르렁거렸다. 은색 머리카락이 흔들흔들 곤두서서, 마치 의사를 가진 생물 같아졌다.

"이봐, 티……."

"어흐으으으으으으으응!"

카임이 말리려고 했지만…… 티가 기세 좋게 튀어 나갔다. 지면을 미끄러지는 것 같은 발놀림으로 앞으로 나아가기가 무섭게, 정면에 있던 남자의 가랑이를 걷어찼다.

"어흡……!"

알을 걷어차인 남자가 기묘한 비명을 지르며 몸을 웅크렸다.

"아직 끝이 아니에요! 뼈까지 부서져라, 랍니다!"

"끄악?!"

티가 몸을 웅크린 남자의 안면에 오른손을 휘둘렀다. 날카로운 손톱이 남자의 안면을 찢어서 새빨간 선혈이 튀었다. 남자는 벌러덩 뒤로 쓰러져 움직이지 않게 되었다.

"이, 이 계집, 용서 못 해!"

"잘도 동료를 해치웠겠다! 쳐죽여주마!"

동료가 당하는 모습을 보고서, 다른 남자들이 격앙했다. 그들은 나이프나 곤봉을 높게 치켜들어 티를 노려서 때리려 들었다.

"물러요! 그런 공격은 맞지 않거든요!"

티가 몸을 비틀어 재빠른 발놀림으로 공격을 피해 나갔다. 인간과 동떨어진 유연하면서도 기민한 회피는 그야말로 고양잇과 맹수였다.

아인이나 수인이라 불리는 종족은 수가 많지만…… 그중에서도 호인은 사자인(獅子人)이나 용인(龍人)과 나란히 호전적인 전투민족이다. 티는 메이드로서 일하면서도 하르스베르크가의 기사나 병사에 섞여서 훈련을 쌓아 웬만한 병사에게 지지 않을 전투능력을 가지고 있었다.

"아주 조금만 제 실력을 내주겠어요! 기뻐하며 흐느껴 울도록 해요!"

티가 에이프런드레스의 치마를 펄럭이자, 치마 안에서 봉 모양의 무기가 나타났다. 세 자루의 봉이 쇠사슬로 연결된 기묘한 형태의 무기. 동방의 나라에서 '삼절곤'이라고 불리는 무기이다.

"돌아가신 마님께서 사주셨던 무기…… 여기에서 쓰도록 할게요!"

그것은 카임의 어머니인 사샤 하르스베르크가 살아 있을 적에, 시장에서 이국의 상인이 팔던 물건을 구입한 것이었다. 신기한 형상의 무기는 어째서인지 티의 손에 착 달라붙어서, 사샤는 "그걸로 아들을 지켜주렴"이라고 말하며 웃는 얼굴로 사주었다.

"그럼…… 가겠어요!"

"끄악!"

티가 세 자루의 봉을 능숙하게 휘둘러대며 무뢰한을 후려갈겼다.

"어흥! 어흥! 어흥! 어흥!"

"으아악?!"

"끄아아아아아아악!"

원심력이 붙은 봉이 무뢰한의 얼굴이나 복부, 고간을 연속해서 때리는 모습은 마치 화려한 무용 같았다. 주위에 있는 구경꾼들도 감탄 어린 목소리를 냈다.

"오오, 대단해!"

"아가씨, 잘한다! 좀 더 해!"

"그래. 해치워버려!"

제이드 왕국은 아인 차별이 심하지만, 이웃 나라와 접한 이 마을은 비교적 이종족에 대해 관대히 받아들이는 편이었다. 차례차례 드센 남자들을 차례로 쓰러뜨리는 미녀의 모습에, 종족이라는 벽을 넘은 칭찬이 쏟아졌다.

"윽……! 내 호위가 이렇게나 일방적으로 당하다니…… 두고 봐라!"

한편, 고용주인 귀족풍 남자는 형세가 불리함을 깨닫고 허둥지둥 도망치기 시작했다.

계단을 달려 내려가려고 했지만, 빙 돌아서 나타난 카임이 앞을 막아섰다.

"병사가 싸우는데 대장이 도망치다니, 체면이 안 서잖아. 티에게만 맡기기는 미안하니 넌 내가 놀아줄게."

"크……으……, 우리 아빠는 제국의 고관이라고. 이런 짓을 해서 그냥 넘어가리라고……!"

"알 게 뭐냐. 멍청한 놈."

카임이 보라색 마력을 방출시킨 오른손으로 귀족남의 안면을 움켜쥐자 산성의 맹독이 잔뜩 쏟아졌다.

"끄아아아아아아아아아아아아아아악?!"

"당분간은 차마 볼 수 없는 낯짝이 되겠지만…… 열심히 치료원에서 후회하도록 해. 싸움 걸 상대를 좀 더 잘 가려야 했구나 하고."

"으……이……어어억……."

독을 뒤집어쓴 귀족남이 계단에 쓰러져서 움찔움찔 경련했다. 안면은 타서 문드러진 것처럼 무참한 꼬락서니가 되었지만 일단 살아 있는 모양이었다.

"그럼……."

"카임 님, 놓치지 않아요."

티가 그대로 떠나가려고 하던 카임의 목덜미를 붙잡았다.

"자, 러브호텔에 가요! 부탁이니까, 저항하지 말아 주셨으면 해요!"

티는 한 손으로 카임을 붙들고, 다른 한 손에 삼절곤을 쥐고 있었다. 카임이 거부한다면 폭력으로 호소해올 가능성조차 있었다.

"……알았어. 마음대로 해."

카임은 한숨을 쉬고서 티에게 끌려갔다.

러브호텔에 끌려 들어가 개인실에 단둘이 남기 무섭게 카임은 침대에 떠밀렸다. 수인의 힘에 의해 내던져지듯이 침대에 드러눕자, 티가 카임의 허리 위에 올라탔다.

"후후후……, 이제 도망칠 곳은 없어요. 각오하세요, 카임 님!"

"……."

입맛을 다시며 요염하게 웃는 티를 상대로 카임은 말이 없었다. 이 상황에 저항하려는 생각은 조금도 들지 않았다. 눈동자에는 체념의 빛이 떠올랐다.

"우후후후……."

카임의 눈앞에서 티가 천천히 메이드복을 벗었다. 가느다란 손가락이 에이프런드레스의 단추를 풀어나가자 가슴의 계곡이 벌어져 갔다.

카임에게 티는 철이 들기 전부터 자신을 돌봐준 누나 같은 존재이다.

자신을 부둥켜안는 것은 일상다반사. 어릴 적에는 같이 목욕한 적도 있었다.

'하지만…… 이렇게 찬찬히 알몸을 보는 건 역시나 처음이로군.'

몇 년쯤 전부터 티의 피부를 보는 것에 배덕감을 느끼게 되어, 똑바로 바라보는 일은 피해왔다. 티의 몸매는 카임이 알던 것보다도 상당히 성장했다.

카임의 시선 앞에…… 탱글 소리를 내며, 에이프런드레스 속에서 두 개의 가슴이 흘러나왔다. 붉은 속옷에 감싸인 커다란 가슴에는 중력에도 지지 않는 탄력이 있어서, 아래에서 올려다보자 터무니없을 정도였다.

"크, 크다……."

반라의 티를 올려다보며 카임은 저도 모르게 중얼거렸다. 눈앞에서 탐스러운 가슴이 출렁출렁 흔들리고 있었다.

밀리시아나 렌카도 결코 크기가 작지는 않았지만…… 티의 가슴은 한 눈으로 알 만큼 격이 달랐다.

아래에서 올려다본 두 개의 과실은 폭유. 그야말로 폭발할 것 같은 가슴이었다. 옷 위에서 상상했던 것보다도 두 배 이상은 더 크며 농염한 선으로 타원을 그리고 있었다.

"만져도 괜찮답니다, 카임 님."

"…………!"

"뒷골목에서 거둬주셨을 때부터, 이 몸은 카임 님의 것. 피 한 방울부터 살점 한 조각에 이르기까지, 온몸과 마음이 카임 님께 봉사하기 위해 있어요."

티는 천천히, 마치 과시하는 것처럼 등에 손을 돌려서 폭유를 뒤덮은 브래지어의 훅을 풀었다.

그 순간, 해방된 가슴이 크게 튕겼다. 마치 그것 자체가 다른 생물인 것처럼 싱그럽게 약동하자 산의 전모가 드러났다.

착각이겠지만…… 카임의 눈에는 속옷에서 해방된 가슴이 더욱더 크게 부푼 것처럼 느껴졌다.

"으……"

카임은 신음하며 꼼지락꼼지락 허리를 움직였다.

어느샌가 하반신 일부에 혈액이 집중되어 있었다. 티가 덮쳐 누른 탓에 억눌려서 답답하다고 외치고 있었다.

"꽤 건강해진 모양이에요. 봉사하는 보람이 있어서 좋아요."

"크윽……?!"

티도 딱딱한 감촉을 깨달은 것이리라. 득의양양하게 씨익 웃고서, 치마에 감싸인 엉덩이로 카임의 가랑이를 빙글빙글 자극해왔다.

쾌락과 고통을 동시에 받자, 카임의 표정이 일그러졌다.

'이 암호랑이……, 우쭐거리다니……!'

이대로 일방적으로 당하기만 할 수는 없다. 카임은 반격의 한 수를 찌르고자…… 눈앞에서 흔들리는 커다란 가슴을 겨냥했다.

둥그스름하고 거대한 과실. 가슴의 크기에 반해서 자그마한 꽃판. 그 중앙에 우뚝 선 돌기는 의외일 만큼 귀여웠다.

유혹하고 있다. 도발하고 있다……. 카임은 그 사실을 자각하면서도 굳이 덫 안으로 뛰어들기로 했다.

"앙?!"

카임은 아래에서 양손을 뻗어 두 개의 가슴을 움켜쥐었다. 마치 맹금류가 사냥감을 붙잡듯이, 흔들리는 살덩이를 꽉 잡고 꾹꾹 주무르기 시작했다.

"으앗, 흐앗, 하윽……. 안 돼요, 카임 님. 그렇게 난폭하게 하면……!"

"처음부터 꼬셨던 주제에, 제멋대로 말하지 말라고. 이렇게 해주길 원해서 도발했을 텐데."

움켜쥔 가슴을 뿌리부터 쥐어짜며 꾹꾹 돌려서 원을 그렸다.

힘을 주자 손가락이 손쉽게 살 속으로 가라앉았다. 자유자재로 형태를 바꾸는 가슴은 인체의 일부가 이렇게나 외설적으로 형태를 바꾸나 하고 감탄해 버릴 만큼 부드러웠다.

"꺄응!"

대강 가슴의 부드러움을 만끽한 차에, 이번에는 엄지로 돌기를 눌렀다. 딸깍딸깍 무언가 스위치라도 누르는 것처럼, 손가락을 튕기며 가슴의 돌기를 자극했다.

"앗, 앗, 앗, 앗, 앗……!"

돌기를 누를 때마다 짧은 신음이 티의 목에서 흘러나왔다.

티의 얼굴은 쾌락으로 물들어서 무어라 형용할 수 없는 농염한 표정으로 변해 있었다.

카임은 낯익은 여성의 얼굴을 자신의 손으로 일그러지게 만드는 배덕감에 취하면서, 계속해서 돌기를 빙글빙글 비틀어 돌렸다.

"으아아아아아아아앙?! 카임 님, 좋아, 기분 좋아요! 티는 이상 해져 버리는 거예요!"

"안심해. 네가 이상한 건 늘 있는 일이야."

"티는 기뻐요! 카임 님이 이렇게나 듬직해지셔서, 티를 귀여워해 주셔서 감개무량해요오! 계속 이렇게 해주시길 원했어요……. 카임 님과 처음 만났을 때부터, 이렇게 해주셨으면 했어요오오오오오!"

티가 짐승이 멀리서 짖는 것처럼 외쳤다.

처음 만났을 때……, 카임이 아기였을 적부터 욕정을 품었다는 말을 듣자 어쩐지 무섭기는 했지만, 이렇게까지 자신을 생각해준 것에는 솔직히 감동했다.

카임은 너무나도 깊은 애정에 조금이라도 응하고자 억지로 상반신을 일으켰다.

"흐앗……."

"형세 역전이야. 빈틈이 너무 크잖아."

티의 몸을 휙 뒤집고서, 이번에는 카임이 위를 차지했다.

떠밀린 티의 몸 위에 올라가 거대한 과실을 물었다.

"아앗?!"

티의 가슴을 깨문 카임은 돌기를 중심으로 타액을 처바르듯이 핥아댔다.

처음에는 오른쪽 돌기. 핥고, 물고, 때때로 빨고…… 성에 차니 이번에는 왼쪽도 마찬가지로 맛보았다.

"앗, 흐앗, 응, 으으으으응……."

"답답하군……, 그럼……."

"꺄앙?!"

점점 답답해지기 시작해서, 좌우 가슴을 동시에 괴롭히기로 했다. 두 개의 가슴을 억지로 맞붙여 두 개의 돌기를 한꺼번에 빨아올렸다.

"으으으으으으으으으으읏!"

티가 상반신을 젖히며 허리를 공중에 띄웠다.

그런 티를 보고도 카임은 공세를 늦추지 않았다. 가차 없이 좌우의 돌기에 이를 박았다.

"카, 카임 님……. 으아아아아아아아아아앗?!"

오늘 중 가장 큰 교성이 울렸다.

아무래도 절정에 오르고 만 모양이었다. 티의 몸에서 힘이 쭉 빠지고, 침대에 위를 보고 드러누워서 "하아, 하아……" 하고 뜨거운 숨결을 흘렸다.

"져, 졌어요……. 역시나 카임 님이에요……."

"나 원 참……, 우쭐거리니까 그렇지. 침대 위에서라면 하극상을 일으킬 수 있을 줄 안 건가?"

"하흐으, 봉사하고 싶었을 뿐이에요……. 흐아?"

"영차."

카임이 힘 빠진 티의 몸을 뒤집어서 엎드리게 했다.

여전히 에이프런드레스의 치마에 감싸인 엉덩이를 들어 올려서는 천장을 향해서 내밀게 했다.

"카임 님……?"

"암호랑이에게는 이 체위가 더 잘 어울리겠지……. 뒤에서 범해주겠어."

"아……."

카임이 치마 안에 손을 넣고서 스륵스륵 팬티를 벗겼다.

브래지어와 같은 붉은색 팬티는 푹 젖어서, 티가 얼마나 카임의 애무에 반응했었는지를 알 수 있었다.

"그럼…… 이번엔 네가 도망칠 곳을 잃은 모양인데, 이제 와서 거절은 안 하겠지?"

"……물론이에요. 부디 맛있게 드세요."

티가 자신의 의사로 엉덩이를 흔들자, 엉덩이에서 난 백흑의 꼬리에 의해 치마가 벗겨졌다. 속옷이 벗겨져서 가릴 것을 잃은 가랑이가 여봐란듯이 드러났다.

"그러냐……. 그럼, 간다."

"네……. 흐앗?!"

카임 또한 바지와 속옷을 벗어 던지고…… 짐승이 교미하는 것처럼 티의 등을 뒤덮었다.

"아, 아앗. 흐갸아아아아아아아아아아아아아아아악?!"

러브호텔의 한 방에서, 절정하는 짐승의 울음소리가 울려왔다.

울음소리는 밤새도록 멈추지 않고 계속 울려 퍼졌다.

결국, 지친 카임과 티는 그대로 러브호텔에서 하룻밤을 새우게 되었다.

하룻밤을 새우고 나서 밀리시아와 렌카가 있는 여관으로 돌아가자, 두 사람이 허탈한 표정으로 맞이했다.

"두 사람 다…… 꽤 늦었네요, 정말로."

"자못 즐거웠겠지. 나 원 참, 오늘은 제국으로 가는 날인데……."

이른 아침인데 두 사람 다 일찍 일어나서 기다리고 있었던 모양이다.

어쩌면, 뜬눈으로 카임의 귀환을 기다리고 있었을 가능성도 있지만…… 그다지 떠올리고 싶지 않은 상상이었다.

"어제는 여행 준비를 맡겨놔서 미안해. 그쪽은 문제없었나?"

"아가씨께서 계속 기분이 언짢으셨지만…… 그 밖에는 문제없다. 지금 당장이라도 출발할 수 있겠지."

카임의 물음에 렌카가 대답했다. 밀리시아는 아직 화난 모양인지 팔짱을 끼고 있었다.

"그것참 잘됐군. 그럼…… 그쪽 아가씨도 기분을 풀어주면 고맙겠는데."

"…………."

밀리시아는 카임의 말에 대답하지 않고, 방 입구에 서 있는 메이드복의 여성…… 티에게 얼굴을 돌렸다.

"……티 씨라고 하셨죠? 카임 씨와 화해는 하셨나요?"

"배려는 감사해요. 어젯밤은 무척 멋진 밤이었어요!"

"그건 다행이네요……. 앞으로, 함께 카임 씨를 지탱해나가요."

"그런 말은 들을 필요도 없어요. 마지못한 일이긴 하지만, 당신도 인정해드릴게요."

"인정하는 건 제 쪽인데요? 제가 정실이니까요. 강한 남성분은 여러 여성을 거느릴 수 있으니…… 당신도 측실로 인정해줄게요."

"흐흥…… 어느 쪽이 카임 님의 정실이 될지는 이제부터 승부예요!"

티와 밀리시아가 서로 고개를 끄덕이며 굳게 악수했다. 마치 격렬한 싸움으로 우정이 싹튼 호적수 같았다.

카임은 그 대화에 담긴 뜻을 알 수 없었지만…… 밀리시아는 간신히 기분을 푼 모양인지 침대에서 일어섰다.

"그럼…… 출항 시간보다는 좀 이르지만, 이제 선착장으로 가볼까요. 늦어서 배를 놓치면 큰일이니까요."

"아, 그건 상관없는데……."

"카임 씨? 왜 그러시나요?"

"…………."

카임은 자신의 얼굴을 들여다보는 밀리시아에게 쩔쩔맸다.

어째서인지 화기애애해진 여성진의 분위기에, 카임은 가슴이 술렁임을 느꼈다.

생각해 보면…… 이 자리에 있는 세 여성, 그 모두가 카임과의 육체관계를 맺은 '동서'인 것이다. 터무니없이 희귀하고 귀중하고 말도 안 되는 관계이다.

'어째서인지…… 굉장히 무서워지기 시작했어. 나는 이런 멤버로 여행을 떠나, 제국으로 건너가는 건가……?'

'독의 여왕'과 융합해 '독의 왕'이 되어, '권성'이라는 인생 최대의 숙적을 격파했다.

이미 무서운 것은 없을 터인데…… 어째서, 이제 와서 아군인 그녀들에게 이런 공포를 느끼는 것일까? 아무리 강해졌다고 해도, 남자라는 생물은 최종적으로 여자에게 꽉 잡혀 살게 되는 것일지도 모른다.

"왜 그러시나요, 카임 씨?"

"카임 님, 출발하는데요?"

"가자, 왜 그러지?"

"아아……, 아무것도 아니야. 갈게."

카임은 밀리시아와 티, 렌카에게 재촉받아 신세 졌던 여관에서 나섰다.

그리고 넷이 나란히 걸어서 선착장으로 향했다.

남자 하나에 여자 셋. 어떤 의미에서는 꿈 같은 상황. 다른 남자에게서 선망의 시선을 받을 만한 상황이겠지만, 카임은 그런 여로에 격렬한 불안을 느끼고 있었다.

그 불안은 예상을 웃돌아서 적중하게 되지만…… 그것은 신만이 아는 미래이다.

번외편 메이드의 광애(狂愛)와 목욕

하르스베르크가를 섬기는 메이드—— 티는 '호인'이라는 종족
의 수인이다.

아인이나 수인이라고 불리는 종족은 수가 많지만, 그중에서도
용인, 사자인, 그리고 호인은 특히 신체 능력이 높아서 전투 민
족으로서 두려움을 산다.

더욱이 호인 중에서도 하얀 체모를 타고난 자……, 화이트 타
이거의 호인은 특별히 마력이 높다. 호인 중의 호인, 부족의 왕
같은 취급을 받는 것이다.

그런 특별한 존재로 태어난 티가 어째서 인간 마을에서 고아
가 되어 있었는지…… 그것은 티 본인도 기억하지 못한다.

확실한 것은 티가 자신을 거둬준 카임 하르스베르크에 대해
깊은 충성을 품고 있는데, 그 마음이 광기의 영역에마저 들어서
있다는 사실뿐이다.

"카임 님, 가려운 곳은 없나요?"

"아으……."

하르스베르크 백작가의 저택, 그 욕실에 두 사람의 모습이 있
었다.

한쪽은 신체 여기저기에 보라색 반점이 난 소년 카임 하르스
베르크. 다른 한쪽은 카임을 섬기는 메이드 티였다.

욕실이라는 점도 있어서 두 사람은 당연하다는 듯이 알몸이

었다. 배스 체어에 앉은 카임의 등을 티가 젖은 천으로 정성스
럽게 닦고 있었다.

아직 카임의 어머니가 살아 있었을 적, 두 사람은 자주 저택의
욕실을 이용했다. 저택의 주인인 케빈은 기꺼운 표정을 짓지 않
았지만, 아내의 앞에서 그만두라고는 입에 올릴 수 없었다.

"가, 가려운 곳은 없는데…… 좀 지나치게 바싹 붙은 거 아닐까?"

카임은 꼬물꼬물 거북하다는 듯이 말했다.

당시의 카임은 열두 살. 사춘기에 반쯤 발을 들여서, 이성과
의 신체 차이를 느끼기 시작할 나이였다. 그런 카임에게 자신의
몸을 씻겨주는 티의 나신…… 등 뒤에서 흔들리는 두 개의 부푼
언덕은 의식하지 않을 수 없는 것이었다.

"몸 정도는 스스로 씻을 수 있어. 난 어린애가 아니니까, 일부
러 목욕에 따라 들어오지 않아도 괜찮아……."

"무슨 말을 하는 건가요? 뜨거운 물에 현기증이 나서 쓰러지
면 위험해요."

"그런 일은………… 으힉!"

티가 카임에게 밀착해서 몸 앞으로 손을 둘러왔다. 카임의 등
에 매달리는 것 같은 형태가 되자 부드러운 가슴이 꽉 눌렸다.
물컹물컹 외설적으로 형태를 바꾸는 언덕, 압도적인 중량감을
피부로 맛보며 카임은 저도 모르게 등을 떨었다.

"카임 님은 병약하니까요. 마님도, 카임 님이 혼자 목욕하면
현기증을 일으키고 말지도 모른다며 걱정하세요."

"그, 그런 것보다…… 가, 가슴이……!"

"가슴이…… 어쨌길래요?"

티가 카임의 가슴 부분을 천으로 닦으면서 신기하다는 듯이 말해왔다. 카임은 얼굴을 붉히며 말문이 막혔다.

'가슴이 닿아 있다고! 으윽……, 이런 걸, 어떻게 설명할 수 있겠어!'

카임은 속으로 외쳤다.

가슴이 등에 꽉 눌려서 이상한 기분이 드니까 그만둬—— 그것은 이제 막 성을 의식하기 시작한 카임에게 입 밖에 내기도 부끄러운 말이었다.

어째서 이렇게 부끄러운지 스스로도 잘 모르겠다. 사춘기에 들어서서 생긴 자신의 변화에는 당황스럽기만 했다.

"아으으……."

"후훗……, 이상한 목소리를 다 내다니, 카임 님도 참 이상해요."

티는 온화한 웃음을 띠면서 움츠러든 카임의 몸을 씻겨나갔다.

티의 나체를 신경 써대는 카임에 비해, 이쪽은 카임을 남성으로서 의식하고 있는 것처럼 보이지는 않았다.

하지만……, 진실은 달랐다.

'카임 님이 나를 여성으로서 의식하고 있어요! 내 가슴으로 이렇게 부끄러워하다니…… 아아, 어찌 이리도 사랑스러울까요!'

티가 환희로 떨면서 콧숨을 거칠게 내쉬었다. 티는 카임이 사춘기에 들어선 것을 알면서도, 의도적으로 몸을 밀어붙였다.

알몸으로 끌어안고, 커다란 가슴을 밀어붙이고, 허리를 갖다 대고…… 피부와 피부를 맞대며 카임의 반응을 즐기고 있는 것이었다.

'그 자그마했던 카임 님이, 나를 '여자'로서 봐주게 되다니……
여태까지 길었어요.'

카임을 명확히 '남자'로서 보고 있는 티였지만, 이것은 지금
시작된 일이 아니었다. 카임이 사춘기에 들어서기 훨씬 전……
처음 만났을 적부터 이미 카임을 미래의 반려로서 인식하고 있
었다.

티는 고아로서 헤매던 차에 카임에게 거둬져 메이드로 고용되
었다. 카임에 대한 은의와 애정은 상식을 벗어날 정도로 깊었다.

티는 아기였던 카임을 이미 '남자'로서 봐서, 언젠가 다가올
날에는 육체관계를 맺을 생각이었다.

'마침내, 카임 님이 수컷이 되어주셨어요. 차라리…… 오늘,
여기에서 덮쳐버릴까요?'

티는 무서운 생각을 했지만…… 금세 고개를 내저었다.

카임은 이제 막 성에 눈을 떴다. 여기에서 필요 이상으로 공세
에 나서 버리면, 일그러진 성벽에 눈을 뜨고 말지도 모른다.

'아직 일러. 아직 일러요. 안달 내서는 안 돼……. 지금은 장래
를 위해서, 마킹만 해두죠.'

"티, 티! 거긴 스스로 씻는다니까!"

"안 돼요. 주인의 몸을 씻겨드리는 건 메이드의 일인걸요."

"그렇다고 해도 거긴……, 흐악?!"

은밀한 곳을 손가락으로 부드럽게 쓰다듬자…… 카임이 새된
목소리로 비명을 질렀다.

"여긴 섬세한 부분이니까, 천이 아니라 손으로 씻을게요. 괜찮아요, 티에게 맡겨주시면, 제대로 가게…… 가 아니라, 깨끗하게 할 수 있어요."

"아으으……."

"후후후, 우후후후후후훗……!"

눈물을 머금고 신음하는 카임. 티는 육식 짐승답게 송곳니를 드러내며 웃고는, 이제 막 눈을 뜬 남성의 상징을 찬찬히 시간을 들여서 씻어 나갔다.

광신적인 애정에 떠밀려 카임에게 헌신하는 티였지만…… 그녀의 비원이 성취되는 것은 그로부터 1년 후이다.

'독의 왕'으로서 성인이 된 카임은 10년 이상이나 걸쳐서 숙성된 애정을 그 몸에 받게 되어, 미라가 되지는 않을까 생각할 만큼 다 빨린 것이었다.

처음 뵙는 분은 반갑습니다.

영원한 중2병 작가인 레오나르D라고 합니다.

우선 이 책을 읽어주신 독자 여러분, 출판에 관여해주신 여러 분께 진심으로 감사 드립니다.

본작 「독의 왕」은 제3회 HJ소설대상의 『소설가가 되자』 부문 에서 수상받아 서적으로 나오게 되었습니다.

설마 하비재팬에서 책을 내게 될 줄이야, 과거에 읽기 전문으 로서 라이트노벨을 닥치는 대로 읽으며 밤낮없이 망상을 부풀 렸던 시절의 저는 상상해보지도 못한 쾌거입니다.

감사와 감격을 하면서도, 실은 이게 악화된 망상의 일부는 아 닐까? 어느 날 갑자기, 꿈에서 깨어나 버리는 것은 아닐까 하고 전전긍긍하고 있습니다.

그럼, 이어서 본작을 설명하겠습니다. 아래의 내용은 스포일 러를 포함하니, 아직 본문을 읽지 않으신 분은 주의하세요.

본작은 주인공인 카임이 저주를 가진 채 태어나는 부분부터 이야기가 시작됩니다. 자신에게는 아무런 잘못도 없는데 저주 때문에 학대받는 소년의 불만과 비애, 그것이 원흉일 '독의 여 왕'과 융합함으로서 폭발해 최강계열 주인공으로 각성합니다.

자신을 도리어 원망하면서 학대하던 아버지를 쓰러뜨림으로

써 주인공은 자신의 껍질을 부수고, 세계를 향해서 날개를 펼쳐서 날갯짓해나가게 됩니다. 여기에서 막장 부모인 아버지를 죽여야 하나 말아야 하나 상당히 고민했고, 인터넷 연재 쪽에서도 "죽이길 바랐다"라는 의견을 받았습니다만, 굳이 살려두는 방향으로 진행했습니다.

재등장할 예정은 한 톨도 없습니다만, 친아들인 카임을 사랑하지 못하고, 사랑했을 딸도 가출해버린 아버지에게는 무력감과 상실감이 덮쳐와 앞으로도 계속 괴로워하길 바랍니다. 그것이 죽음보다도 괴로운 벌이 되리라고 생각합니다.

여동생 쪽은 재등장시켜야 하나 고민했습니다만, 온 선생님이 멋진 일러스트를 그려주셔서 또 내보내고 싶습니다. 귀중한 실금 캐릭터(?)를 버리기는 아까우니까요!

이리하여 여행하게 된 주인공입니다만, 무사히 메인 히로인 세 명과 합류할 수 있었습니다.

인터넷 연재에서는 규약 관계로 정사 장면은 잘랐습니다만, 본서에서는 아슬아슬한 선까지 야한 장면을 추가했습니다. 온 선생님이 최고의 일러스트를 추가해주신 덕분에, 히로인의 매력도 더더욱 늘어났습니다. 카임을 둘러싼 히로인이 만개한 꽃처럼 흐드러지게 피는 모습을 즐겁게 봐주신다면 기쁘겠습니다.

그다지 야한 장면은 써 본 적이 없어서 고생했습니다만, 덕분에 작가로서 새로운 경지에 발을 내디딜 수 있었던 것 같습니다.

앞으로는 더 작품의 폭을 넓히고, 더 에로를 추구한 판타지를 써봐도 좋을지도 모르겠네요!

그럼, 이로써 「독의 왕」 1권은 막을 내리게 되었습니다만, 카임과 히로인의 모험은 아직 계속됩니다.

제국에서 기다리는 것이란, 밀리시아의 숨겨진 비밀이란, 카임 앞을 막아서는 새로운 적이란……. 또 어딘가에서 글을 적을 기회를 얻는다면 기쁘겠습니다.

그럼, 또 뵙게 될 날이 오기를 모든 신과 부처와 악마에게 기도하며.

레오나르D

Doku no Ou 1
~Saikyo no Chikara ni Kakuseishita Ore ha Bikitachi wo Shitagae, Hatsujoharemu no Aruji tonaru~
©LeonarD
Originally published in Japan in 2023 by HOBBY JAPAN CO., Ltd.
Korean translation rights ©2024 by Somy Media, Inc.

독의 왕 1

2024년 4월 15일 1판 1쇄 발행

저　　　　자	레오나르D
일 러 스 트	온
옮 긴 이	정우주
발 　 행 　 인	유재옥
담 당 편 집	박차우
이　　　　사	조병권
출판본부장	박광운
편 집 　 1 팀	최서영
편 집 　 2 팀	정영길 박차우 정지원 조찬희
편 집 　 3 팀	오준영 권진영 이소의
디자인랩팀	김보라 박민솔
디지털사업팀	박상섭 김지연 윤희진
라이츠사업팀	김정미 맹미영 이윤서
영업마케팅팀	최원석 박수진 이다은
물 　 류 　 팀	허석용 백철기
경영지원팀	최정연
인쇄제작처	㈜코리아피엔피
발 　 행 　 처	㈜소미미디어
등 　 　 록	제2015-000008호
주 　 　 소	서울시 마포구 토정로222, 403호 (신수동, 한국출판콘텐츠센터)
판매 및 마케팅	(070) 8822-2301

ISBN 979-11-384-8267-7
ISBN 979-11-384-8266-0 (세트)